KÜSSE FÜR KÖNIG EDUARDO

DIE ROYALS VON SAN RIMINI

NICOLE BURNHAM

KAPITEL 1

„GUTEN MORGEN, Hoheit. Wie war Ihre Zeit mit Greta heute Morgen?"

König Eduardo diTalora warf seiner langjährigen persönlichen Assistentin Luisa Borelli einen Seitenblick zu, als sie ihn einholte und sich seinem Schritttempo anpasste. Sorgfältig zurechtgemacht wie immer, trug sie einen weichen braunen Rock, eine maßgeschneiderte Jacke und Schuhe mit niedrigen Absätzen. Ihr schwarzes Haar war zu einem makellosen Knoten im Nacken gebunden und winzige goldene Ohrstecker zierten ihre Ohrläppchen.

Luisa machte ihren Job sehr gut. Wenn man sie ansah, würde man nie darauf kommen, dass sie auch der leibhaftige Teufel war.

Eduardo schüttelte den Kopf und blickte dann nach vorn, wobei sein Lächeln verschiedenen Mitarbeitern galt, die im Korridor vor seinem offiziellen Arbeitszimmer auf seine Ankunft warteten. Zu Luisa sagte er: „Es wäre kein richtiger Montagmorgen, wenn Greta nicht am Wochenende neue Wege ersonnen hätte, um mich zu quälen."

„Welchen Teil des Trainings haben Sie als so quälend empfunden, Hoheit? Die Box Jumps?"

„Nein, denn sie hat beschlossen, diese Übung dadurch zu ersetzen, dass ich nicht mehr auf die Box springen, sondern nur darauf steigen muss –"

„Ah, gut –"

„Während ich einen fünfzehn Kilo schweren Medizinball halte."

„Oh."

„Dann fügte sie eine Reihe von Unterarmstützen hinzu. Offensichtlich reicht Laufen nicht aus, um die Stabilität des Rumpfes zu stärken. Ich habe versucht, sie eines Besseren zu belehren, aber sie hat sich geweigert, auf meine Weisheit zu hören."

„Sie ist in dieser Hinsicht stur. Aber ich wage zu behaupten, dass sie meistens recht hat, wenn es um Gesundheit und Fitness geht."

„Genauso wie ihre Cousine, die sie empfohlen hat und nicht aufhörte, mich zu nerven, bis ich Greta engagierte." Er schaute Luisa an und zog dabei eine Augenbraue hoch, milderte seinen Gesichtsausdruck jedoch mit einem Lächeln, das sie erwiderte.

Eduardo wünschte einem der Wachleute einen guten Morgen, als er und Luisa um die letzte Ecke vor seinem Arbeitszimmer bogen. Dann sagte Luisa: „Es ist meine Pflicht, dafür zu sorgen, dass Sie dem Land nach besten Kräften dienen. Für diese Aufgabe ist es unerlässlich, dass Sie ein hohes Maß an Fitness beibehalten. Vielleicht fühlen Sie sich besser, wenn ich Ihnen jetzt sage, dass ich für morgen früh um sechs Uhr eine Laufrunde eingeplant habe. Das Wetter sollte ideal sein: mild, klar und wenig Wind."

Die meisten Menschen würden es als Folter empfinden, bei Sonnenaufgang joggen zu müssen, aber Eduardo erschien ein Lauf in aller Herrgottsfrühe entlang der Uferpromenade von San Rimini oder durch die Hügel oberhalb des Palastes wie der

Himmel auf Erden. Er konnte frische Luft atmen, Musik hören und seine Gedanken schweifen lassen. In dieser einen Stunde war er nur für sich selbst verantwortlich und es gab keine Greta an seiner Seite, die darauf beharrte, dass er härter trainieren könnte oder noch eine Wiederholung schaffen würde.

Wenn er noch eine Wiederholung schaffen könnte, würde er das unaufgefordert tun.

Eduardo grüßte einen Kurier, der bei Luisas Schreibtisch wartete, und warf seiner Assistentin dann einen Blick zu. „Ich wäre Ihnen zu Dank verpflichtet, wenn es morgen nach dem Lauf Waffeln zum Frühstück gäbe. Samuel hat heute Haferbrei serviert. Guten Haferbrei, aber immer noch Haferbrei.“

„Ich werde sehen, was ich tun kann, obwohl Samuel erwähnte, dass er gebackene Quinoa mit Beeren zubereiten will.“

„Ich tue so, als hätte ich das nicht gehört.“

„Vielleicht könnten Sie so tun, als wäre es eine Waffel?“

„Ich werde so tun, als hätte ich auch das nicht gehört und als hätten Sie gesagt: ‚Ja, Hoheit, ich werde Waffeln bestellen und dafür sorgen, dass Samuel reichlich Sirup liefert. Vielleicht noch ein paar von diesen Beeren dazu.‘“

Luisa hob einen Finger, um dem Kurier zu bedeuten, dass er auf sie warten sollte, und betrat mit Eduardo dessen offizielles Arbeitszimmer. Sergio Ribisi, Eduardos wichtigster politischer Berater, saß auf einem Sofa neben Eduardos Pressesprecher, einem muskulösen jungen Mann namens Zeno Amendola, der eher aussah wie der Kapitän einer Rugby-Mannschaft als wie der Leiter eines Pressebüros. Die zwei beugten sich über ein Tablet und gingen etwas durch, was Eduardos Vermutung nach Notizen für ihre morgendliche Besprechung waren. Ihnen gegenüber saß Margaret Halaby, die Verantwortliche für Wohltätigkeitsorganisationen und Schirmherrschaften. Margaret hatte die Hände in den Schoß gelegt und einen Stift zwischen ihre Finger geklemmt. Neben ihr auf dem Sofa lag ein Notizblock, dessen oberste Seite mit unleserlichen Kritzeleien, Spiegelstrichen und Pfeilen gefüllt war. Sie schaute in Gedanken versunken an den beiden Männern vorbei.

Luisa räusperte sich, um die Aufmerksamkeit der drei zu bekommen. Sie standen alle gleichzeitig auf und wünschten Eduardo einen guten Morgen. Er bedeutete ihnen mit einer Geste, sich wieder zu setzen, und bat Luisa, ihm fünf Minuten bevor er zu seiner ersten Veranstaltung an diesem Tag aufbrechen musste, Bescheid zu geben.

„Wie war Ihre Sitzung mit Greta?", fragte Zeno, nachdem Luisa die Tür hinter sich geschlossen hatte.

Er warf Zeno einen vernichtenden Blick zu. Der Mann besaß die Unverfrorenheit, daraufhin zu grinsen.

„Ich habe gesehen, wie sie einen Medizinball durch die Tiefgarage getragen hat", berichtete Margaret. Sie wandte sich an Zeno: „Haben Sie schon mal Kniebeugen mit so was gemacht? Oder den Ball auf ein Ziel geworfen? Das ist ein fantastisches Training."

„Medizinbälle sind großartige Sportgeräte." Er riss seine Augen in gespielter Begeisterung auf. „Ich mache gerne Ausfallschritte, während ich einen über meinen Kopf halte. Echtes Muskeltraining."

„Das ist eine Verschwörung", meinte Eduardo. „Ich kann schneller laufen als alle hier in diesem Gebäude außer den Security-Mitarbeitern – und vielleicht sogar schneller als einige von ihnen –, und doch bestehen Sie darauf, dass ich Greta dreimal pro Woche sehe."

„Es ist für die Bürger von San Rimini beruhigend zu wissen, dass Sie etwas für Ihre Gesundheit tun und dass Ihr Herz nach der Operation so stark ist, wie es nur sein kann", erwiderte Sergio. „Außerdem mögen Sie Greta."

„Nicht, wenn sie mir sagt, ich solle einen Seitstütz noch dreißig Sekunden länger halten. Ich habe sie darauf hingewiesen, dass es in San Rimini strenge Gesetze gegen die Verletzung des Monarchen gibt."

„Ich vermute, sie hat Sie daran erinnert, dass Sie eine Verzichtserklärung unterschrieben haben?", gab Zeno zurück.

Eduardo musterte seinen Pressesprecher. „Sie betonte, dass sie den Monarchen nicht verletzen würde. *Danach* teilte sie mir mit, dass es sowieso keine Rolle spielt, weil ich eine Verzichtserklärung unterschrieben hätte."

Eduardo nahm an seinem Schreibtisch Platz und bedankte sich bei Luisa, als sie mit einer Tasse dampfendem Kaffee in den Raum zurückkam und diese auf einen Untersetzer neben seiner Hand stellte. Die erste Tasse Kaffee bedeutete den offiziellen Beginn von Eduardos Arbeitstag. Als Luisa wieder gegangen war, schaute er zu Sergio. „Lassen Sie uns zuerst die schwierigen Punkte besprechen. Sie haben am Wochenende ein Schreiben von der Historischen Gesellschaft für die Bewahrung des Stadtkerns erhalten?"

„Ja, Hoheit. Sie haben Bedenken wegen Ihres Wunsches, die Strada il Teatro auszubauen."

„Das habe ich erwartet, aber ich hatte gehofft, dass sie bis zur morgigen Sitzung warten würden, um diese zu äußern."

„Sie wollen sicherstellen, dass sie angehört werden."

Eduardo widerstand dem Drang, eine Grimasse zu schneiden. Alle wollten angehört werden, vor allem, wenn es darum ging, Änderungen an der berühmtesten Verkehrsstraße des Landes vorzunehmen. Die Strada il Teatro lag oberhalb der Adriaküste und bot eine herrliche Aussicht auf die Bucht von San Rimini. Sie beherbergte mehrere Casinos, Restaurants, historische Gebäude und das Königliche Theater, daher auch Strada il Teatro – Theaterstraße. Abgesehen vom Duomo und dem Palast war sie das bekannteste Wahrzeichen des Landes. Die letzten größeren Veränderungen an der Straße – abgesehen von der Pflasterung – hatten jedoch stattgefunden, lange bevor Automobile alltäglich wurden. Der Verkehr bewegte sich oft nur im Schneckentempo voran und die Bürgersteige waren zu jeder Tageszeit von Touristen bevölkert. Trotz des offensichtlichen Sanierungsbedarfs wollten die Einwohner von San Rimini am Erscheinungsbild der Strada festhalten.

Aus diesem Grund hatte Sergio für den nächsten Tag ein Treffen organisiert, um den Vorschlag des Königs denjenigen vorzustellen, die am meisten davon betroffen waren. Er hatte Vertreter der Historischen Gesellschaft, des Interessenverbandes der Casinobesitzer, des Wirtschaftsausschusses von San Rimini und des Organisationskomitees für den Grand Prix von San Rimini sowie den Verkehrsminister des Landes eingeladen. Sergio hatte sogar die Verantwortlichen für die Pflege des öffentlichen Parks, der unterhalb eines Abschnitts der Strada verlief, mit einbezogen. Sobald Sergio gehört hatte, was sie alle zu sagen hatten, wollte Eduardo dem Parlament einen umfassenden Modernisierungsplan zur Prüfung vorlegen.

Als König von San Rimini hatte er mehr Einfluss auf die Politik als die Monarchen in Ländern wie Japan oder Schweden. Zwar konnte er nicht mit abstimmen, jedoch hatte er das Recht, Gesetzesvorschläge einzubringen und sich zu allen im Parlament diskutierten Angelegenheiten zu äußern. In den Jahrhunderten, seit San Rimini von einer absoluten in eine konstitutionelle Monarchie übergegangen war, nutzten die Könige und Königinnen ihre politische Macht in erster Linie, um die Beziehungen zu anderen Nationen zu verbessern oder um wohltätigen und humanitären Zwecken zu dienen. Von Einzelheiten des politischen Geschehens und haushaltspolitischen Fragen hielten sie sich fern.

Diese Gesetzesvorlage würde viele dazu veranlassen, auf ihrem Standpunkt zu beharren. Doch Eduardo weigerte sich, die Modernisierung seinen Nachfolgern zu überlassen oder den Abgeordneten, die befürchteten, dass ein Eingriff in die Strada il Teatro den Verlust ihrer Sitze bedeuten würde. Es lag in seiner Verantwortung, San Rimini in die Zukunft zu führen.

Eduardo sah Sergio an. „Informieren Sie die Vorsitzende der Historischen Gesellschaft, dass der Palast die Verbesserungen – achten Sie darauf, dass Sie dieses Wort verwenden – die Verbesserungen der Strada il Teatro mit aller Kraft vorantreiben wird, da sie im Interesse des Landes und all derer sind, denen der Stadtkern am Herzen liegt. Wir freuen uns, wenn sie sich morgen dazu äußern, deshalb haben wir dieses Treffen anberaumt."

Sergio nickte und machte sich Notizen. Während Sergio schrieb, sagte Zeno: „Hoheit, sie werden ihre Belange wahrscheinlich der Presse vortragen. Sie werden darauf hinweisen, dass es nicht in den Zuständigkeitsbereich des Monarchen fällt, sich mit solchen Angelegenheiten zu befassen."

Eduardo legte die Hände auf den Schreibtisch. „Letzte Woche habe ich gehört, dass fast achtzig Prozent der Bevölkerung der königlichen Familie positiv gegenüberstehen."

„Siebenundsiebzig Prozent, Hoheit."

„Siebenundsiebzig Prozent. Wissen Sie, wie viele Parlamentsabgeordnete von einer solchen Zustimmungsquote träumen? Wir haben die Gelegenheit, uns diese zum langfristigen Wohle des Landes zunutze zu machen. Die Strada ist seit Jahrhunderten im Wesentlichen gleich geblieben. Die Tatsache, dass sie für Paraden gebaut wurde, bedeutet, dass sie breiter ist als andere Straßen aus dieser Epoche, aber sie ist nicht für die moderne Nutzung oder den Zustrom von Touristen geeignet, den unser Land erlebt. Die Zuschauer des Grand Prix drängen gegen die Absperrungen, was ein Sicherheitsrisiko darstellt. Entweder muss die Strecke geändert oder die Besuchermasse begrenzt werden. Niemand will diese Wahl treffen."

„Alle haben ihre eigenen Interessen, die sie durchsetzen wollen", erklärte Sergio. „Die Casinos und Ladenbesitzer wollen nicht, dass ihre Eingänge blockiert sind, während die Arbeiten durchgeführt werden. Die Historische Gesellschaft möchte nicht, dass das Erscheinungsbild der Straße verändert wird.

Und die Organisatoren des Grand Prix wünschen sich zwar eine sicherere Strecke und weiteres Wachstum, aber sie wollen nicht riskieren, dass das Rennen wegen der Bauarbeiten für ein Jahr oder länger nicht stattfinden kann."

„Das stimmt", sagte Eduardo. „Nutzen Sie also die morgige Gelegenheit, um ihnen unseren Umgestaltungsplan zu zeigen, und berufen Sie sich auf unsere Geschichts- und Verkehrsexperten, um die Leute davon zu überzeugen, dass unser Vorschlag vernünftig ist. Wir haben monatelang Recherchen durchgeführt und sind bereit, all unsere Ergebnisse mit ihnen zu teilen und ihre Anregungen aufzunehmen, während das Vorhaben voranschreitet. Veränderungen sind schwierig, aber für unsere Bürger ist es wichtig, dass die Strada auf lange Sicht funktioniert. Wenn wir das Projekt mit unserem Zustimmungswert von siebenundsiebzig Prozent nicht durch das Parlament bringen, werden wir es nie schaffen. Und jetzt, worum müssen wir uns noch kümmern?"

Zeno ging die Punkte durch, über die er bei der wöchentlichen Pressekonferenz berichten würde und die hauptsächlich die erwachsenen Kinder des Königs betrafen: Prinz Antony hatte am Wochenende eine Rehabilitationseinrichtung für Opioid-Abhängige besichtigt und Prinzessin Isabella und ihr Ehemann Nick planten, drei verschiedene Schulen an der Nordgrenze des Landes zu besuchen, um mit den Schülern über San Rimini im Mittelalter zu sprechen. Nick, Professor für mittelalterliche Geschichte an der Universität von San Rimini, war in den letzten Wochen zu einer Reihe von Schulen gefahren, um Kinder für das Thema zu begeistern.

Als Zeno geendet hatte, fügte Sergio hinzu: „Morgen Abend veranstalten Sie ein Dinner, bei dem die neue amerikanische Botschafterin ihr Beglaubigungsschreiben vorlegen wird. Sie ist gestern im Lande eingetroffen."

„Claire Peyton", sagte Eduardo und lehnte sich in seinem Stuhl zurück. „Ich habe die Unterlagen gestern Abend gelesen.

Sie war zuvor Botschafterin der Vereinigten Staaten in Uganda, richtig?"

„Ja. Man erwartete, dass sie unter dem neuen Präsidenten dort bleiben würde, aber sie wurde nach San Rimini versetzt, als Botschafter Cartwright seinen Rücktritt ankündigte." Sergio hielt inne. „Es ist kein Geheimnis, dass Rich Cartwright sein Amt die letzten ein oder zwei Jahre auf Sparflamme ausübte. Das wird eine Veränderung sein. Angesichts der Tatsache, dass viele im Auswärtigen Amt der USA dies als Beförderung betrachten, möchte sie sich vielleicht beweisen."

„Ich habe über das Bildungsprogramm für den ländlichen Raum gelesen, das sie in Uganda mit aufgebaut hat. Es schien interessant."

„Ja, Hoheit. Sie wird wahrscheinlich in den nächsten Wochen um ein Treffen bitten, um es Ihnen vorzustellen und um die Beteiligung von San Rimini zu erbitten. Der amerikanische Präsident hat bei seinem Wahlkampf das Thema Bildung in den Mittelpunkt gestellt, daher hat es Priorität für die Regierung. Letzten Endes ist es für San Rimini jedoch ein No-Go. Das Parlament könnte die Bereitstellung von Mitteln unterstützen, aber die Entsendung von Lehrkräften oder Beratern ist angesichts der aktuellen Sicherheitsbedenken eher unwahrscheinlich. Selbst die Hilfe bei der Finanzierung wird eine Herausforderung sein, wenn wir gleichzeitig versuchen, die Umbaupläne für die Strada voranzutreiben."

Eduardo benötigte keine Zeit, um seine Prioritäten abzuwägen. Seine Entscheidung stand fest: „Soweit ich weiß, wird sich das Parlament in drei Monaten mit der Finanzierung von Verbesserungen im Stadtzentrum befassen. Ich möchte, dass unser Vorschlag diesen Gesprächen Stabilität gibt. Von jetzt an ist das unser Schwerpunkt."

Er nahm einen Schluck von seinem Kaffee und fragte Margaret: „Wie weit sind wir mit dem Programm *Ein Platz für uns*?"

„Die Feier zum fünfjährigen Bestehen wird am Freitag in der Grundschule in der Via Fontana stattfinden. Als Schirmherr werden Sie kurz über die Notwendigkeit frühzeitiger psychosozialer Unterstützung in Schulen sprechen und aufzeigen, wie *Ein Platz für uns* Kinder mit Förderbedarf identifiziert und unterstützt, ohne sie zu stigmatisieren. Ich habe einige Statistiken, die belegen, dass dieses Programm weiterhin erforderlich und erfolgreich ist. Ich werde Ihnen bis Donnerstag einen Redeentwurf vorlegen, den Sie Ihren Wünschen entsprechend anpassen können."

„Ich danke Ihnen. Das ist ein Termin, auf den ich mich freue. Ist noch mehr zu besprechen?"

Margaret gab ihm Updates über zwei andere Wohltätigkeitsorganisationen, die der König unterstützte, und berichtete anschließend über die weitere Entwicklung nach einer Veranstaltung für ein Tierheim, an der er teilgenommen hatte.

Im selben Moment, als Margaret ihren Bericht beendete, betrat Luisa den Raum. „Ihr Wagen wartet, Hoheit. Ihre Führung durch das Demenzzentrum beginnt in zwanzig Minuten."

Eduardo bedankte sich bei Luisa und stand auf. Sergio, Zeno und Margaret erhoben sich ebenfalls. „Sind wir fertig?"

„Eine letzte Sache, Hoheit", begann Zeno. „Bei der heutigen Pressekonferenz wird es Fragen zu Ihrem Besuch im Duomo am Donnerstagnachmittag geben. Haben Sie sich entschieden, ob Sie dabei etwas sagen wollen?"

Eduardo spürte, wie einer seiner Mundwinkel zuckte, ein untrügliches Zeichen für seine Mitarbeiter, dass er sich bei diesem Thema unwohl fühlte. Normalerweise konnte er dieses verräterische Zucken kontrollieren, aber diese Bemerkung kam für ihn aus heiterem Himmel. Irgendwie hatte er zwischen seinem morgendlichen Training und den Überlegungen zur Strada seinen jährlichen Besuch der letzten Ruhestätte seiner Frau vergessen.

„Nächstes Jahr wird sich der Todestag von Königin Aletta zum zehnten Mal jähren. In Anbetracht der Aufmerksamkeit, die dieses Ereignis auf sich ziehen wird, wäre es mir lieber, dieses Jahr auf die Ansprache zu verzichten und den Besuch in aller Stille erfolgen zu lassen."

Bevor Zeno etwas einwenden konnte, wandte er sich an Luisa und fragte: „Habe ich heute Nachmittag etwas freie Zeit, um Arturo und Paolo zu sehen, wenn sie von der Schule nach Hause kommen?"

Die Söhne von Prinz Federico und seiner verstorbenen Frau Lucrezia freuten sich immer, wenn er sie in ihren Wohnräumen im Palast besuchte. Er dachte allerdings lieber nicht darüber nach, ob ihr Lächeln auf seine strahlende Persönlichkeit oder auf die Leckereien zurückzuführen war, die er oft aus der Küche mitbrachte.

„Heute passt es nicht", antwortete Luisa. „Die Kinder machen einen Schulausflug ins Aquarium und kommen erst am Abend zurück."

„Ich verstehe. Und wie sieht es mit einem Besuch bei Gianluca aus?" Der kürzlich geborene Sohn von Prinz Antony und seiner Frau Jennifer war sein jüngstes Enkelkind. „Weiß jemand, wann das Baby schläft?"

Ein Chor aus „Nein" und „Er schläft nicht" schallte durch den Raum.

„Nun gut. Bitte sagen Sie Jennifer, dass ich gerne vorbeikommen würde, wenn es zeitlich passt. Sollte Gianluca gerade schlafen, werde ich ihm einfach beim Schlafen zusehen."

„Sie haben gegen halb vier eine Viertelstunde Zeit, Hoheit. Ich gebe ihr Bescheid, dass Sie dann abkömmlich sind."

Er nickte Luisa zu, bedankte sich bei Margaret für ihre Arbeit an der Rede für *Ein Platz für uns* und wandte sich dann an Sergio und Zeno: „Sie wissen, was für die Strada zu tun ist. Wir haben neunzig Tage Zeit. Lassen Sie uns das Land verbessern."

„WIR TREFFEN GLEICH EINE IKONE.“

Claire Peyton ließ ihren Blick an Karen Hutchinson, ihrer persönlichen Assistentin, vorbei durch das Autofenster über die Szenerie schweifen. „Entweder das, Karen, oder den Ehemann einer solchen. Wohl eher Letzteres.“

Ihr Flugzeug war schon vor zwei Tage gelandet, aber Claire hatte sich noch nicht ganz daran gewöhnt, dass sie nun in San Rimini, dem winzigen, wohlhabenden Land im Süden Europas, lebte und nicht mehr in Kololo, einem von Vielfalt geprägten Stadtviertel Kampalas.

Claire richtete ihren Blick auf die Straße und merkte sich den Weg, den der Fahrer von der Botschaft zum Palast nahm, aber erst, nachdem sie auf die Banner an der Fassade eines Museums gewiesen hatte, die die Rückkehr von *Aletta: Die Ausstellung* nach mehreren Jahren auf Tournee ankündigten. Die blau-violetten Farben des Himmels bei Sonnenuntergang spiegelten sich in den Glasfenstern des Gebäudes und ließen es fast überirdisch erscheinen.

Angesichts des Themas der Ausstellung, einer Sammlung von Kleidern, Schmuck und anderen Gegenständen aus dem Besitz der verstorbenen Königin von San Rimini, wirkte dies passend.

„Ich bin nicht sicher“, erwiderte Karen. „Was denken Sie: Wie viele dieser Touristen werden wohl Souvenirs mit Bildern von Königin Aletta nach Hause schicken, im Gegensatz zu Bildern des Königs oder seiner Kinder? König Eduardo hat eine magnetische Anziehungskraft, der man sich nur schwer entziehen kann.“

„Ich persönlich würde etwas wählen, was die Landschaft zeigt. Sie ist atemberaubend.“

Karen brummte zustimmend, dann verstummten beide und genossen die Aussicht.

Der glitzernde Streifen von Casinos und Restaurants entlang der Strada il Teatro, der langen Hauptstraße, die parallel zur Bucht von San Rimini und der dahinterliegenden Adria verlief, schien sich auf einem anderen Planeten zu befinden als die Straßen im Zentrum von Kampala. In Kampala fädelten sich Bodabodas in den Berufsverkehr ein, wobei sich die Fahrer der Gefahren ihrer zusammengeflickten Motorräder und des Chaos, das sie umgab, offenbar nicht bewusst waren. Studenten, Büroangestellte und Straßenverkäufer drängten sich auf den Bürgersteigen und schlängelten sich im Zickzack durch den Verkehr. Ständig hörte man das Hupen von Autos.

Hier jedoch fuhren teure Autos langsam den Boulevard entlang oder hielten am Straßenrand, um Fahrgäste vor den Casinos aussteigen zu lassen. Paare in Abendgarderobe schlenderten von ihren Hotels in Richtung des Königlichen Theaters, wo ein Laufband die Abendvorstellung von *La Traviata* ankündigte. Unweit des Theaters ragte die hohe Kuppel des Duomo, der Kathedrale von San Rimini, über den Hügeln auf.

Romantik und der Charme der alten Welt durchdrangen das Viertel. Es war wie ein Märchen, das lebendig geworden war.

In Claire blitzte eine Erinnerung auf an die Zeit, als sie vierzehn oder fünfzehn Jahre alt gewesen war. Sie und ihre Freundinnen hatten sich um den Fernseher im Wohnzimmer ihrer Eltern geschart, als der zukünftige König von San Rimini Aletta Masciaretti heiratete. Sie hatten geradezu Sabberflecken auf dem Teppich hinterlassen, als Eduardo seiner Braut zuzwinkerte, während er ihr den Ring an den Finger steckte, und Aletta versuchte, ein Grinsen zu verbergen. Claire kam es unwirklich vor, dass sie König Eduardo diTalora in weniger als einer Stunde bei der offiziellen Präsentation ihres Beglaubigungsschreibens persönlich gegenüberstehen würde.

Sie versuchte sich einzureden, so beliebt der König auch sein mochte, seine verstorbene Frau war diejenige, die den wahren Status einer Ikone hatte. Bibliotheken, Schulen und ein Flügel des Royal Memorial Hospital waren nach Königin Aletta benannt.

Claire war nur so lange in dem Land, um die Vereinigten Staaten und ihre Interessen nach besten Kräften zu vertreten, wie der Präsident es wünschte. Dazu musste sie sich auf die Stellung des Königs als Politiker und als das Gesicht seines wohlhabenden Landes konzentrieren und nicht auf seinen Prominentenstatus oder darauf, wie sie und ihre Freundinnen bei seiner Hochzeit vor all den Jahren für ihn geschwärmt hatten.

Das Auto fuhr vorsichtig an einer Gruppe gut gekleideter Touristen vorbei, die am Straßenrand darauf warteten, dass die Ampel auf Grün schaltete. Mehrere trugen Einkaufstüten von angesagten Boutiquen, andere Tüten mit dem Logo des Aquariums des Landes. Schließlich erreichte der Fahrer ihre Abzweigung und schlängelte sich durch die engen, kopfsteingepflasterten Seitenstraßen, wobei er den Pfeilen folgte, die den Weg zu La Rocca wiesen.

„La Rocca di Zaffiro", sagte Karen und blickte auf das Schild. „Der Saphirfelsen."

„Ich habe einen Gutteil der letzten Nacht damit verbracht, über seine Geschichte zu lesen", sagte Claire. „Der älteste noch erhaltene Teil, der Bergfried, wurde zu Beginn des Ersten Kreuzzugs gebaut, um die Bucht zu bewachen. Der Stein war so gewählt, dass er sich in die Landschaft einfügte und vom Wasser aus nur schwer erkennbar war. Doch als der Bergfried erweitert wurde, sorgte ein Lichteffekt zu bestimmten Tageszeiten dafür, dass der neue Stein vom Wasser aus leuchtend blau erschien."

„Ich hatte mich schon gefragt, woher der Palast seinen Namen hat. Ich hätte ihn nie als blau bezeichnet." Karen reckte den Hals, aber von ihrer Position aus konnten sie den Palast unmöglich sehen.

„Der größte Teil wurde im sechzehnten und siebzehnten Jahrhundert aus einem grauen Stein erbaut, der dem Original überhaupt nicht gleicht. Aber wenn man von den Bergen auf den ältesten Teil hinunterschaut, kann man wohl noch Spuren des Blaus erkennen."

„Zwei Minuten bis zum Tor", sagte der Fahrer, der sich so gedreht hatte, dass man ihn auf dem Rücksitz verstehen konnte.

Claire dankte ihm. *Showtime.*

Karen hielt Claire unaufgefordert eine Puderdose hin, damit sie ihr Make-up schnell überprüfen konnte. Als sie einen Fleck am Rand eines ihrer dunkelbraunen Augen entdeckte, wischte sie mit dem kleinen Finger über den Eyeliner und gab die Puderdose zufrieden zurück. Sie strich den Stoff ihres roten Seidenrocks glatt und vergewisserte sich, dass die Schlaufenknöpfe ihrer weißen Seidenbluse fest geschlossen waren.

Nein, das hier war überhaupt nicht wie in Uganda. Sie fuhr sich ein letztes Mal mit der Hand über den Kopf, damit keine Strähnen ihres kurz geschnittenen Haars abstanden, dann holte sie tief Luft.

Als hätte Karen ihre Gedanken gelesen, sagte sie: „Ihr Job hier wird anders sein als in den letzten fünf Jahren. Sie werden tatsächlich Haarspray benutzen und öfter als ein- oder zweimal im Jahr formelle Kleidung tragen müssen. Sie werden sowohl mit der königlichen Familie als auch mit dem Parlament zusammenarbeiten."

Claire konnte ihr Lächeln nicht verbergen. Sie versuchte immer, professionell auszusehen, aber sie konnte sich nicht erinnern, dass sie während ihrer Zeit in Afrika so sehr auf ihr Äußeres bedacht gewesen wäre. Natürlich waren die Kameras damals nicht so häufig auf sie gerichtet gewesen, wohingegen Paparazzi zur Landschaft von San Rimini gehörten. „Ich habe mir einige Kleider aus meinem Lagerraum in den Staaten schicken lassen. Sie sollten in ein paar Tagen ankommen. Ich hoffe nur, dass ich hier genauso viel bewirken kann wie in Uganda. Die Arbeit, die wir dort leisten mussten, lag mehr auf der Hand."

„Das können Sie. Sie haben einen tadellosen Ruf und das Gewicht der US-Regierung hinter sich. Und Sie sind *Sie selbst*. Niemand stellt sich Botschafterin Claire Peyton in den Weg."

Claire lächelte. Karen wusste immer das Richtige zu sagen. „Danke für den Vertrauensbeweis."

Karen hob ihre Hand, die Innenfläche nach außen. „Ich bin die Stimme der Wahrheit."

Der Wagen kam vor einem mächtigen schmiedeeisernen Tor zum Stehen. Nachdem ein uniformierter Wachmann um das Fahrzeug herumgegangen war, um es zu inspizieren, und dann mit dem Fahrer gesprochen hatte, nickte er einem anderen Wachmann zu. Die Torflügel öffneten sich und gaben die Zufahrt zum Palastgelände frei. Kies knirschte unter den Reifen, als sie am Rand eines großen Gartens entlang- und dann im Bogen auf den Hintereingang des Palastes zufuhren.

Als der Fahrer ihnen den Wagenschlag öffnete, kam eine schlanke Frau mit hellbraunem, schulterlangem Haar die breite Steintreppe hinunter. Ihr elegantes beigefarbenes Kleid und die Selbstsicherheit, mit der sie sich bewegte, hätten sie schon als Mitglied der königlichen Familie ausgewiesen, selbst wenn ihr Gesicht nicht so bekannt gewesen wäre.

„Frau Botschafterin", begrüßte die junge Frau Claire in unverkennbar amerikanischem Englisch, das ihre Erziehung in Washington, D.C., verriet. Sie lächelte erst Claire und dann Karen an. „Ich bin Amanda diTalora. Es ist mir eine Freude, Sie in San Rimini willkommen zu heißen. Mein Mann, Prinz Marco, freut sich darauf, Sie kennenzulernen, wenn Sie König Eduardo heute Abend Ihr Beglaubigungsschreiben vorlegen."

„Ich freue mich auch darauf, Prinz Marco kennenzulernen." Sie deutete zu ihrer Rechten. „Das ist Karen Hutchinson, meine persönliche Assistentin."

„Es ist mir ein Vergnügen, Sie kennenzulernen, Miss Hutchinson. Wenn Sie beide mich begleiten würden, wäre es mir eine Ehre, Sie vor Beginn des Dinners kurz durch die öffentlichen Bereiche des Palastes zu führen."

Claire dankte Amanda und während sie den Saum ihres langen Seidenrocks anhob, um die Steinstufen hinaufzusteigen, fügte sie hinzu: „Ich hoffe, ich halte Sie nicht davon ab, sich für das Dinner fertig zu machen. Mir wurde gesagt, Abendgarderobe sei gewünscht."

„Das stimmt, aber ich kann mich schnell umziehen." Amanda wies auf eine Gruppe von Palastangestellten, die in der Nähe standen, und sagte: „Der Palast hat einen großen Mitarbeiterstab, der im Grunde mein Leben organisiert, damit ich mich nicht damit befassen muss. In diesem Moment legt jemand mein Kleid zurecht und wählt die passenden Schuhe dazu aus. Ich muss nur meine Arme und Beine an die richtigen Stellen bringen."

Amanda senkte ihre Stimme, sodass nur Claire und Karen sie hören konnten: „Daran muss man sich erst einmal gewöhnen. Vor meiner Ehe mit Prinz Marco arbeitete ich mit Kindern von wichtigen Persönlichkeiten, doch obwohl ich viel Zeit in wohlhabenden Kreisen verbrachte, wohnte ich in einem winzigen Studio-Apartment in der Nähe von Dupont Circle und hatte kaum einen Cent in der Tasche. Für mich gehörten Ramen-Nudeln und Tomatensuppe zu den Hauptnahrungsmitteln."

Claire bedachte Amanda mit einem verständnisvollen Lächeln. „Sie können sich nicht vorstellen, wie vertraut das klingt. Als ich auf dem College in New Mexico war, sprach es sich immer wie ein Lauffeuer herum, wenn der örtliche Lebensmittelladen Ramen im Sonderangebot hatte. Ich habe von dem Zeug gelebt – und von Thunfisch aus der Dose. Ich möchte gar nicht daran denken, wie viel Natrium ich zu mir genommen habe. Als ich zum Studium nach Georgetown zog, war ich Ramen so satt, dass ich mit fünf anderen in eine Dreizimmerwohnung zog. Ich habe Essen über meine Privatsphäre gestellt."

„Autsch. Georgetown ist wunderschön, aber es ist eine Herausforderung, dort von einem Studentenbudget zu leben."

Amanda nahm sich Zeit, als sie Claire und Karen durch den ersten Stock von La Rocca führte. Sie blieb immer wieder stehen, um auf jeden der historisch bedeutsamen Räume hinzuweisen, und zeigte ihnen den besten Weg zum offiziellen Arbeitszimmer des Königs, da Claire ihn während ihrer Amtszeit dort wahrscheinlich aufsuchen würde. Amandas Art sorgte dafür, dass Claire sich sofort wohlfühlte. Sie vermutete, dass die Leichtigkeit, mit der Amanda mit anderen in Kontakt kam, der Grund dafür war, dass sie bei den Einwohnern von San Rimini so beliebt war, obwohl sie Amerikanerin war.

Als sie zum königlichen Ballsaal zurückkehrten, wo das Dinner und der Empfang bald beginnen würden, kam ein Mann in einem maßgeschneiderten schwarzen Anzug und einer dezenten grauen Krawatte auf sie zu und bat, kurz eine Angelegenheit mit Claire besprechen zu dürfen.

Amanda nickte, blickte dann auf ihre Uhr und stellte fest, dass es Zeit für sie war, sich für das Dinner umzuziehen. An Claire gewandt, erklärte sie: „Sergio Ribisi ist König Eduardos oberster politischer Berater. Er wird sich Ihnen selbst vorstellen, Sie dann über das Programm des Abends informieren und in den Ballsaal begleiten. Ich sehe Sie dort gleich wieder."

Claire dankte Amanda, dass sie sich die Zeit genommen hatte, sie im Palast herumzuführen. Sergio Ribisi schüttelte sowohl Claire als auch Karen die Hand, als sie sich vorstellten. Zu Claire sagte er: „Es ist mir eine Freude, Sie in San Rimini willkommen zu heißen, Frau Botschafterin. Ich gehe davon aus, dass die Beziehung, die Botschafter Cartwright zwischen unseren beiden Ländern aufgebaut hat, so eng bleiben wird wie bisher. Sowohl hier als auch im Parlament war er recht beliebt. Er hat sich sehr lobend über Sie geäußert."

Sie bedankte sich für das Kompliment, während Karen die Gelegenheit nutzte, den Gang hinunter zu einem Fenster zu gehen und in diskreter Entfernung auf den Garten hinauszublicken, damit Claire ungestört mit dem Berater des Königs reden konnte.

„Wie kann ich Ihnen helfen, Signore Ribisi?"

„Bitte, nennen Sie mich Sergio."

„Sergio also. Sie sagten, Sie möchten etwas mit mir besprechen?"

„Ja, aber zuerst möchte ich den Ablauf des Abends mit Ihnen durchgehen." Der spindeldürre Mann begann, die einzelnen Programmpunkte aufzuzählen. Alles stimmte mit dem Briefing überein, das Karen ihr zuvor gegeben hatte.

Während Sergio sprach, betrachtete Claire aufmerksam sein Gesicht. An seinen Mundwinkeln zeigten sich ein paar Linien, als ob sich sein Stress in seinem Kiefer ausdrücken würde. Aber seine Augen blickten lebhaft, seine Zähne waren weiß und gerade und er hatte dichtes, tiefschwarzes Haar. Er war um die fünfunddreißig, wenn sie schätzen müsste, und sie fragte sich, wie lange er schon für den König arbeitete. Er war jung dafür, dass er sich in den engsten Kreisen um König Eduardo bewegte.

„Das klingt unkompliziert", meinte sie, als er die Aufzählung abgeschlossen hatte. „Gibt es sonst noch etwas?"

„Ja, Frau Botschafterin." Er zögerte einen Moment, dann setzte er hinzu: „Bevor Sie ankamen, schickte Ihr Büro ein Schreiben an meines, in dem die Angelegenheiten umrissen wurden, die Sie in Ihren ersten Tagen hier in Angriff nehmen möchten. Die meisten betreffen die Weiterführung der diplomatischen Initiativen, die Ihr Vorgänger und König Eduardo bereits erörtert haben, aber es gibt einen neuen Punkt, den ich gerne anschneiden würde."

Claire wusste, was nun kam. Trotz der Welle der Enttäuschung, die in ihr aufstieg, behielt sie ihr höfliches Lächeln bei.

„Während Sie in Uganda waren, haben Sie mit der Regierung zusammengearbeitet, um ein regionales Bildungsprogramm für benachteiligte Kinder einzuführen. Soweit ich weiß, haben Sie

Lehrkräfte aus den Vereinigten Staaten und mehreren anderen Nationen ins Land geholt, um mit den Kindern zu arbeiten."

„Ja, das ist der Kern des Programms. Es begann in Uganda, wurde aber inzwischen auf benachteiligte Gebiete in Tansania, Ruanda und Burundi ausgeweitet. Mein Nachfolger plant, das Programm fortzuführen. Ich bin der Überzeugung – und darin ist sich der Präsident mit mir einig –, dass Kinder aus ländlichen oder armen Gegenden, wenn sie Zugang zu denselben Bildungsressourcen haben wie Kinder in größeren städtischen Gebieten, besser in der Lage sind, nach Abschluss der Schule einen Beitrag zur Wirtschaft zu leisten. Sie streben nach Berufen, die früher für sie unerreichbar waren. Vielleicht im Finanzsektor, in der Rechtswissenschaft oder in der Medizin. Wir würden uns sogar wünschen, dass einige dieser Kinder zurückkommen und selbst im Rahmen des Programms unterrichten."

„Ich habe den zusammenfassenden Bericht gelesen und war beeindruckt. Sie haben solide Partnerschaften aufgebaut. In Ihrem Schreiben erwähnten Sie, dass Sie das Programm weiter unterstützen wollen, soweit es im Rahmen Ihrer neuen Rolle hier möglich ist, und dass Sie hoffen, die Angelegenheit mit König Eduardo besprechen zu können."

Claire wählte ihre Worte sorgfältig: „San Rimini hat ein ausgezeichnetes Bildungssystem und eine Tradition, seinen Nachbarländern zu helfen. Ich glaube, dass die Teilnahme an diesem Programm von großem Nutzen sein könnte. Selbst wenn ich auf meinem Posten in Uganda geblieben wäre, hätte ich mich irgendwann mit Ihrer Regierung wegen einer möglichen Partnerschaft in Verbindung gesetzt. Österreich und Italien tragen bereits zur Finanzierung bei und entsenden Lehrkräfte."

„Ja, das stand in Ihrem Brief." Der junge Mann straffte leicht die Schultern, als müsste er seinen Mut zusammennehmen, bevor er fortfuhr: „Der König hat sich damit befasst und obwohl er durchaus die langfristigen Vorteile des Programms sieht, hält er es nicht für machbar, dass San Rimini zum jetzigen Zeitpunkt finanzielle Unterstützung leistet oder Lehrkräfte zur Verfügung stellt. Ich wollte Sie das vor der Zeremonie heute Abend wissen lassen –"

„Damit ich beim Dinner mit dem König keine Lobbyarbeit betreibe?" Claire zog eine Augenbraue hoch. „Ohne seine Unterstützung wird man im Parlament wohl kaum weit damit kommen."

„Das ist richtig."

„Mit anderen Worten, er will nicht in aller Öffentlichkeit ablehnen, während Kameras auf ihn gerichtet sind."

Claire beobachtete die stumme Reaktion des Mannes auf ihre Worte. Sie wollte Argumente vorbringen und erklären, dass sie nicht die Absicht hatte, den König heute Abend auf irgendeinen ihrer Vorschläge anzusprechen, geschweige denn auf das Bildungsprogramm, aber sie spürte, dass dies weder der richtige Augenblick noch der richtige Gesprächspartner war.

Sie lächelte, aber es war ein unterkühltes Lächeln. „Danke, Sergio. Ich werde es mir überlegen."

KAPITEL 2

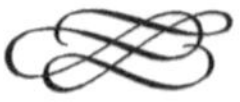

SERGIO RIBISI BLINZELTE und überlegte offenbar, ob das bedeutete, Claire würde dieses Thema nicht berühren. Bevor er weiter argumentieren konnte, fügte sie hinzu: „Ich bin sicher, dass wir in den nächsten Jahren über eine Reihe von Programmen sprechen werden, die für unsere beiden Länder von Vorteil sind. Meine Assistentin Karen genießt mein volles Vertrauen und kennt sich mit der Materie bestens aus. Sie können sich mit jedem Anliegen an sie wenden und sicher sein, dass es an mich oder die zuständige Person in meinem Team weitergeleitet wird.“

Karen erschien zur selben Zeit an Claires Seite, als Stimmen aus dem Flur hörbar wurden, aus dem Bereich, in den Amanda sie geführt hatte. Sergio begriff den Wink und wies in die Richtung des Königlichen Ballsaals. „Ich glaube, es wird Zeit, dass wir uns den Feierlichkeiten anschließen. Sollen wir?“

Als sie auf die Rotunde vor dem Ballsaal zugingen, versuchte Claire, ihre Verärgerung darüber zu unterdrücken, dass König Eduardo ihre Idee verworfen hatte, ohne sich die Mühe zu machen, sie mit ihr selbst zu besprechen. Das Bildungsprogramm für ländliche Gegenden war die größte humanitäre Leistung ihrer Zeit in Uganda. Sie war sicher, dass dieser Erfolg der Hauptgrund dafür war, dass der Präsident ihr den begehrten Posten in San Rimini gegeben hatte. In seinem Wahlprogramm hatte er sein Ziel deutlich gemacht, die Weltwirtschaft durch Bildung und Diplomatie zu verbessern, wann immer dies möglich war, anstatt aggressive Handelspraktiken zu verwenden. Das Programm bedeutete Claire – und dem neuen Präsidenten – zu viel, als dass sie zulassen könnte, dass ein potenzieller neuer Partner absprang, ohne dem Plan seine volle Aufmerksamkeit zukommen zu lassen.

Das Klirren von Gläsern drang an Claires Ohren. Sie bogen um eine Ecke und sahen, wie die Gäste in den Ballsaal geleitet wurden. Gegenüber der Eingangstür führte eine breite Treppe hinunter in die Rotunde, die sich davor befand. Ein Wachposten stand unauffällig am Fuß, zwei weitere hatten am oberen Ende Stellung bezogen. Claire fragte sich, ob die Stufen zu den privaten Räumlichkeiten der Familie führten.

Sergio blieb stehen. „Seine Hoheit wird gleich zu uns stoßen."

Sie nickte. Es war vorgesehen, dass Claire den Ballsaal an der Seite des Königs betrat und dann zu dem niedrigen Podium im vorderen Bereich des Raumes ging, wo sie das Dinner einnehmen sollte. König Eduardo würde in der Mitte des Tisches sitzen, Claire neben ihm, an ihrer anderen Seite Prinz Antony, das älteste seiner vier Kinder. Der amtierende Parlamentspräsident und der Außenminister von San Rimini würden ebenfalls im vorderen Bereich des Raumes Platz nehmen.

„Danke, Sergio", sagte Claire. „Ich bin sicher, es wird ein denkwürdiger Abend."

„Das glaube ich auch, Frau Botschafterin." Während Sergio das sagte, wanderte sein Blick zu einer Seitentür. Ein hochgewachsener Mann betrat den Korridor. Er gehörte offensichtlich zum Sicherheitspersonal, obwohl sein Anzug so gut geschnitten war wie der eines jeden Gastes. Der König folgte ihm. Als er Claire erblickte, war sein Lächeln geübt und dennoch herzlich.

Sergio senkte leicht den Kopf, als der König sich näherte. „Hoheit, darf ich Ihnen die ehrenwerte Claire Peyton, die Botschafterin der Vereinigten Staaten, vorstellen? Frau Botschafterin, darf ich Sie mit Seiner Hoheit, König Eduardo von San Rimini, bekannt machen?"

Claire schüttelte dem König die Hand, während sein politischer Berater zur Seite trat. Sie stellte Karen vor, die den König begrüßte, bevor sie Sergio in den Ballsaal begleitete. Als Claire und der König mit seiner Leibwache allein waren, sagte sie: „La Rocca ist wunderschön, Hoheit. Es ist mir eine Ehre, dass ich mein Beglaubigungsschreiben bei einem solchen Ereignis überreichen darf."

In Uganda hatte sie den Präsidenten in seinem Büro getroffen, ihm und dem ugandischen Außenminister ihr Beglaubigungsschreiben überreicht und dann für ein paar Fotos posiert. Sie hatte einen Businessanzug und hochhackige Schuhe getragen, den Nachrichtenagenturen von Kampala einige Fragen beantwortet und war noch am selben Tag in die Botschaft zurückgekehrt, um ihre Arbeit aufzunehmen.

Dies hier war etwas ganz anderes. Nicht nur sorgten die Kristalllüster und Marmorböden von La Rocca für eine Pracht, die in Ugandas Regierungsgebäuden nicht zu finden war, auch die Zeremonie zur Überreichung des Beglaubigungsschreibens war in San Rimini weitaus feierlicher. Neben dem weltberühmten Monarchen waren auch eine Reihe VIPs und deren Ehepartner anwesend.

„Wir freuen uns, Sie im Palast zu begrüßen, Frau Botschafterin. Ich bin sicher, dass unsere Länder ihre tiefe Freundschaft während Ihrer Amtszeit fortsetzen werden." Sein Blick strahlte Aufrichtigkeit aus, aber sie fragte sich weiterhin, wie viel von seinem Lächeln ihr galt und wie viel angesichts der Menge an wartenden Pressefotografen Gewohnheit war. Doch als er ihre Hand leicht drückte, konnte sie ihren Blick nicht von seinen klaren, blauen Augen abwenden.

Eduardo diTalora mochte bereits Großvater sein, aber er wirkte viel jünger. Trotz einer schweren Herzoperation vor ein paar Jahren war er noch genauso fit und gut aussehend wie damals, als sie seine Hochzeit im Fernsehen verfolgt hatte. Ihr Herz vollführte einen langsamen Salto, genau wie damals, als sie eine Jugendliche mit Zahnspange gewesen war.

Oder vielleicht nicht ganz genauso. Als er ihre Hand losließ, bemerkte sie die feinen Unterschiede, die die Presse nie richtig einfangen konnte: den eleganten Schnitt seines Smokings, die Lachfältchen in seinen Augenwinkeln und die leichten Schattierungen seines graumelierten Haares. Und dann war da noch sein Charisma. Er strahlte es geradezu aus.

Das Stimmengewirr, das aus dem Ballsaal drang, verstummte in Erwartung ihres Eintretens. Claire atmete tief ein und erinnerte sich daran, dass König Eduardo ein Mann war, der zufällig ein Land repräsentierte. Kein Superheld, keine Ikone.

Er wies in Richtung Ballsaal. „Sollen wir?"

Claire ging neben ihm, ihre Schritte auf dem Marmorboden waren das einzige Geräusch in der weitläufigen Vorhalle. Die Leibwache des Königs folgte einige Schritte hinter ihnen. Als sie die Türen des Ballsaals erreichten, verkündete ein Mann im Smoking, der an der Schwelle stand: „Seine Hoheit, König Eduardo von San Rimini, und die ehrenwerte Claire Peyton, Botschafterin der Vereinigten Staaten."

Im Ballsaal erhoben sich alle. Nach einem Moment Pause begann auf einer Seite des Raumes eine Gruppe von Musikern des Königlichen Orchesters *Wächter der Adria* zu spielen. Sie hatte sich die Hymne schon früher am Tag angehört, um sich mit der Melodie vertraut zu machen. Der Text beschwor die

Schönheit von San Rimini und die Stärke seines Volkes, das vereint war unter einem Monarchen, der über sie wachte.

„Es ist eine schöne Melodie", flüsterte Claire, während sie auf den Takt warteten, der ihnen den Zeitpunkt zum Eintreten signalisierte.

„Das fand ich auch immer", erwiderte er. „Der größte Teil Europas kopierte *God Save the Queen*, das wiederum von den Franzosen kopiert wurde. Unsere Komponisten sind ihren eigenen Weg gegangen."

Sie hatte schon gedacht, dass der König Charisma hatte, während sie im Vorraum standen, doch der Eindruck wurde doppelt so stark, als die Musik anschwoll und sie den Ballsaal betraten. Und sie war nicht die Einzige, die das bemerkte. Alle Augen richteten sich auf den Mann neben ihr.

Eduardo lächelte seine Gäste zur Begrüßung an und sofort wurde die Stimmung trotz der Förmlichkeit der Veranstaltung festlicher. Claire bewunderte sein Talent, allen seiner zweihundert Gäste das Gefühl zu geben, dass sein Lächeln speziell ihnen galt. Offensichtlich hatte er sein Leben lang Erfahrung darin gesammelt, einen großen Auftritt hinzulegen.

„Das Orchester wird gleich etwas Amerikanisches und Patriotisches spielen, um Sie willkommen zu heißen." Er beugte sich näher zu ihr hinüber und sprach leise weiter, während sie sich durch den Raum bewegten: „Ich für meinen Teil werde darüber froh sein. So schön unsere Hymne auch sein mag, ich höre sie oft genug, um ihrer überdrüssig zu werden."

„Das bezweifle ich irgendwie", antwortete sie. „*Hail to the Chief* scheint für amerikanische Präsidenten oder Militärkapellen nie alt zu werden."

„Ihre Präsidenten sind höchstens acht Jahre im Amt. Das ist gerade genug Zeit, damit sich das Lied in ihren Köpfen festsetzen kann. Allerdings kann ich mir vorstellen, dass alle britischen Monarchen irgendwann einmal gedacht haben: ‚Bitte, hört auf, Gott anzuflehen, mich zu schützen. Diese Bitte sollte inzwischen angekommen sein.“

„Aber Ihre Hymne ist die perfekte Mischung aus eingängig und erhaben. Und sie passt einfach zu San Rimini.“

„Das stimmt.“

Claire schritt langsam neben dem König her und lächelte den Gästen zu, während sie sich dem Podium näherten. Einige erkannte sie als Angestellte der Botschaft. Andere waren Mitglieder wichtiger Regierungsabteilungen oder saßen im Parlament von San Rimini. Sie erspähte Karen, die ihr diskret beifällig zunickte, was sie beruhigte. Claire war dankbar, eine so zuverlässige und fähige Frau in ihrem Team zu haben. Im Verlauf des Abends würde Karen durch den Raum gehen und Claire die Personen zeigen, die sie unbedingt begrüßen musste. Sie würde sich vorstellen, sich mit deren Anliegen vertraut machen und dafür sorgen, dass die verschiedenen Botschaftsabteilungen über alle informiert wurden, die ausführlicher über amerikanische Geschäftsinteressen, Programme oder die Regierungspolitik sprechen wollten.

Es war ein festlicher Abend, aber auch ein Arbeitsevent.

Innerhalb weniger Minuten hatten alle Platz genommen und genossen eine Auswahl an lokalen Spezialitäten. Prinz Antony erwies sich als jemand mit einem trockenen Humor, der Claire während des Essens gut unterhielt. Als das Dinner fast beendet war, erhob sich der Kronprinz, bat die Anwesenden um Ruhe und dankte allen, dass sie an diesem Abend gekommen waren. Claire überreichte ihr Beglaubigungsschreiben des Präsidenten und König Eduardo hielt eine kurze Rede, in der er seine Freude ausdrückte, eine neue Botschafterin kennenzulernen, bevor er erklärte, dass er an die guten Beziehungen zwischen den USA und San Rimini anknüpfen wolle.

Dann war Claire an der Reihe. Sie bedankte sich bei den Gästen für den herzlichen Empfang in San Rimini und betonte, dass es ein wunderbares Land sei, um darin zu leben, und sie sich darauf freue, alles über seine Bewohner und ihre Traditionen zu erfahren. Doch als ihr Blick über das Konzept ihre Rede wanderte, das sie Anfang der Woche geschrieben hatte, und sie all die üblichen Nettigkeiten sagte, ihren Wunsch äußerte, die Handelsbeziehungen zu verbessern, Umweltbelange zu thematisieren und den Tourismus zwischen den beiden Nationen anzukurbeln, sprang ihr ein Wort ins Auge: Bildung. Das war alles, was sie geschrieben hatte, ein einziges Wort. Plötzlich erschien ihr dieses eine Wort unzureichend.

Sie schaute vom Rednerpult auf und betrachtete die Menge. „Wie viele von Ihnen wissen, habe ich vor meinem Posten hier erst zwei Jahre in der amerikanischen Botschaft in Kairo gearbeitet und dann fünf Jahre in Kampala, Uganda." Ein leichtes Raunen ging durch den Raum und sie fügte hinzu: „Ja, es ist eine ziemliche Umstellung. Es gibt viele Menschen auf dieser Welt, die mit einer Armut konfrontiert sind, die wir uns nur schwer vorstellen können, während wir in diesem schönen Gebäude speisen oder unser tägliches Leben mit den Vorteilen einer stabilen Regierung genießen, einer Regierung, an deren Schaffung und Bewahrung Sie hier in San Rimini über Jahrhunderte hinweg gearbeitet haben."

Sie ließ ihren Blick zu mehreren Mitgliedern des Parlaments schweifen und wandte sich dann König Eduardo zu. Seine Augen waren eine unerwartete Herausforderung für sie und sie musste sich zwingen, nicht wegzusehen. Was hatte dieser Mann an sich, das sie verunsicherte? War es sein Titel? Sein Ruf? Claire hatte sich in ihrem Leben noch nie von jemandem einschüchtern lassen. Ihre Mutter war in einem Haushalt mit unzuverlässiger Stromversorgung aufgewachsen, in einer Gegend, in der eine umfassende Schulbildung für viele Familien unerreichbar war, und doch hatte ihre Mutter es im Leben zu etwas gebracht. Und sie hatte ihren Kindern vom Tag ihrer Geburt an gesagt, sie sollten jede Chance nutzen, die sich ihnen bot, und hart für die Verwirklichung ihrer Träume kämpfen.

Nun, dies war Claires Traum.

Mit ruhiger Stimme sagte sie: „Bildung ist der Schlüssel zu all dem, was San Rimini heute ist. König Eduardo hat sich, wie seine Vorgänger, sehr dafür eingesetzt, dass alle den gleichen Zugang zu Bildung haben. Diese Unterstützung hat zu einem hohen Lebensstandard für alle Menschen von San Rimini geführt.“

Sie richtete ihren Blick auf das Publikum. „Ihre gewählten Vertreter sind ebenfalls begeisterte Befürworter Ihres Bildungssystems. Sie haben Programme ins Leben gerufen, die bereits bei den jüngsten Schulkindern ansetzen, und die Universität von San Rimini ist weltweit für ihre innovativen Forschungsansätze und wissenschaftlichen Entdeckungen bekannt. Die Chancen, die dieses Bildungssystem bietet, sind eine Quelle des Stolzes für viele Ihrer Bürger. Ich hoffe, dass die Vereinigten Staaten Hand in Hand mit San Rimini arbeiten können, um denjenigen, die nicht so begünstigt sind, ähnliche Möglichkeiten zu eröffnen.“

Claire hielt inne. Es juckte sie, mehr zu sagen, doch sie wusste, dass es eine reflexartige Reaktion darauf war, dass Sergio Ribisi ihr unmissverständlich zu verstehen gegeben hatte, sie solle das Thema nicht anschneiden. Während sie sprach, hatte sie gespürt, dass sie mehr Erfolg beim König haben würde, wenn sie jetzt aufhörte. Sie hatte gerade genug gesagt, um ihren Standpunkt darzulegen. Doch sie hatte nichts geäußert, was das Publikum vermuten lassen würde, dass es bereits Unstimmigkeiten zwischen ihrem Monarchen und der neuen amerikanischen Botschafterin gegeben hatte.

Sie warf einen Blick auf ihre Notizen, fand ihre Schlussworte über die Vorteile internationaler Freundschaft und Zusammenarbeit und beendete damit ihre Rede. Unter großem Beifall, auch von König Eduardo, kehrte sie an ihren Platz zurück. An seiner Körpersprache konnte sie jedoch erkennen, dass es richtig gewesen war, ihr Glück am Rednerpult zu versuchen, denn eine weitere Chance würde sie nicht bekommen.

Und mit etwas Glück würde ihr heutiger Vorstoß nicht negativ auf sie zurückfallen.

***

EIN NERV ZUCKTE an Sergio Ribisis Kiefer, als er sich zu König Eduardo hinüberbeugte und seine Stimme senkte, sodass die anderen ihn nicht hören konnten: „Ich habe vor dem Essen mit Botschafterin Peyton gesprochen, Hoheit. Anscheinend ist es mir nicht gelungen, meinen Standpunkt klarzumachen. Botschafter Cartwright hätte es verstanden. Beim nächsten Mal werde ich mich deutlicher ausdrücken."

König Eduardo schüttelte den Kopf. „Kein Grund zur Sorge, Sergio. Die Rede der Botschafterin war vorbereitet. Vielleicht hat sie sich nicht wohl dabei gefühlt, im letzten Moment vom Manuskript abzuweichen. Es ist kein Schaden entstanden."

Er blickte durch den Raum zu Claire Peyton, die gerade mit einer Gruppe sprach, zu der seine Tochter Isabella, sein Sohn Marco sowie mehrere Abgeordnete und ein amerikanischer Telekommunikationsmanager gehörten. Sie wirkte selbstbewusst und entspannt. Er musste sie dafür bewundern, dass sie an ihren Überzeugungen festhielt, auch wenn sie ihren Willen auf lange Sicht nicht durchsetzen konnte.

Eduardo hatte Botschafter Cartwright persönlich gemocht. Der Mann hatte keine Wellen schlagen wollen, da er sich dem Ruhestand näherte, und so hatte er sich bei seiner Arbeit auf unstrittige Themen beschränkt. Er hatte seine hochrangige Stellung ausgekostet und wollte nicht riskieren, sie zu verlieren oder in ein Land versetzt zu werden, in dem es keine schöne, historische Botschaftsresidenz wie in San Rimini gab, wo er leichten Zugang zu Theatern, Nobelrestaurants und einem vielfältigen gesellschaftlichen Leben hatte.

Zum Beispiel in ein Land wie Uganda.

„Das Orchester bereitet sich auf seinen Einsatz vor", fuhr Sergio fort. „Ich würde gerne noch etwas mit dem Verkehrsminister besprechen, bevor der Tanz beginnt und es schwierig wird, sich zu unterhalten."

Eduardo nickte. „Ich weiß, dass Sie morgen alle über den Verlauf der Besprechung im Stadtplanungsausschuss informieren werden, aber was war das Gesamtergebnis?"

„Wir haben eine Herausforderung vor uns, doch ich bin optimistisch."

Das war Musik in Eduardos Ohren. Sergio äußerte nur Optimismus, wenn er gerechtfertigt war. „Dann wünsche ich Ihnen viel Erfolg beim Gespräch mit dem Verkehrsminister."

Sergio entschuldigte sich und Eduardo nutzte die Gelegenheit, um mit einem Abgeordneten zu sprechen, den er seit fast zwanzig Jahren kannte. Hinter dem Parlamentarier signalisierte eines der Mitglieder des königlichen Orchesters Prinz Antony, dass sie bereit waren, zu beginnen. Eduardo war dankbar, dass Antony und Jennifer die Gäste auf die Tanzfläche führen würden. In den letzten Jahren hatte Eduardo sein Bestes getan, um das Tanzen zu vermeiden, das bei so vielen formellen Anlässen von ihm erwartet wurde. Als Witwer und König seines Landes musste er vorsichtig sein, wen er bei solchen Gelegenheiten als Partnerin wählte. Eine Frau, die ledig war und auf der gesellschaftlichen Leiter ganz oben stand, führte in den Medien zu Gerüchten über eine romantische Beziehung. Wenn die Frau auch nur den Anschein eines Skandals in ihrer Vergangenheit hatte, wurde auch das in der Klatschpresse veröffentlicht, zusammen mit versteckten Anspielungen auf sein Urteilsvermögen. Die Boulevardmagazine konnten Teile des Lebens einer Person nehmen und sie so verdrehen, dass sie eine Story ergaben, die das genaue Gegenteil der Wahrheit war. Es ärgerte ihn, dass ein kurzer Tanz und eine belanglose Unterhaltung die Aufmerksamkeit von all der positiven Arbeit ablenken konnten, die er und seine Tanzpartnerin leisten mochten.

Als die Musik einsetzte, führte der Kronprinz seine Frau auf die Tanzfläche. Einen Moment später gesellten sich Marco und seine Frau Amanda dazu und brachten eine amerikanische Unternehmerin und ihren Mann mit.

Die Medien richteten das grelle Licht ihrer Scheinwerfer abwechselnd auf Eduardo und seine vier Kinder, schienen aber immer wieder zu ihm und der Frage nach seinem Status als wohlhabender, königlicher Witwer zurückzukehren. An Abenden wie diesem, an denen die Pressevertreter durch den Saal huschten, mehr auf der Suche nach Klatsch und Tratsch als nach handfesten Nachrichten, sagte er sich, dass es schlimmer sein könnte. Er könnte ein Windsor sein. Das Interesse, das die Ankunft einer neuen Botschafterin in San Rimini erregte, war nichts im Vergleich zu formellen Ereignissen im Buckingham Palace.

Er beendete sein Gespräch mit dem Abgeordneten, wandte sich dann um und nahm von einem vorbeikommenden Kellner ein Glas Mineralwasser entgegen.

In seinem Land herrschte Frieden, er war zufrieden mit den Ergebnissen seiner Arbeit und obwohl alle seine vier erwachsenen Kinder ihr eigenes Leben lebten, hatten sie sich entschieden, unter einem Dach in La Rocca zu bleiben. Das erlaubte ihm, ganz wie es ihm gefiel, Zeit mit ihnen und seinen drei Enkeln zu verbringen.

Wenn er ab und zu Ballsäle und Tanzveranstaltungen auf sich nehmen musste, war das ein kleiner Preis dafür.

„Finden Sie etwas auf der Tanzfläche amüsant, Hoheit? Oder bezieht sich Ihre Erheiterung auf die Auswahl des Musikstücks?"

Er drehte sich zu Claire Peyton um, die neben ihm stand, ein Weinglas in der Hand. Ihr dunkler Scheitel reichte gerade bis zu seiner Schulter. Offenbar hatte sie ihn dabei ertappt, wie er in sich hineinlächelte, als er für einen Moment in Gedanken versunken gewesen war. „Tatsächlich habe ich an meine Kinder gedacht. Es ist selten, dass wir alle dieselbe Veranstaltung besuchen."

„Ich verstehe, wieso Sie das zum Lächeln bringt." Sie blickte zur Mitte der Tanzfläche, wo Prinzessin Isabella und ihr Mann sich zu den anderen gesellt hatten. „Soweit ich es beurteilen kann, haben Sie und Ihre Frau vier wertvolle Menschen großgezogen. Das muss eine Herausforderung gewesen sein, angesichts des Rampenlichts."

„Es war sicherlich nicht immer einfach, aber sie sind glücklich und das ist die Hauptsache. Wie ist es bei Ihnen? Haben Sie einen Partner? Kinder?"

„Nein. Eine kurze Ehe und dann eine Scheidung, vor langer Zeit."

Sie sagte es so unverblümt, als hätte sie die Frage schon tausendmal beantwortet. Was wahrscheinlich zutraf. Es schien sie nicht zu stören.

Spontan lächelte er sie an. Claire Peyton war ganz anders als der vorherige Botschafter. Ihre Augen strahlten, wenn sie sprach, als würde jedes Gespräch ihre Aufmerksamkeit völlig in Anspruch nehmen, nicht nur mit ihm, sondern auch mit anderen. Ihre Rede war wortgewandt gewesen, hatte die perfekte Länge gehabt und war – wie er vermutete – teilweise aus dem Stegreif gehalten worden, auch wenn er Sergio etwas anderes gesagt hatte. Ihr kurzes dunkles Haar war akkurat geschnitten, allerdings kräuselte es sich um ihre Ohren, was er attraktiv fand. Rich Cartwright hingegen, der schließlich auf die fünfundsiebzig zuging, trug ständig zerknitterte Anzüge und seine grauen Haare hatten einen kurzen Bürstenschnitt. Obwohl Rich über außergewöhnliche diplomatische Fähigkeiten verfügte, vermutete Eduardo, dass Claire engagierter sein würde, als Rich es je gewesen war.

„Was geht Ihnen durch den Kopf?"

Sein Gesicht wurde heiß, weil sie ihn dabei erwischt hatte, wie er sie anstarrte. Er brauchte eine Sekunde, um sich zusammenzureißen. „Ach, nichts Wichtiges. Ich habe mich nur gefragt, warum Ihrer Meinung nach das Orchester bei der Auswahl des Songs Humor bewiesen haben könnte."

Sie hob ihre Brauen. „Erkennen Sie das Stück?"

Er hörte genau hin, dann schüttelte er den Kopf. „Ich habe es schon einmal gehört, aber ich weiß den Titel nicht. Es ist wunderschön."

„Es heißt *Let the Rest of the World Go By*. Willie Nelson hat eine bekannte Version davon gesungen. Aber das hier ist eine andere Fassung, ein Arrangement von John Barry, das in dem Film *Jenseits von Afrika* zu hören ist."

Er sah sie überrascht an. „Ah, nun verstehe ich, wieso Sie die Wahl amüsant finden. Ich bezweifle allerdings, dass jemand die Verbindung zu Ihrem vorherigen Posten gezogen hat."

„Das wäre etwas weit hergeholt, ja. Aber ich fand es lustig." Ein leichtes Lächeln umspielte ihre Lippen, als sie die Musiker betrachtete. „Es ist sogar eines meiner Lieblingsstücke. Haben Sie den Film gesehen?"

„Ja, vor Jahren. Ich fürchte, ich erinnere mich kaum noch daran."

Sie nahm einen langsamen Schluck von ihrem Wein und sagte dann: „Es gibt eine Stelle in dem Film, an der die Hauptfigur, Karen Blixen, gezwungen ist, all ihr Hab und Gut zu verkaufen. Möbel, Kunstwerke, sogar das Geschirr ihrer Mutter. Alles, was sie im Laufe ihres Lebens in Dänemark und Kenia zusammengetragen hat. Eines Abends hat sie alles vor ihrem Bauernhaus aufgestapelt, bereit für den Hofflohmarkt am nächsten Morgen. Sie sitzt in ihrem leeren Haus und verzehrt ihr Essen, das auf einer Packkiste steht." Claire hob eine Hand und deutete auf ein fiktives Haus, während sie sprach. „Man kann ihr Elend und das Gefühl, versagt zu haben, spüren. Diese Frau, die so hart gearbeitet hat, ist kurz davor, alles zu verlieren, was ihr bisheriges Leben ausmachte. Dann betritt Denys, dargestellt von Robert Redford, das Haus. Ihr Anblick zerreißt ihm das Herz. Sie erzählt ihm, dass sie, wenn es schlecht läuft, versucht, sich in ihrem Kopf auszumalen, wie es noch schlimmer sein könnte. Wenn sie das tut, weiß sie, dass sie alles aushalten kann. Sie fragt ihn, ob er ihr helfen würde. Als er nickt, dreht sie sich zu ihrem Grammophon um, das in der Nähe steht, und legt dieses Lied auf. Sie tanzen durch das leere Haus, dann in den Vorgarten, mitten durch all ihre Habseligkeiten hindurch. Am Ende lächeln sie beide." Claires eigenes Lächeln wurde eine Spur breiter. „Die Aussage dahinter ist, dass man Erfahrungen und Menschen mehr schätzen sollte als Dinge. Sich auf den Moment konzentrieren und den Rest der Welt an einem vorbeiziehen lassen. Zumindest ist das die Botschaft, die ich daraus mitgenommen habe."

„Sie erwecken in mir den Wunsch, den Film erneut anzusehen und diesmal besser aufzupassen."

„Es ist einer dieser seltenen Filme, die es wert sind, ein zweites Mal angeschaut zu werden." Sie nahm einen letzten Schluck ihres Weins, als das Lied endete und das Orchester zu einer neuen Melodie überging. Ein Kellner erschien, nahm Claires leeres Glas entgegen und bot ihr ein volles an. Sie lehnte ab und glättete diskret ihren leuchtend roten Rock. Ihre Erscheinung war einzigartig. Ihre großen Augen unter den dichten Brauen wurden von dunklen Wimpern umrahmt. Sie hatte glatte, olivfarbene Haut und die Art von vollen Lippen, für die andere Frauen horrende Summen an Schönheitschirurgen zahlten. Er fragte sich, welchen Hintergrund sie hatte – ob sie außer Englisch weitere Sprachen sprach, welche politischen Überzeugungen sie vertrat, ob sie irgendwelche Hobbys hatte – und beschloss, dass er Sergio morgen fragen würde. Sergio schien diese Art von Informationen immer parat zu haben und Eduardo stellte fest, dass er mehr über Claire wissen wollte als das, was in den für ihn vorbereiteten Unterlagen stand.

„Hoheit, es ist wahrscheinlich ein schrecklicher Verstoß gegen die Etikette – ja, ich weiß, dass es ein Verstoß gegen die Etikette ist –, aber ich habe eine Frage."

„Natürlich. Sie können mich alles fragen." Er stellte sein Wasserglas auf ein Tablett in der Nähe, während sie zu Isabella und Nick blickte, die gerade die Tanzfläche verließen, um sich mit einer Gruppe von Gästen zu unterhalten.

In diesem Moment wusste er, was sie fragen wollte. Er sprach, bevor Sie es tun konnte: „Frau Botschafterin, hatten Sie vor, mich zum Tanz aufzufordern?"

KAPITEL 3

ER KONNTE UNMÖGLICH GESAGT HABEN, was sie glaubte, verstanden zu haben. Oder doch?

„Hoheit?“ Claire zwang sich, nicht einen Schritt zurückzutreten oder die Stirn in Falten zu legen, wie sie es oft tat, wenn sie etwas Unglaubliches hörte.

Er bot ihr seinen Arm. „Möchten Sie tanzen?“

Er *hatte* es also gesagt. Offensichtlich musste sie noch eine Menge darüber lernen, wie die Dinge in San Rimini liefen.

„Es wäre mir eine Ehre.“

Sein Mund verzog sich zu einem seltsamen halben Lächeln, als sie ihre Hand auf seinen Arm legte und sich von ihm in die Mitte des Raumes führen ließ, wo sich die meisten anderen Gäste unter den Kristalllüstern drehten.

Es war einleuchtend, fand sie. Normalerweise tanzte der Gastgeber bei solchen Veranstaltungen mit dem Ehrengast oder dessen Ehepartner. Aber irgendwie wäre es ihr nie in den Sinn gekommen, dass man von ihr erwartete, mit dem König zu tanzen. Karen hatte es nicht erwähnt. Sergio Ribisi auch nicht, als er mit ihr den Ablaufplan durchsprach, und er war dabei sehr gründlich vorgegangen.

Irgendwo in ihrem Hinterkopf stellte sie sich die Frage, ob ihre Familie morgen darüber lesen würde. Sie waren alle immer stolz auf sie und wussten, dass sie in ihrem Job hart arbeitete, aber dies war das erste Mal, dass sie mit den Reichen und Schönen Südeuropas verkehrte, ganz zu schweigen von einer Königsfamilie. Ihre Eltern würden die Berichterstattung in der Presse aufregend finden.

Claire lächelte in sich hinein. Sie war amüsiert über den Weg, den ihr Verstand zur Selbstverteidigung eingeschlagen hatte. Die Gedanken an ihre Familie lenkten sie von dem ab, was sie gerade tat: Sie tanzte mit einem König. Einem sehr gut aussehenden, theoretisch für eine Ehe in Betracht kommenden König. Einem mit strahlend blauen Augen, der herzlicher war, als sie erwartet hatte, und mit einem Lächeln, das einen ganzen Raum in den Bann schlagen konnte – und dies auch tun würde, wenn er kein König wäre.

Aber er *war* ein König, einer, mit dem sie in den kommenden Monaten und Jahren regelmäßig verhandeln musste. Einer, der zwischen ihr und ihren Zielen stehen – oder diese beflügeln konnte.

Er drehte sie sanft herum, legte eine Hand an ihr Kreuz und führte sie über die Tanzfläche. Seine Schritte waren gewandt und sicher und sie fragte sich, wie viel Zeit er als Kind damit verbracht hatte, zu lernen, wie man sich bei offiziellen Anlässen benahm – wie man tanzte, was man sagte, wie man aß –, und zwar auf eine Weise, die einem König angemessen war.

„Ich bin jetzt überzeugt, dass die Wahl von *Jenseits von Afrika* rein zufällig war." Eduardo warf einen Blick in Richtung der Musiker. „Dieser Song hat keinerlei tiefere Bedeutung. Er ist eine Nummer. Komposition Nummer fünf oder neun oder etwas in der Art. Ich bin sicher, dass ich in meiner Jugend die Tonart für einen Musiklehrer bestimmen musste, aber dieses Wissen habe ich bequemerweise vergessen."

„Ich konnte diese nie bestimmen, also sind Sie mir voraus."

Sie erwartete, dass er weitere Höflichkeiten äußern würde. Stattdessen verzog er kurz das Gesicht. „Sie wollten mich nicht um einen Tanz bitten, oder, Frau Botschafterin?"

„Nein, das hatte ich nicht vor." Sie wunderte sich über ihre ehrliche Antwort und war gleichzeitig verlegen, dass er diese Vermutung gehabt und sie dann selbst auf die Tanzfläche gebeten hatte, um sie vor einem Fauxpas zu bewahren. „Und ... ich vermute, ich habe hier gerade eine peinliche Situation geschaffen."

Sein Lachen kam schnell und klang aufrichtig. „Indem Sie es ansprechen, haben Sie die Peinlichkeit soeben ausgeräumt. Gut gemacht."

„Ich bin Diplomatin. Das gehört zu meinem Job. Zumindest, wenn ich ihn richtig mache."

„Ich verstehe." Sie vollführten einige weitere Tanzschritte in der Mitte, bevor er nachhakte: „Was wollten Sie denn fragen, das Ihrer Meinung nach gegen die Etikette verstoßen hätte?"

Sie nahm sich einen Moment Zeit, um über ihre folgenden Worte nachzudenken, während sie sich auf Antony und Jennifer zu- und dann wieder fortbewegten, näher an einen der Sicherheitsbeamten des Königs heran, der am Rande der Tanzfläche unauffällig die Menge beobachtete. „Ich weiß, dass wir nicht hier sind, um über Einzelheiten von Politik und politischen Maßnahmen zu sprechen ..."

„Stimmt."

„Aber ich wollte Ihnen eine Frage zu etwas stellen, was Ihr Berater, Sergio Ribisi, heute Abend erwähnt hat."

Die feinen Linien auf seiner Stirn vertieften sich ein wenig. „Hat er etwas gesagt, was Sie gekränkt hat?"

„Nein, aber seine Äußerung hat mich überrascht." Sie begegnete dem neugierigen Blick des Königs. „Ich hatte nicht erwartet, dass man mir vorschreibt, welche Themen ich heute Abend anschneiden sollte und welche nicht."

Er brauchte einen Moment, um das zu verarbeiten. „Sie

meinen das Bildungsprogramm, an dem Sie in Uganda gearbeitet haben?"

„Ja."

Sie schwiegen einen Moment, als sich eine Palastfotografin für ein Foto näherte. Als sie sich zurückzog, sagte Claire: „Hoheit, ich hatte nicht vor, heute Abend den Plan oder irgendetwas, das mit diesem Konzept zu tun hat, im Detail zu besprechen. Hier geht es um die Zeremonie als solche und um die Gelegenheit, Sie und einige Ihrer wichtigsten Mitarbeiter und Parlamentsabgeordnete kennenzulernen. Es ist auch eine Gelegenheit für Ihre Regierungsbeamten, zu beurteilen, was für eine Botschafterin ich sein werde und wie wir am besten zusammenarbeiten können."

„Dann fürchte ich, dass ich Sie gekränkt habe, und nicht Sergio."

„Ganz und gar nicht, Hoheit. Vielleicht ein wenig, aber ich fühle mich nie beleidigt, wenn es nicht beabsichtigt war."

Sie drehte den Kopf ein wenig, um ihn besser betrachten zu können. Der König überragte sie mehr, als sie erwartet hatte, dabei trug sie bereits hochhackige Schuhe. „Bei unseren ersten offiziellen Treffen würde ich jedoch gerne das Bildungsprogramm sowie andere sozial- und wirtschaftspolitische Initiativen besprechen, die für San Rimini von Bedeutung sind. Unsere Länder blicken auf eine lange Geschichte der Kooperation zurück und ich glaube, dass die gemeinsame Arbeit an diesen Projekten die Beziehung zwischen uns noch weiter vertiefen wird."

Die Beziehungen zwischen unseren Ländern, stellte sie in Gedanken klar. Das nächste Mal würde sie sich mit mehr Bedacht ausdrücken.

„Ich bin sicher, wir werden Punkte finden, in denen wir übereinstimmen, Frau Botschafterin."

Seine Hand bewegte sich leicht auf ihrem Rücken, aber die Stelle, auf der seine Hand gelegen hatte, blieb warm von seiner

Berührung. Claire hatte schon mehr als einmal mit ausländischen Amtsträgern getanzt, doch aus irgendeinem Grund fühlte es sich mit König Eduardo anders an. Der Moment hatte etwas Denkwürdiges an sich, und sie wusste nicht, wie sie das deuten sollte.

„Sind Sie schon in die Botschaftsresidenz eingezogen?"

„Das werde ich nächste Woche tun. Botschafter Cartwrights persönliche Gegenstände sollen übermorgen verschifft werden."

„Ich nehme an, danach wird die Residenz gereinigt und eine erneute Sicherheitsüberprüfung durchgeführt?"

„Das ist die Routine. Meine Sachen sind noch auf dem Weg von Uganda hierher, es hat also keine Eile."

„Sie werden feststellen, dass die Diplomaten hier eine enge Gemeinschaft bilden. Die meisten Botschaften liegen nur ein paar Straßenzüge voneinander entfernt, ebenso wie die Residenzen der Botschafter. Richard Cartwright mochte das Gefühl der Kameradschaft, das dadurch entsteht. Bei mehr als einer Gelegenheit erwähnte er auch, wie sehr er das Haus selbst vermissen würde. Er hat seinen Ruhestand um einige Jahre länger hinausgezögert, als er ursprünglich geplant hatte, um den Posten in San Rimini anzunehmen, obwohl seine Kinder und Enkelkinder in Kalifornien leben."

„Ich bin nicht früh genug hier eingetroffen, um an seiner Abschiedsparty in der Residenz teilnehmen zu können, aber es muss ein ziemliches Ereignis gewesen sein. Er sagte mir, dass der Abschied nach solch einem unglaublichen Abend bittersüß sei."

Eduardo lächelte. „Ich war nicht zugegen, aber meine Tochter Isabella war dort. Er hat ihr dasselbe gesagt."

Die Musik wurde einen Augenblick lauter, als der Song seinen Höhepunkt erreichte. Der König wartete, bis sie wieder leiser wurde, und fuhr dann fort: „Isabella war seit der Renovierung nicht mehr in der Residenz gewesen. Sie meinte, alles sei wunderschön geworden."

„Das stimmt. Botschafter Cartwright führte mich herum und zeigte mir mehrere Bilder aus der Zeit davor. Es ist beeindruckend, was hier geleistet wurde. Der Architekt und die Bauleute haben darauf geachtet, dass die Geschichte des Hauses gewahrt bleibt. Sie brachten die sanitären Einrichtungen und elektrischen Leitungen auf den neuesten Stand, verwendeten aber die historischen Vorrichtungen. Wenn man durch das Haus geht, hat man das Gefühl, sich im Originalgebäude zu befinden."

„Es ist eines der ältesten in der Gegend, oder?"

Sie nickte. „Es wurde im frühen siebzehnten Jahrhundert von einem Reedereibesitzer erbaut. Sein Ur-Ur-Enkel hatte keine Kinder, also vererbte er es einer Lehrerin, die Ende des 17. Jahrhunderts darin eine Mädchenschule eröffnete. Sie bewohnte das oberste Stockwerk und die Mädchen lebten unten. Die Schule war fast hundert Jahre lang in dem Haus untergebracht, bis andere Räumlichkeiten verfügbar waren und das Gebäude dann leer stand. Etwa ein Jahrzehnt später wurde es von der US-Regierung erworben und umgebaut. Dies war die erste größere Renovierung seitdem. Ich freue mich schon darauf, alle Winkel und Ecken zu erkunden. Wer weiß, welche Geheimnisse es birgt?"

Der König lachte, was die Aufmerksamkeit mehrerer Menschen in der Nähe erregte. Claire war überrascht, dass es so ... so *menschlich* klang. Es war nicht das Lachen einer berühmten Persönlichkeit, die wusste, dass jedes Wort und jede Äußerung genau beobachtet wurde. Vielmehr war es die Art von Lachen, die man unter Freunden hörte. Ein Lachen voller Wertschätzung.

Seit er sie in der Rotunde begrüßt hatte, war nichts mehr von dem Glamour übrig geblieben, den ihm das Bewusstsein verlieh, im Licht der Öffentlichkeit zu stehen. In Anbetracht seiner Position war das wahrscheinlich nur vorübergehend, aber es gefiel ihr, ihn so zu sehen.

„In diesem Fall habe ich so eine Ahnung, dass Ihnen das Haus aus anderen Gründen gefallen wird als Botschafter Cartwright. Ich glaube, er schätzte seine Lage mehr als alles andere. Es befindet sich in der Nähe der Strada il Teatro und des Ausgehviertels."

„Ich verstehe den Reiz, den das Theater ausübt, aber für Glücksspiel kann ich mich überhaupt nicht begeistern. Die Möglichkeit, ein Casino fußläufig zu erreichen, ist an mich verschwendet."

„Niemand könnte in Ihrer Position bestehen, der nicht die Fähigkeiten eines Spielers hat. Aber ich stimme Ihnen zu, was das Haus angeht. Ich hatte schon immer eine Vorliebe für alte Bücher und die Sammlung in der Botschaftsresidenz ist beeindruckend." Die Augen des Königs funkelten – entweder, weil er sich gut unterhielt, oder wegen der Kronleuchter über ihm. „Ich vermute, Sie sind jemand, der Gefallen an einem guten Buch findet."

„Das bin ich. Ich freue mich schon darauf, zu sehen, was in den Regalen steht." Seine Hand bewegte sich auf ihrem Rücken und wieder überlief es sie heiß. Sie war dadurch abgelenkt, fing sich jedoch schnell genug, um zu erwidern: „Das klingt, als ob Sie mit der Einrichtung des Hauses vertraut sind."

„Kurz nachdem Botschafter Cartwright nach San Rimini kam, nahm ich dort an einem Dinner teil und wir trafen uns auch einige Male in der Bibliothek. Es war einfacher, als sich in der Botschaft oder hier im Palast zu treffen, wenn wir heikle Themen zu besprechen hatten. Allerdings habe ich das Haus nach der Renovierung nicht mehr gesehen."

Sie versuchte, sich auf seine Worte zu konzentrieren und nicht darauf, wie seine volltönende Stimme und sein Akzent von San Rimini sie einhüllten. Leider half das nicht. Sie stellte sich König Eduardo vor, wie er in dem Raum, der jetzt ihre Bibliothek war, am Kamin saß, die Füße auf einem Polsterhocker, und über die Themen des Tages plauderte. Sie fragte sich, ob er außerhalb des Palastes, abseits der Beobachtung durch die Öffentlichkeit, entspannter wäre.

Der Song neigte sich dem Ende zu und sie wagte einen Vorstoß: „Dann müssen Sie es sich anschauen und mir sagen, was Sie von den Veränderungen halten. Vielleicht, wenn wir uns treffen, um unsere gemeinsamen Ziele zu besprechen."

„Das würde ich gern tun." Sie spürte, wie er ernst wurde, bevor er weitersprach: „Ich habe mir ein paar Minuten Zeit genommen, um mir Ihr Bildungsprogramm anzusehen. Ich bewundere den Erfolg. Jedoch glaube ich nicht, dass es für San Rimini derzeit machbar ist, sich daran zu beteiligen."

Ein anderes Paar kam in Hörweite. Sie wartete, bis sie sicher war, dass niemand lauschte, ehe sie fortfuhr: „Ich weiß Ihre Offenheit zu schätzen. Aber würden Sie mir zumindest die Gelegenheit geben, Ihnen das Programm selbst vorzustellen? Es verdient mehr als nur ein paar Minuten Beachtung. Der Präsident würde sich freuen, wenn Sie mich anhören würden, ob Sie sich nun entscheiden, es zu unterstützen, oder nicht."

Die Musik wurde langsamer, der Song verklang und ein neuer begann. Der König führte sie von der Tanzfläche in Richtung der Tische. Ein Mann Mitte dreißig, der einen marineblauen Anzug und eine himmelblaue Krawatte trug, kam auf sie zu. Er wirkte wie jemand, der mit dem König sprechen wollte. Bevor Eduardo sich verabschiedete, wandte er sich Claire zu: „Ich werde es in Betracht ziehen, Frau Botschafterin. Und danke, dass Sie mich nicht zum Tanzen aufgefordert haben."

Den letzten Satz sagte er mit einem Augenzwinkern, was Claire überraschte. Bevor sie etwas erwidern konnte, wurde der König zur Seite genommen und dann zu einer Gruppe geführt, die in der Nähe der Tür stand und zu der auch zwei hochrangige Parlamentsmitglieder gehörten. Zweifellos gab es etwas Dringendes, doch Claire vermutete, dass es sich nicht um einen

Notfall handelte, denn der König machte keine Anstalten, aufzubrechen.

„Das war interessant." Karen erschien an Claires Seite. Sie hatte in jeder Hand ein Glas Mineralwasser und bot Claire eines an. „Mir wurde gesagt, der König tanzt selten auf diesen Festen. Sie müssen Ihre magische Anziehungskraft entfaltet haben."

Ein Lachen entfuhr Claire, als sie das Glas entgegennahm. „Eher habe ich beinahe ein Desaster verursacht. Er hat mich nur zum Tanzen aufgefordert, weil er etwas, was ich gesagt habe, missverstanden hat."

Karens Lippen zuckten. „Ist das gut oder schlecht?"

„Ich bin mir noch nicht sicher." Sie blickte zum König hinüber und bemerkte, dass sich sein Gespräch bereits dem Ende näherte.

„Der gut aussehende Mann mit der hellblauen Krawatte und den dunklen Haaren ist die Kontaktperson des Königs zum Verteidigungsministerium", erklärte Karen, die Claires Blick folgte. „Es gab einen Verkehrsunfall vor einem der Casinos auf der Strada il Teatro. Das Parlament und der König werden informiert, wenn sich so etwas an einem zentralen Ort ereignet, damit sie wissen, dass es sich wirklich um einen Unfall und nicht um eine terroristische Bedrohung handelt."

„Muss schlimm gewesen sein."

„Offenbar hat ein Autofahrer wegen eines Fußgängers stark gebremst, was zu einer Reihe von Auffahrunfällen führte. Soweit ich gehört habe, gab es keine ernsthaften Verletzungen, aber die Straße und der Bürgersteig wurden für mehrere Blocks gesperrt. Wir müssen auf einem anderen Weg zur Residenz zurückkehren."

Claire nahm einen großen Schluck von ihrem Getränk, dankbar für diese Unterbrechung des Abends. So gern sie ihren Job auch machte, sie war es nicht gewöhnt, sich in dem Maße am gesellschaftlichen Leben zu beteiligen, wie es jetzt in San

Rimini von ihr verlangt wurde. In ihrem Kopf begann es zu pochen.

„Ich wurde von zwei Wirtschaftsberatern des Königs angesprochen", sagte Karen. „Sie baten um ein Treffen mit Ihnen, vorzugsweise in den nächsten zwei bis drei Wochen, damit Sie die Handelsinitiativen besprechen können, an denen Rich Cartwright gearbeitet hat. Ich habe ihnen gesagt, dass ich gerne etwas arrangieren werde, aber ich habe mich nicht auf einen Termin festgelegt. Da Sie zu dem Zeitpunkt mit Seiner Hoheit getanzt haben und es so aussah, als würden Sie ein lebhaftes Gespräch führen, hatte ich gehofft ..."

Hätten nicht so viele Leute zugesehen, hätte Claire finster dreingeschaut. „Sie hatten was gehofft?"

„Ich würde gerne etwas Zeit in Ihrem Kalender freihalten für den Fall, dass Sie die Gelegenheit bekommen, Ihr Bildungsprogramm zu präsentieren." Karens Augen blitzten verschmitzt. „Sie haben beim Tanzen versucht, Einfluss auf ihn zu nehmen, stimmt's?"

„Ich habe ihm gesagt, dass ich gerne die Möglichkeit hätte, das Programm vorzustellen, bevor es mir nichts, dir nichts verworfen wird. Aber erwarten Sie nicht zu viel. Sosehr ich mir seine Unterstützung wünsche, es ist nicht der einzige Punkt auf unserer Agenda. Wenn sich andere Treffen organisieren lassen, nur zu."

„Verstanden."

Claire schaute zum König hinüber und stellte fest, dass er sie ebenfalls ansah. Der Blick aus seinen leuchtend blauen Augen traf ihren und sie kämpfte gegen den Drang an, sich abzuwenden und so zu tun, als hätte sie nicht bemerkt, dass er sie beobachtete.

„Wenn ich es mir recht überlege, sollte ich vielleicht ein oder zwei Lücken lassen." Während sie das sagte, verdeckte Karen ihre Lippen mit dem Glas. „Und Sie lassen Ihre Magie weiterwirken."

„Es geht nur um dienstliche Pflichten, Karen. Denken Sie nicht einmal daran, etwas anderes anzudeuten.“

„Das würde mir nicht im Traum einfallen, Frau Botschafterin.“

„Und das von derselben Frau, die einen Verbindungsmann zum Verteidigungsministerium als ‚gut aussehend‘ beschreibt, bevor sie seine ‚hellblaue Krawatte‘ oder das ‚dunkle Haar‘ erwähnt.“

„Gutes Aussehen ist ein eindeutiges Unterscheidungsmerkmal“, protestierte Karen.

„Eine blaue Krawatte ist für alle gleich. Gutes Aussehen liegt im Auge des Betrachters.“

„In diesem Fall war es eine zutreffende Bemerkung.“

Ein Mitglied des Außenministeriums von San Rimini kam auf sie zu und sie wechselten zu beruflichen Themen, aber als Karen Claire über den Rand ihres Glases hinweg anschaute, lag ein neckisches Lächeln in ihrem Blick.

KAPITEL 4

EDUARDO KONNTE NICHT GLAUBEN, dass er Claire Peyton am Ende des Tanzes zugezwinkert hatte. Es war nicht nur unschicklich, sondern auch das erste Mal seit Jahren, dass er offen geflirtet hatte. Es war nicht geplant gewesen, er hatte es einfach getan.

Er hatte einer Botschafterin zugezwinkert.

Zum Glück hatte er so gestanden, dass niemand Zeuge dieser Unbesonnenheit geworden war. Sonst würde er sich jetzt einiges von seinem wichtigsten politischen Berater anhören müssen.

Sergio hatte auf einem der gestreiften Seidensofas Platz genommen, die gegenüber von Eduardos Schreibtisch in seinem Arbeitszimmer standen. Eduardo saß hinter dem Schreibtisch und beugte sich über die große Mahagoni-Arbeitsfläche, während er die letzten Änderungen an einer Rede vornahm, die er an diesem Abend im Kriegsmuseum von San Rimini halten sollte. Als er sich dabei ertappte, wie er mit Rotstift eine Zeile durchstrich und gleichzeitig beschloss, dass sie perfekt war, so wie sie war, nahm er seine Lesebrille ab und sah auf. Er war es gewohnt, an Reden zu arbeiten, während Sergio im Raum war, aber aus irgendeinem Grund lenkte ihn die Anwesenheit des Beraters heute ab.

Nein, es war das Zwinkern, das ihn ablenkte. Er hätte lieber Sergio die Schuld gegeben. Oder Zeno. Der Pressesprecher war in den letzten vierzig Minuten dreimal in sein Arbeitszimmer gekommen, um sich über den Stand der Dinge zu informieren, und wieder hinausgegangen. Der Mann war so zielstrebig wie ein Löwe, der sich an seine Beute anschleicht, wenn es darum ging, den Inhalt von Eduardos Reden zu erfahren. Aber auch das war Teil seiner Routine.

Eduardo fluchte innerlich. Dass er der neuen Botschafterin zugezwinkert hatte, war nur ein Teil des Problems. Er hatte sie auch beleidigt, weil Sergio sie in seinem Auftrag gebeten hatte, das Bildungsprogramm nicht anzusprechen, wenngleich sie behauptete, daran keinen Anstoß zu nehmen. Claire Peyton hatte recht gehabt: Er hätte sie anhören sollen, bevor er ihren Plan in Gänze ablehnte.

Aber er würde ihn ablehnen. In Gänze. Der Unfall auf der Strada il Teatro in der vergangenen Nacht war eine weitere Mahnung, wie wichtig das Projekt war. Drei Personen mussten nach dem ersten Unfall mit dem Krankenwagen abtransportiert werden und ein fünfhundert Jahre altes Gebäude wurde beschädigt, als ein Fahrer den vor ihm aufeinanderprallenden Autos ausweichen wollte. Es war ein Wunder, dass niemand auf dem Bürgersteig verletzt worden war. Es war ein zweites Wunder, dass alle Verletzten noch vor Sonnenaufgang wieder aus dem Krankenhaus entlassen werden konnten.

Allerdings hatte der Unfall niemanden überrascht. Zu viele Fußgänger und zu viele Autofahrer auf engem Raum machten die Sicherheit zu einem ständigen Problem. Erschwerend kam hinzu, dass die Lichter der Casinos, die spitzen Türme des Duomo und der Panoramablick auf die Bucht von San Rimini die Aufmerksamkeit der Menschen von der Straße ablenkten.

Um sein Ziel zu erreichen, musste Eduardo die politischen

Kräfte des Landes und die Bewahrer des historischen Erbes auf seine Seite bringen. Jetzt war die Zeit dazu gekommen.

„Stimmt etwas nicht, Hoheit?"

Eduardo schüttelte den Kopf und schob die Rede über den Schreibtisch. „Ich werde diese Version nehmen. Der Abschnitt über meine Pflicht, die Geschichte unseres Landes zu bewahren, ist besser als im ursprünglichen Entwurf."

Sergio nahm die Seiten in die Hand, überflog sie und murmelte seine Zustimmung. „Guter Gedanke. Ich werde Luisa bitten, eine bereinigte Kopie für Sie und eine für Zeno anzufertigen, damit er morgen für eventuelle Fragen der Presse gerüstet ist."

„Wenn Sie mit Luisa sprechen, könnten Sie sie bitten, zu mir zu kommen?"

Sergio nickte und verließ das Arbeitszimmer, das Redekonzept nahm er mit. Eduardo überprüfte sein Smartphone schnell auf neu eingegangene Nachrichten und schrieb dann seiner Tochter einen kurzen Kommentar zu einem Foto, das er von dem Schulbesuch gesehen hatte, den sie und Nick am Vortag absolviert hatten. Einen Moment später kam Luisa mit dem digitalen Terminkalender in der Hand herein.

„Hoheit?"

Er deutete auf das Gerät, auf dessen Display sie herumtippte. „Das werden Sie nicht brauchen, Luisa. Es ist nur eine kleine Aufgabe. Ich möchte, dass Sie einen Blumenstrauß zu Claire Peytons Büro schicken."

Sie stockte, fasste sich aber schnell wieder. „Sie ist die neue amerikanische Botschafterin, richtig?"

„Ja. Jetzt, wo die Formalitäten erledigt sind, sollte sie in ihrem Botschaftsbüro sein. Könnten Sie die Lieferung für heute Nachmittag arrangieren?"

Auf Luisas fragenden Blick hin fügte er hinzu: „Ach ja, die Karte. Ich überlasse Ihnen die Höflichkeiten – heißen Sie sie in

San Rimini willkommen, bringen Sie zum Ausdruck, dass es eine Freude war, sie und ihre Assistentin in La Rocca zu empfangen –, was immer Sie für angemessen halten. Dann sagen Sie, dass ich gern ein Treffen vereinbaren würde, wann es ihr passt, um ihre Ziele zu besprechen."

Luisa machte sich eine kurze Notiz. „Wenn ihr Büro anruft, wo soll das Treffen stattfinden? Hier oder in der Botschaft? Und wie viel Zeit werden Sie brauchen? Dreißig Minuten?"

„Hier ist gut. Moment, nein, wenn ich es mir recht überlege, vergessen Sie das." Er runzelte die Stirn. Es musste der richtige Ort sein, damit die Botschafterin das Gefühl hatte, dass sie wirklich angehört worden war. Aber er wollte nicht in die Enge getrieben werden und eine ausführliche Präsentation zu einem Projekt verfolgen müssen, das er in naher Zukunft nicht ernsthaft in Betracht ziehen konnte.

Luisa unterbrach seine Überlegungen: „Ich werde mit dem Büro von Botschafterin Peyton sprechen, um das Treffen dort zu arrangieren. Ich nehme an, dass sie die Büroräume nach dem Ausscheiden von Botschafter Cartwright umstrukturieren wollen, aber es sollte ein Besprechungsraum zur Verfügung stehen –"

„Nein, warten Sie." Er hob eine Hand als stumme Bitte um mehr Zeit zum Überlegen. Es sollte nicht so kompliziert sein. Er hatte einen kleinen politischen Fehler begangen, als er den Vorstoß der Botschafterin abgewürgt hatte. Solche Fehler passierten ihm genauso oft wie jedem anderen Regierungsbeamten. Das konnte schnell genug behoben werden. Er musste nur ihre Persönlichkeit besser kennenlernen und herausfinden, welcher Art ihre politische Beziehung sein würde.

Und er durfte ihr nicht mehr zuzwinkern.

„Streichen Sie die Karte, Luisa. Ich werde selbst eine schreiben. Gehe ich richtig in der Annahme, dass ich morgen nach 18 Uhr noch keinen Termin habe?"

„So wie es im Augenblick aussieht, ja, Hoheit."

„In Ordnung. Tragen Sie die Botschafterin ein und ich lege der Karte eine Einladung zum Abendessen bei. Wenn sie es so kurzfristig nicht einrichten kann, wäre ich Ihnen dankbar, wenn Sie mit ihrem Büro einen anderen Termin vereinbaren würden."

Ein Anflug von Überraschung zeigte sich auf Luisas Gesicht, aber sie verbarg dies, indem sie schnell den Terminkalender konsultierte … den, von dem er gesagt hatte, sie würde ihn nicht brauchen. „Prinz Marco richtet morgen Abend im offiziellen Speisezimmer ein Event aus. Die Gartenterrasse wäre eine Möglichkeit, aber gegen sieben wird Regen erwartet. Lassen Sie mich sehen, was sonst noch zur Verfügung steht."

„Meine Räumlichkeiten sollten in Ordnung sein. Richard Cartwright war letztes Jahr auch zum Abendessen dort. Ich werde Samuel und seine Mitarbeiter mit den Vorbereitungen beauftragen. Arbeitet er morgen?"

Luisas Augen weiteten sich kurz, aber sie konzentrierte sich weiter auf den Terminkalender in ihrer Hand. „Ja. Irgendwelche besonderen Wünsche für das Essen?"

„Was immer Samuel für das Beste hält." Samuel Barden, sein langjähriger Privatkoch, war am glücklichsten, wenn er nach eigenem Gutdünken Mahlzeiten auf der Grundlage dessen zubereiten konnte, was er am jeweiligen Tag frisch auf dem Markt bekam. Eduardo hatte vor langer Zeit gelernt, Samuel genau das tun zu lassen.

„Ja, Hoheit. Ich kümmere mich sofort darum."

„Ich danke Ihnen. Wenn Sie auch noch die Bestätigung der Fahrt zum Kriegsmuseum heute Abend einholen könnten, bin ich erst einmal versorgt."

Er erwartete, dass sie gehen würde, stattdessen fragte sie: „Wenn ich mit der Floristin telefoniere, was wünschen Sie sich für den Duomo?"

Es dauerte einen Moment, bis er verstand, was sie meinte.

Der Besuch war ihm wieder entfallen. „Ein Dutzend weiße Rosen, wenn sie erhältlich sind. Das waren ihre Lieblingsblumen. Oder rote, wenn es keine weißen gibt."

„Soll ich die Blumen im Altarraum oder im Auto hinterlegen lassen?"

„Im Auto, bitte. Ich würde es vorziehen, sie selbst hineinzubringen, sodass ich sie eigenhändig niederlegen kann."

Luisa nickte und wandte sich zum Gehen, gerade als Zeno das Arbeitszimmer betrat, sodass es an der Tür beinahe zu einem Zusammenstoß gekommen wäre. Nachdem er und Luisa Entschuldigungen gemurmelt hatten, fragte Zeno: „Sie sprachen über Ihren Besuch im Duomo, Hoheit?"

„Ja."

„Ich weiß, dass Sie es vorziehen würden, sich nicht öffentlich zu äußern, aber etwas Kurzes wäre vielleicht angebracht."

Eduardo lehnte sich auf seinem Stuhl zurück und warf seinem Pressesprecher einen langen Blick zu. „Lassen Sie mich raten: Sie haben eine Anfrage für ein Interview erhalten?"

„Mehrere, aber zwei speziell im Hinblick auf den Jahrestag. Eine von *San Rimini heute* und eine von Val Dempsey von *Royals von heute*. Letztere können wir ignorieren. Val Dempsey ist immer auf ein Interview aus und egal, was Sie sagen, sie wird ihren Artikel so schreiben, wie sie es möchte. Der Umgang mit *San Rimini heute* erfordert mehr Fingerspitzengefühl."

„Wären ein paar Worte auf den Stufen des Duomo ausreichend?"

„Wenn Sie eine kurze Erklärung abgeben, kann ich beiden Zeitungen – und allen anderen, die wegen Interviews anfragen – mitteilen, dass dies ein persönlicher Anlass ist und dass Sie Ihre Äußerungen lieber auf das beschränken möchten, was Sie draußen sagen werden."

„Haben meine Kinder auch Anfragen erhalten?"

„Ja, alle von ihnen. Ihre Büros haben die Anfragen an mich

weitergeleitet. Sie würden sich gern Ihrer Entscheidung anschließen."

„In Ordnung. Verschieben Sie alles, was möglich ist, auf morgen. Ich werde etwas vorbereiten, das ich beim Verlassen des Duomo sagen kann."

„Wenn Sie möchten, dass ich Ihre Ansprache prüfe, stehe ich Ihnen zur Verfügung, Hoheit."

„Das wird nicht nötig sein." Auf den konsternierten Blick des großen Mannes hin fügte Eduardo hinzu: „Ich weiß, ich weiß. Jedes Wort wird zerpflückt werden. Ich werde mich kurzfassen und darauf achten, dass ich nicht wiederhole, was ich in den vergangenen Jahren gesagt habe."

Eduardo stand auf, klemmte sich seine Briefingmappe unter den Arm und geleitete Zeno aus dem Arbeitszimmer. „Sergio und ich haben den Text für die Rede im Kriegsmuseum überarbeitet. Luisa wird dafür sorgen, dass Sie bald eine Kopie erhalten."

Besänftigt wünschte Zeno Eduardo viel Erfolg im Kriegsmuseum, bevor er in sein Büro ging.

Luisa war am Telefon, als Eduardo an ihren Schreibtisch trat, befand sich aber offenbar in einer Warteschleife. Sie ließ den Hörer sinken und sah ihn an.

„Falls mich jemand braucht, ich werde die nächsten Stunden in meinen Räumlichkeiten arbeiten."

„Sie werden mir die Karte in Kürze zukommen lassen?"

Auf sein Nicken hin sagte sie: „Ich rufe an, wenn es etwas Dringendes gibt", dann hob sie den Hörer wieder ans Ohr, als sich die Person am anderen Ende der Leitung meldete.

Wenige Minuten später betrat Eduardo seinen Wohnbereich, ging in sein privates Arbeitszimmer und streifte die Schuhe ab. Es war ein langer Tag gewesen und er hatte vor seinem Besuch im Kriegsmuseum noch einige Dinge zu erledigen. An späten Nachmittagen, wenn seine Energie nachließ, zog er sich, wann immer möglich, hierher zurück. Die vertrauten

Erinnerungsstücke und der Geruch der raumhohen Bücherregale vermittelten ihm ein Gefühl von Ruhe und Ordnung. Noch besser war, dass ihn hier nur wenige Leute störten, sodass er sich konzentrieren konnte.

Die Mappe, die er bei sich trug, enthielt Informationen zu seiner bevorstehenden Reise nach Südamerika. Anstatt sie zu öffnen, ließ er sie auf den Schreibtisch fallen, beugte sich nach vorne, stützte die Hände neben der Mappe auf und schloss die Augen. Er gönnte sich fünf tiefe Atemzüge, dann richtete er sich auf, entschlossen, sich an die Arbeit zu machen.

Bevor er sich hinsetzen konnte, blieb sein Blick an dem gerahmten Foto von Aletta hängen, das auf einer Ecke seines Schreibtisches stand. Es war aufgenommen worden, als sie nach der Trauungszeremonie den Duomo verließen.

„Kannst du glauben, dass es schon neun Jahre her ist?", fragte er ihr Bild. „Du könntest es nicht ausstehen, was für ein Spektakel die Presse jedes Jahr aus deinem Tod macht. Du würdest etwas Witziges dazu sagen. Etwas Makabres und Urkomisches, das sich überhaupt nicht zum Abdrucken eignet."

Er griff an dem Foto vorbei nach einem kleineren Bild, das er während eines offiziellen Besuchs in Spanien im Jahr vor ihrem Tod aufgenommen hatte – bevor sie erfahren hatten, dass ihre Erschöpfung nicht nur auf ihren übervollen Terminkalender zurückzuführen war. Sie hatten ein paar Minuten allein im Park Campo del Moro verbracht. Aletta war vor ihm gegangen und war stehen geblieben, um ein eingerolltes Blatt an einem Baum zu betrachten. Er hatte das Foto genau in dem Moment gemacht, als sie nach dem Blatt griff und sich ein Lächeln auf ihrem Gesicht ausbreitete, weil sie darin eine Raupe entdeckt hatte.

Einerseits erschien es ihm, als hätten sie die Reise erst vor wenigen Wochen unternommen. Er konnte sich noch daran erinnern, wie sie zurückgezuckt war, als die Raupe von dem Blatt auf ihre Hand kroch. Andererseits wirkte es wie ein

Ereignis aus einem anderen Leben, als hätte er aus der Ferne beobachtet, wie zwei andere Menschen diesen Moment erlebten.

Alettas Zustand hatte sich rapide verschlechtert und das Ende kam früher, als sie alle erwartet hätten. In der Nacht, in der sie starb, befand sich Antony auf diplomatischer Mission in Afrika. Federico und Lucrezia hatten gerade geheiratet und waren zu ihrem ersten Staatsbesuch in Neuseeland. Isabella war in ihrem letzten Semester an der Universität in London. Sie wollte nach Hause kommen, blieb aber auf Alettas Drängen dort, um ihren Abschluss zu machen; allerdings hatte sie fast jeden Abend angerufen und war an den meisten Wochenenden nach Hause geflogen.

Nur Eduardo und Marco waren in dieser letzten, schmerzvollen Nacht im Palast gewesen. Marco hatte im Herbst zuvor sein Studium in Princeton aufgenommen. Er hatte mit einer Reihe von Anrechnungspunkten begonnen und im ersten Semester ein hohes Pensum absolviert, um dann im Frühjahr ein Freisemester zu nehmen und in San Rimini bleiben zu können. Die Situation war für sie alle nicht einfach gewesen und Eduardo war immer noch nicht sicher, ob Alettas schneller Verfall Segen oder Fluch gewesen war. Es gab Zeiten, in denen er sich fragte, wie er und seine Kinder es geschafft hatten, diese schweren Tage zu überstehen und auch das anschließende große Staatsbegräbnis.

Irgendwie hatten sie es geschafft. Jetzt waren alle vier Kinder erwachsen und füllten ihren königlichen Rollen voll und ganz aus. Federico und Antony hatten eigene Kinder. Er vermutete, dass Isabella und Marco, die beide kürzlich geheiratet hatten, ebenfalls planten, bald Familien zu gründen.

Das Leben seiner Kinder hatte sich in diesen neun Jahren drastisch verändert. Doch er war derselbe geblieben. Er arbeitete daran, die Wirtschaft seines Landes zu verbessern, setzte sich für wohltätige Zwecke ein, nahm bis spät in die Nacht an

Veranstaltungen teil und stand dann im Morgengrauen wieder auf, um zu joggen oder mit Zuchtmeisterin Greta zu trainieren, damit er gleich nach dem Frühstück wieder an seinem Schreibtisch sein konnte.

Wobei ... vielleicht war er gar nicht mehr derselbe.

Er konnte das Bild von Aletta in Spanien nicht ansehen, ohne das Gefühl zu haben, dass sie in diesem Alter eingefroren worden war. Die strahlende, schöne Frau, die über die Raupe gelächelt hatte, sah nicht mehr aus wie jemand, mit der er am Ende eines langen Tages scherzen konnte, jemand, die die Weisheit und Reife besaß, die Komplexität seines Lebens zu verstehen. Nahe daran, aber nicht ganz. Sie hatten jung geheiratet und viele Jahre lang waren sie gemeinsam gewachsen und hatten zusammen gelernt.

Dann nicht mehr.

Ein Schuldgefühl überkam ihn bei dem Gedanken, dass er in den letzten zehn Jahren über seine eigene Frau hinausgewachsen war.

Tief in seinem Inneren hatte er es schon seit einiger Zeit gewusst, aber heute erkannte er es noch deutlicher. Er schob den Gedanken beiseite und stellte das Foto zurück. „Du wärst stolz auf sie alle“, sagte er zu ihrem Bild. „Du würdest ihre Ehepartner mögen, Isabellas am meisten. Nick ist ein Experte für mittelalterliche Geschichte, ein Mann nach deinem Herzen.“

Er ließ seine Gedanken für einige Minuten schweifen und erinnerte sich daran, wie Aletta ausführlich über die Museen sprach, die sie auf der königlichen Reise besucht hatte, und wie sehr ihr die Kunst des Landes gefallen hatte. Danach war sie in die Madrider Boutiquen gegangen, um modische Kleidung zu erstehen, die es in San Rimini nicht gab. Als er sich daran erinnerte, wie sie ihm ein rosafarbenes Kleid zeigte, das ihrer Meinung nach gut zu ihrem Teint passte, musste er laut lachen.

„Wenn du hier wärst, würdest du mir wahrscheinlich sagen, ich sollte mir die Haare färben. Das Grau würde dir überhaupt nicht gefallen. Du würdest sagen, dass es so aussähe, als wärst du mit einem alten Mann verheiratet."

Jedoch fühlte er sich dieser Tage trotz des Selbstbewusstseins, das ihm Alter und Erfahrung verliehen, jünger denn je. Nun, da seine Kinder glücklich verheiratet waren und er sich von seiner Herzoperation erholt hatte, verfügte er über mehr Energie und sah so gut aus wie seit Jahren nicht mehr. Er hatte gehört, wie seine Angestellten Bemerkungen darüber machten, wenn sie dachten, er könne sie nicht hören, und er hatte auch Ähnliches in den Boulevardzeitungen gelesen, in denen er blätterte, wenn er wusste, dass ihm niemand bei der Lektüre über die Schulter schaute.

Und zum ersten Mal seit Jahren hatte er einer Frau mehr als einen Blick geschenkt. Warum Claire Peyton und warum gerade jetzt, konnte er sich nicht erklären. Vielleicht war es ihr Rückgrat. Oder die Art, wie sie eine Geschichte erzählte. Als sie die Szene aus *Jenseits von Afrika* beschrieben und über die Historie des Botschaftsgebäudes gesprochen hatte, war er gefesselt gewesen. Andere hätten die Themen vielleicht langweilig gefunden, doch sie schien sein Interesse zu spüren. Vielleicht war aber auch nichts daran. Vielleicht spielte ihm sein Verstand nur einen Streich, weil sich Alettas Todestag jährte und damit auch sein Besuch der königlichen Krypta im Duomo.

In den letzten drei oder vier Jahren hatte er sich immer unwohler gefühlt, wenn er Aletta dort besuchte. Nicht wegen ihr, sondern weil der ganze Tag inszeniert wirkte. Die Reporter positionierten sich auf der anderen Straßenseite und richteten ihre Kameras auf die Stufen des Duomo, um einen kurzen Moment der Verzweiflung einzufangen und der Welt zu zeigen, dass der König immer noch um seine schöne Königin trauerte. Allerdings empfand Eduardo keine Verzweiflung mehr, wenn er an sie dachte, nur noch einen dumpfen, bleiernen Schmerz. Und das auch nur, wenn er einen Moment der Freude mit seinen Kindern teilte – etwa bei der Geburt eines Enkelkindes – und bedauerte, dass Aletta diesen nicht auch erleben konnte.

Irgendwie hatte sich Aletta im Laufe der Jahre in seiner Erinnerung fast ebenso sehr verändert wie in der Erinnerung der Öffentlichkeit. Sie war zu einer Ikone geworden, um die man sich scharen konnte, zu jemandem, die man der Welt als Symbol für die Romantik und Schönheit von San Rimini präsentieren konnte, so wie die verstorbene Fürstin Gracia Patricia zu einem Symbol für Monaco geworden war.

Sie war jemand – etwas – anderes geworden als die Frau, die vor so langer Zeit in sein Leben getreten war.

Das Klingeln des Telefons auf seinem Schreibtisch ließ ihn aus seinen Gedanken hochschrecken. Er beugte sich vor und drückte auf die Lautsprecher-Taste.

Luisas klare Stimme drang vom anderen Ende der Leitung an sein Ohr: „Hoheit, es tut mir leid, dass ich Sie störe, aber die Floristin möchte wissen, ob Sie ein bestimmtes Arrangement im Sinn haben.“

Er runzelte die Stirn. „Schlichte weiße Rosen, wie im letzten Jahr. Als Strauß gebunden, eine Vase ist nicht nötig.“

„Es tut mir leid, ich habe mich missverständlich ausgedrückt: Ich meinte das Gesteck für Botschafterin Peyton.“

Er fuhr sich mit einer Hand übers Gesicht. Normalerweise verlor er nie derart die Konzentration, hielt sich nie mit der persönlichen Seite seines Lebens auf. Sein Land verlangte seine volle Aufmerksamkeit und das war ihm auch recht so. „Mir tut es leid, Luisa. Ich hätte es klarer formulieren sollen. Sie können der Floristin mitteilen, dass sie verwenden soll, was der Jahreszeit entspricht. Etwas Fröhliches und Einheimisches. Wir wollen, dass die Botschafterin sich in San Rimini willkommen fühlt.“

Er hörte eine vertraute männliche Stimme im Hintergrund und hielt inne. „Conte Giovanni Sozzani, nehme ich an?“

Luisa bejahte. „Er ist vorbeigekommen, um etwas – was ist

das? – oh, ich verstehe. Er ist vorbeigekommen, um ein Buch abzugeben, das er sich von Ihnen ausgeliehen hatte.“

„Er hätte es am Sonntag mitbringen können.“

Luisa wiederholte dies, dann hörte Eduardo, wie Giovanni sagte: „Ich war ohnehin im Palast und hatte das Buch dabei. Warum schickst du Blumen in die Botschaft, Hoheit? Hast du die neue Botschafterin bereits beleidigt?“

Eduardo wusste, dass sein Freund ihn zur Belustigung des Personals aufzog, aber da sie sich nicht im selben Raum befanden und keinen Blickkontakt herstellen konnten, ahnte Giovanni nicht, wie sehr seine Bemerkung ins Schwarze traf.

„Luisa, bitte sagen Sie dem Conte, dass er die Diplomatie mir überlassen soll und dass ich mich darauf freue, ihn am Sonntag beim Cribbage-Spiel zu schlagen.“

„Ja, Hoheit.“ Sie übermittelte die Aussage, darauf hörte er, wie Giovanni dröhnend lachte und sich von den Angestellten verabschiedete. Danach kam Luisa wieder an den Apparat und sagte: „Ich werde die Floristin nach ihrem Bestand an lokalen Blumen fragen. Ich bin sicher, sie kann das Gesteck heute Nachmittag liefern, sobald die Karte fertig ist.“

„Ich schreibe sie sofort.“ Es war gut, wenn die Lieferung heute erfolgte. Die Paparazzi würden geifern, wenn sie eine Floristin entdeckten, die am selben Tag, an dem er im Duomo war, Blumen an die Botschaft lieferte. Unabhängig davon, ob das Gesteck als förmliche Geste geschickt wurde oder nicht, würde irgendeine Zeitung eine irreführende Schlagzeile veröffentlichen und darüber spekulieren, ob der König ein romantisches Interesse hegte.

Dieser Gedanke machte ihm klar, was er getan hatte. Er legte eine Hand an seine Stirn, verblüfft über den Fehler, den er beinahe begangen hätte. „Luisa, könnten Sie etwas überprüfen? Habe ich Freitag einen Termin zum Abendessen geplant?“

„Kein Abendessen, aber Sie haben den Empfang von *Ein Platz für uns*, der von sechs bis acht geht. Danach haben Sie eine halbe Stunde, um mit Sergio über das Strada-il-Teatro-Projekt zu sprechen, bevor Sie drei Telefonate führen, um den Gewinnern des Essaywettbewerbs der Nationalbibliothek zu gratulieren."

Jetzt erinnerte er sich. „Alles klar. Was ist mit Samstag?"

„Am Samstag frühstücken Sie mit Prinz Marco in seinen Räumlichkeiten. Danach haben Sie ein paar kurze Besprechungen, gefolgt von einem Lunch im Aquarium, um die neue Naturschutzinitiative zu feiern. Abends haben Sie keine Termine."

„In Ordnung. Wenn Samuel es einrichten kann, sollten wir das Dinner mit Botschafterin Peyton von Donnerstag auf Samstag verlegen. So hat sie mehr Vorlauf." Außerdem wäre mehr zeitlicher Abstand zwischen dem Abendessen und seinem Besuch im Duomo. Dies sollte nicht notwendig sein, aber er wollte kein Risiko eingehen.

„Ich werde mit Samuel sprechen, aber ich sehe da kein Problem."

„Danke, Luisa. Ich werde Ihnen die Karte in Kürze zukommen lassen."

Nachdem er aufgelegt hatte, schob er die Mappe mit den Informationen zu seiner Reise beiseite, öffnete die Schreibtischschublade und entnahm dieser eine Karte mit seinem Monogramm. Obwohl er jede Woche mehrere persönliche Karten verschickte, starrte er diese einen Moment lang an, ohne die richtigen Worte zu finden.

Eduardo kam bis *Sehr geehrte Frau Botschafterin*, dann erschallte von draußen fröhliches Kindergeschrei.

Er nahm dies als Vorwand, sich zu erheben, das Arbeitszimmer zu verlassen und auf die andere Seite des großen Wohnzimmers zu gehen, wo eines der Fenster auf den Palastgarten hinausging. Eduardo lehnte sich gerade rechtzeitig aus dem offenen Fenster, um zu sehen, wie Prinz Federicos Söhne Paolo und Arturo auf die Rasenfläche rannten, die sich jenseits des Rosengartens befand. Die Jungen rangelten gerne im Gras, spielten Fußball und kletterten auf Bäume, wann immer es möglich war. Eduardo lächelte in sich hinein, als die Kinder den Kiesweg entlangstürmten und dann aus seinem Blickfeld verschwanden.

Es überraschte ihn nicht, als Federico in einen Laufschritt verfiel, um mit seinen Söhnen mitzuhalten, obwohl er einen Anzug und elegante Schuhe trug. Dies war ein völlig anderer Federico als der pflichtbewusste, nachdenkliche Mann, der er die meiste Zeit seines Lebens gewesen war. Nachdem er vor ein paar Jahren plötzlich Witwer wurde, hatte er damit zu kämpfen gehabt, einen Sinn in seiner königlichen Rolle zu sehen, während er zwei kleine Kinder großzog, die um ihre Mutter trauerten.

Aber in jüngster Zeit hatte sich Federico positiv verändert. Er hatte die Kraft gefunden, weiterzumachen, und er hatte sich in eine wunderbare Frau verliebt. Pia Renati machte Federico lebhafter und glücklicher, als Eduardo es sich in den Wochen und Monaten nach dem Verlust von Lucrezia, der Mutter der Jungen, je hätte vorstellen können. Obwohl der Prinz so hart wie immer arbeitete und weiterhin voller Überzeugung alle Regeln befolgte, hatte Pia ihm geholfen, eine Leichtigkeit des Seins zu finden, die die Stressfalten um seine Augen milderte. Die beiden planten sogar eine Wandertour in Kolumbien nächsten Monat ... ohne die Kinder und ohne einen einzigen öffentlichen Auftritt oder ein politisches Treffen im Terminplan. Bevor Pia in sein Leben trat, hätte Federico so etwas nie getan.

Er hätte auch nicht über das ganze Gesicht gelächelt, als er durch den Garten lief.

Eduardo schloss das Fenster und kehrte in sein Arbeitszimmer zurück. Vielleicht war es an der Zeit, dass auch er in die Zukunft blickte. Dass er aufhörte, gedanklich in der Vergangenheit zu leben, sich wie ein stoischer Witwer zu verhalten, und sich stattdessen gestattete, über seine Möglichkeiten nachzudenken. Wie würde sein Leben aussehen, wenn er weiter dächte als bis zu den Grenzen seiner Existenz im Rampenlicht des Palastes?

Er setzte sich, legte sich die Karte zurecht und nach einem weiteren Anruf bei Luisa, um die Blumenbestellung zu aktualisieren, begann er endlich zu schreiben.

KAPITEL 5

CLAIRE DREHTE DEN WASSERHAHN ZU, trocknete sich die Hände ab und überprüfte dann, ob unterhalb der Kabinentüren Schuhspitzen zu sehen waren, um sich zu vergewissern, dass sie allein im Waschraum war. Überzeugt, dass sie endlich einen Moment für sich hatte, stützte sie ihre Hände auf beiden Seiten des Waschbeckens ab und ließ die Schultern sinken.

Sie war fast fertig für den Tag. Zumindest fast fertig mit der Arbeit in der Botschaft. Seit dem Frühstück hatte sie insgesamt sieben Besprechungen gehabt, wenn man Kaffee und eine Scheibe Toast, die sie auf dem Weg aus dem Hotel mitgenommen hatte, als Frühstück bezeichnen konnte. Es gab ein Briefing über ein gemeinsames Projekt der US-amerikanischen Drogenbekämpfungsbehörde und den entsprechenden Stellen in San Rimini, Gespräche über verschiedene Austauschprogramme, Fortschrittsberichte von amerikanischen Unternehmen, die sich mit der Botschaft über Handelsmöglichkeiten abgestimmt hatten, und auch ein Treffen mit dem Protokollchef der Botschaft, der dafür verantwortlich war, dass Claires öffentliche Auftritte reibungslos verliefen.

Die ganze Zeit über hatte Claire im Geiste die Namen ihrer Mitarbeiter wiederholt, um sie sich einzuprägen.

Für heute Abend plante sie, es sich in ihrem weichsten Pyjama auf dem zweisitzigen Sofa in ihrem Hotelzimmer gemütlich zu machen und sich eine Flasche Premiumwein aus San Rimini zu gönnen. Danach würde sie schlafen wie ein Stein. Das musste sie auch. Für morgen war eine lange Sitzung mit John Oglethorpe, dem Pressereferenten, angesetzt, der sie in die Pressestelle einführen sollte. Nach diesem Termin würde sie in die Botschaftsresidenz einziehen. Rich Cartwrights Sachen waren gepackt und überprüft worden und das Umzugsteam würde in aller Herrgottsfrühe eintreffen, um alles nach Kalifornien zu transportieren.

„Noch eine halbe Stunde", sagte sie sich. Sie sollte nur dreißig Minuten mit Karen benötigen, um sicherzustellen, dass ihre Notizen von den Besprechungen am heutigen Tag bearbeitet und die daraus resultierenden Aufgaben in ihren Terminkalender eingetragen wurden, dann konnte sie den Wein genießen und die Augen schließen.

Die ersten Wochen in einem neuen Job waren immer die härtesten, erinnerte sie sich. In diesem Fall stellte die Anfangszeit eine besondere Herausforderung dar, denn die Botschaft verfügte über eine beträchtliche Anzahl von Mitarbeitern, die fast alle während der Amtszeit von Richard Cartwright an Bord gekommen waren. Es war nur natürlich, dass sie Veränderungen skeptisch gegenüberstanden und jeden ihrer Schritte beobachteten, um zu sehen, welchen Umgangston sie pflegen würde.

„Es wird leichter werden", murmelte sie sich selbst im Spiegel zu. Sie fuhr sich mit der Hand über die Haare, überprüfte sorgfältig ihre Zähne und ihren Lippenstift und ging dann zurück zu ihrem Büro. Als sie die Tür erreichte, stand ein junger Mann davor, der mit Karen sprach. Sein Gesicht war teilweise von der großen Pflanze verdeckt, die er trug. Der Pflanzkorb hatte die Farben der Flagge von San Rimini und war mit einer großen weißen Schleife verziert.

Karen hörte sie kommen und drehte sich um. „Frau Botschafterin, hier ist ein Geschenk für Sie."

„Oh." Sie dankte dem Mann und bat ihn, die Pflanze in ihr Büro zu tragen. Da er kaum darum herumsehen konnte, räumte sie einen Teil der Schreibtischplatte frei und dirigierte ihn dorthin, um den Korb abzustellen.

Als er gegangen war, sagte Karen: „Es muss etwas dahinterstecken."

„Ich kann mir nicht vorstellen, was." Claire beugte sich vor und betrachtete die Blätter. „Es ist eine Olive."

„Eine Olive? Wie in Olivenbaum?"

Claire blickte zum Korridor. Es waren mehrere Mitarbeiter in Hörweite, also sprach sie mit leiser Stimme, die nur für Karens Ohren bestimmt war: „Sie haben mir einmal gesagt, dass ich eine Schaufel brauche, um meinen Job zu machen. Nun, diesmal brauche ich wirklich eine." Für die Anwesenden im Korridor sagte sie etwas lauter: „Ich muss einen Platz finden, wo ich das Bäumchen einpflanzen kann."

„Zur Residenz gehört doch ein kleiner Garten."

„Oh ja! Das wird eine schöne Ergänzung sein." Claire ging um den Korb herum, bis sie die Karte fand. Als sie sie herauszog, fragte sie: „Wer hat die Pflanze geschickt?"

„Sie kam aus dem Palast."

Karens Stimme war geschäftsmäßig, sie stand jedoch mit dem Rücken zur Tür und schaute Claire in gespielter Unschuld mit großen Augen an.

„Was für eine nette Begrüßung", sagte Claire in demselben offiziellen Ton, den Karen angeschlagen hatte. Sie öffnete die Karte und begann zu lachen. Sie konnte nicht anders.

„Frau Botschafterin?"

Claire konnte kaum sprechen. Sie hob eine Hand, bis sie zu Ende gelesen hatte. Als sie sich wieder gefasst hatte, sagte sie: „Die Karte ist von König Eduardo. Er schreibt, dies sei eine Banduzzi-Olive, die in San Rimini heimisch ist. Die Banduzzi-Oliven werden wegen ihres Öls geschätzt, aber eingelegt auch als Tafeloliven serviert."

„Sie finden eine Gartenbaulektion komisch?"

„Rasend", sagte sie und grinste. „Er merkt auch an, dass ein Olivenbaum ein Symbol des Friedens ist, und er würde sich geehrt fühlen, wenn ich am Samstag an einem informellen Abendessen im Palast teilnehmen würde. Er verspricht, Banduzzi-Oliven bereitzuhalten, falls ich eine probieren möchte. Ich bin auch eingeladen, meine Ideen zu dem Bildungsprogramm vorzustellen oder zu jedem anderen Thema, das ich besprechen möchte."

„Sie scherzen."

„Keineswegs. Ich nehme an, ich habe am Samstag Zeit für ein Treffen mit König Eduardo?"

Karen blinzelte. „Ja, natürlich. Um fünf Uhr soll ich die Schlüssel für meine neue Wohnung abholen und die Papiere unterschreiben. Ich bin sicher, ich kann das verschieben ..."

„Das wird nicht nötig sein. Es sieht aus wie eine Einladung für eine Person. Gehen Sie ruhig und holen Sie die Schlüssel für Ihre Wohnung ab."

Karen runzelte die Stirn. „Sind Sie sicher? Ich kann im Büro von König Eduardo anrufen, um das zu klären."

„Ich komme schon klar."

Karen zögerte einen Moment, dann sagte sie: „Sie hatten noch keine Gelegenheit, ihn kennenzulernen, aber Mark Rosenburg organisiert die Bildungs- und Kulturprogramme der Botschaft. Er ist mit einer Gruppe von Studierenden des öffentlichen Gesundheitswesens von San Rimini in Atlanta, um die Emory Universität und die CDC, die Zentren für Krankheitskontrolle und -prävention, zu besuchen, und wird erst am Montag zurückkehren. Wenn König Eduardo zustimmt, Ihr Programm zu unterstützen, wird Mark beteiligt sein. Ich kann mir nicht vorstellen, dass der König ihn nicht mit einbeziehen will."

„Ich werde ihn heute Abend kontaktieren und über die Einladung in Kenntnis setzen. Unabhängig davon, ob seine Teilnahme vorgesehen ist oder nicht, sollten wir angesichts der Haltung des wichtigsten politischen Beraters des Königs das Eisen schmieden, solange es heiß ist. Ich werde Mark nach seiner Rückkehr persönlich ein ausführliches Briefing geben und ihn dann über künftige Treffen auf dem Laufenden halten."

Auf Karens Nicken hin fuhr Claire fort: „Apropos Treffen, ich möchte die Notizen von heute durchgehen und den Kalender aktualisieren."

In den nächsten zwanzig Minuten gingen sie die Zusammenfassungen der Sitzungen durch, an denen Claire im Laufe des Tages teilgenommen hatte, und besprachen dann ihre anstehenden Termine. Währenddessen zogen sich die Mitarbeiter auf dem Korridor allmählich zurück. Schreibtischlampen wurden gelöscht und Computer für den Abend heruntergefahren. Schließlich legte Claire ihren Notizblock beiseite und trank ein großes Glas Wasser. Sie fühlte sich ausgebrannt. „Sagen Sie mir bitte, dass wir fertig sind."

„Das sind wir."

„Gott sei Dank. Schlafen Sie gut, Karen. Morgen ist auch noch ein Tag."

„Ja, und es wird ein langer Tag werden."

Claire lächelte, als sie beide aufstanden. „Sie haben also eine Wohnung gefunden?"

„Ja, das habe ich. Kein Balkon und nur so viel Meerblick." Karen hob ihre Hände in Schulterbreite hoch, die Handflächen einander zugewandt. „Aber sie ist bloß eine Viertelstunde zu Fuß von hier entfernt und die Küche ist großartig. Die Obst-

und Gemüsemärkte von San Rimini sollen fantastisch sein. Ich habe vor, viel zu kochen."

„Das trifft sich gut. Ich habe vor, viel zu essen."

Karens Lächeln wurde für einen Moment breiter, dann wanderte ihr Blick zum Olivenbäumchen und sie wurde wieder ernst. Es war niemand in Hörweite, aber sie senkte dennoch ihre Stimme: „Ma'am, das ist eine handgeschriebene Karte. Vom König selbst. Meines Wissens tut er das nicht oft. Ich meine, er macht es bei persönlicher Korrespondenz, aber nicht bei so etwas, nicht bei etwas Offiziellem."

„Was wollen Sie damit sagen?"

Karen zögerte.

„Sie können offen sprechen, Karen. Wir sind allein."

Sie hatten jahrelang zusammengearbeitet und Claire betrachtete Karen als eine Freundin. Trotzdem brauchte Karen einige Sekunden, bis sie antwortete: „Er hätte eine solche Karte nicht an Rich Cartwright geschickt."

„Das können wir nicht wissen." Claire war sofort klar, wie Karen darauf reagieren würde, und lenkte ein: „Na gut, wir wissen es."

„Dieser Tanz war ebenfalls untypisch. Vielleicht hat er mehr bedeutet, als Sie denken. Oder mehr, als Sie zugeben wollen."

„Nun ja, ich habe Sie gebeten, offen zu sein."

„Es tut mir leid, Frau Botschafterin –"

„Das muss es nicht." Claire seufzte. „Ich habe Sie um Ihre Meinung gebeten, weil ich diese schätze, aber ich glaube nicht, dass die handgeschriebene Notiz mit dem Tanz zu tun hat. Ich vermute, es ist typisch für San Rimini. Frauen werden hier gleichberechtigt behandelt, was Gehalt und Chancen angeht, aber das Land hält noch stets an den Traditionen der Alten Welt fest, wenn es um höfliche Umgangsformen geht. Geschenke und kleine Aufmerksamkeiten werden als normal angesehen. Herren haben immer das Gefühl, dass sie Damen die Türen aufhalten sollten. Sie gehen an der Außenseite des Bürgersteigs, wenn sie eine Frau begleiten, und bei Mahlzeiten warten sie darauf, dass sie zuerst trinkt."

Karen warf einen Blick auf das Olivenbäumchen. „Klingt, als hätten Sie heute bei der Protokollbesprechung gut aufgepasst."

„Das habe ich." Claire begann, ihre Sachen zusammenzupacken. „Daher sollten wir der Olive nicht mehr Bedeutung beimessen. Schicken Sie eine Antwort an den Palast und lassen Sie den König wissen, dass ich gerne am Samstag zum Abendessen komme. Bis dahin werde ich ein Konzept ausarbeiten. Wir wissen von Sergio Ribisi, dass der König nicht geneigt ist, das Projekt zu unterstützen. Was wir nicht wissen, ist, warum. Lassen Sie uns Ideen zu verschiedenen Ansätzen sammeln. Schauen wir uns Bildungsprogramme an, die er in der Vergangenheit gefördert hat, und sehen wir, wo wir Gemeinsamkeiten finden können. Ich werde Mark Rosenburg um seine Einschätzung bitten, wenn ich mit ihm spreche."

„Perfekt."

„Oh, und wir müssen herausfinden, ob es eine bestimmte Art von Alkohol oder eine Marke gibt, die der König bevorzugt."

Karen zögerte. „Ihn betrunken zu machen, ist kein Ansatz, den ich empfehlen würde."

„Ich meine, als Geschenk. Nicht als Strategie."

„Ich besorge eine Flasche, die Sie ihm überreichen können. Ich werde außerdem etwas traditionell Amerikanisches dazulegen."

„Prima." Claire hielt inne. „Bei näherem Nachdenken … finden Sie heraus, was er mag, und sagen Sie mir dann Bescheid. Vielleicht habe ich eine Idee."

„Mache ich."

Sie folgte Karen aus dem Büro und ging dann in Richtung Ausgang. Über ihre Schulter hinweg sagte sie: „Ich meine es ernst, Karen. Schlafen Sie etwas."

Nachdem sie ein Glas Wein getrunken und ein paar Stunden

im Pyjama gefaulenzt hatte, versprach Claire sich selbst, dass sie auch schlafen würde. Sie hatte es sich verdient.

DAS GERÄUSCH seiner eigenen Schritte auf dem jahrhundertealten Stein vermittelte Eduardo ein Gefühl von Frieden.

Als er den Eingang zur Familiengruft erreichte, hatte sich seine Verstimmung über das Spektakel außerhalb der Mauern des Duomo gelegt. Die imposante Kathedrale wirkte wie immer. In den Gemäuern war es kühl und es herrschte Stille, abgesehen von dem gedämpften Flüstern einiger Touristen auf der gegenüberliegenden Seite des prächtigen Kirchenschiffs, wo sie darauf warteten, eine kleine Kapelle zu betreten, die Gemälde von Tintoretto und Raffael enthielt. Obwohl das Personal des Duomo jedes Jahr anbot, das Gebäude für eine Stunde zu schließen, damit Eduardo in Ruhe seinen Besuch machen konnte, hatte er dies abgelehnt. Nur der Bereich um die diTalora-Krypta wurde mit einem Seil abgesperrt, und auch nur so lange, wie es für seinen Aufenthalt nötig war.

Seine Sicherheitschefin, Chiara Ascardi, hatte ihm wieder einmal gesagt, dass es einfacher wäre, das gesamte Gebäude für die Öffentlichkeit zu schließen.

„Nächstes Mal, zum zehnten Jahrestag", hatte er ihr versprochen. „Die Medien werden es den Touristen und Gläubigen dann ohnehin unmöglich machen, das Gebäude zu besichtigen, egal was wir tun. Aber im Moment würde ich vorziehen, das Kirchenschiff offen zu halten. Wer weiß, ob dies die einzige Möglichkeit für einen Touristen ist, die Kathedrale zu besuchen? Ich möchte nicht, dass jemand, der vorhat, das Gebäude zu besichtigen, diese Gelegenheit verpasst."

Chiara stand jetzt etwa zwanzig Schritte entfernt, mit dem Rücken zu ihm, und ließ ihren Blick über die Umgebung schweifen, um sicherzustellen, dass sich niemand näherte. Die anderen Mitglieder seines Sicherheitsteams hielten sich getarnt als Touristen oder Mitarbeiter des Duomo im Hintergrund.

Eduardo hob sein Kinn, um das wunderschöne Buntglasfenster über der Krypta zu betrachten. „Die Restaurierung hätte dich begeistert", flüsterte er Aletta zu. „Die Handwerker, die mit dem Projekt betraut waren, haben großartige Arbeit geleistet."

Es war eines von Alettas Lieblingsprojekten gewesen, Geld für die Reinigung und Restaurierung der Fenster des Duomo zu sammeln, denen jahrhundertealter Schmutz ihre Schönheit genommen hatte. Zum Zeitpunkt ihres Todes war etwa die Hälfte der erforderlichen Mittel zusammengekommen. Zu ihren Ehren hatten König Carlo und Königin Fabrizia von Sarcaccia den Rest der Summe aus ihrem Privatvermögen gespendet.

Es war ein Geschenk, an das er jedes Mal dachte, wenn er den Sakralraum betrat. Millionen von Menschen, die Aletta nicht persönlich kannten, hatten für sie geschwärmt. Diejenigen, die sie kannten, wie Carlo und Fabrizia, empfanden jedoch tiefe Liebe zu ihr. Besonders Fabrizia war für Aletta eine Art Mentorin gewesen, nachdem er und Aletta sich verlobt hatten, und hatte ihr Ratschläge gegeben, damit sie die Herausforderungen eines Lebens im Licht der Öffentlichkeit bewältigen konnte.

Eduardo lächelte bei der Erinnerung, wie Fabrizia und Aletta beim Grand Prix von San Rimini zusammengesessen hatten. Während er und Carlo beobachteten, wie die Rennfahrer auf der Geraden, wo sich die königliche Loge befand, beschleunigten, steckten die beiden Königinnen die Köpfe zusammen und versuchten, sich trotz des Getöses von Motoren und der Menschenmenge zu unterhalten. Es war kurz nachdem Aletta Antony, ihr erstes Kind, zur Welt gebracht hatte, und das war das erste Mal gewesen, dass sie ihren Sohn in der Obhut anderer gelassen hatte, um eine öffentliche Veranstaltung zu besuchen.

Fabrizia war die perfekte Person gewesen, um seiner Frau an diesem Tag Gesellschaft zu leisten.

Eduardo riss seinen Blick von den Fenstern los und kniete nieder, um die weißen Rosen, die er bei sich trug, auf den Gedenkstein zu legen, der dort zu Ehren seiner Frau eingelassen worden war.

Zehn Minuten später stand er vor dem mächtigen Eingangsportal der Kathedrale und wartete auf Chiaras Zeichen, dass sein Auto vorgefahren und draußen alles sicher war. Auf ihr Nicken hin trat er aus dem Duomo ins Blitzlichtgewitter der lärmenden Reporter. Er behielt eine neutrale Miene bei, wie es dem Anlass angemessen war, und unterdrückte im Geiste seine Gereiztheit darüber, dass er eine Ansprache halten musste.

Er ignorierte die Fragen, die ihm zugerufen wurden, und sagte: „Danke, dass Sie gekommen sind. Königin Aletta wäre zutiefst gerührt von der Liebe, die die Bürger von San Rimini – die Menschen weltweit – noch immer für sie im Herzen tragen."

Er hielt inne und wartete, dass die Medienvertreter verstummten, dann fuhr er fort: „Königin Aletta wird von ihren Freunden und ihrer Familie sehr vermisst, denn sie hat die Welt zu einem besseren Ort gemacht. Sie hätte es vorgezogen, wenn wir heute, statt ihren Tod zu betrauern, ihr Vermächtnis ehren, indem wir uns einen Moment Zeit nehmen, um das zu tun, was sie getan hätte. Deshalb habe ich heute Morgen einen ihrer Lieblingsorte besucht, das Royal Memorial Hospital, und mir Zeit genommen, mit Mitarbeitern und Patienten zu sprechen. Außerdem habe ich im Namen der königlichen Familie an mehrere von ihr bevorzugte Wohltätigkeitsorganisationen gespendet, damit diese ihre wichtige Arbeit fortsetzen können. Ich möchte diejenigen unter Ihnen, die sie ehren möchten, dazu aufrufen, dasselbe zu tun. Schenken Sie Ihre Zeit, Ihr Geld oder

Ihre Stimme diesen großartigen Projekten. Ich danke Ihnen nochmals. Meine Familie und ich schätzen das sehr."

Eduardos Füße setzten sich im selben Moment in Bewegung, als er das letzte Wort aussprach. Weniger als eine Minute später saß er im Auto und entfernte sich vom Duomo.

Oh, Aletta, dachte er. *Beim nächsten Mal werde ich ohne die Kameras kommen. Und ich verspreche dir, dass der Besuch bedeutungsvoller sein wird.*

KAPITEL 6

Eduardo versuchte, die verstohlenen Blicke von Samuel Bardens Untergebenen zu ignorieren, die damit beschäftigt waren, seine Wohnung für die Ankunft der Botschafterin vorzubereiten. Obwohl Luisa ihn darüber informiert hatte, dass heute Abend mehrere Räume im Palast zur Verfügung standen, hatte er an seinem ursprünglichen Plan festgehalten, das Dinner mit Claire Peyton in seinem Wohnbereich einzunehmen. Wenn sie auf der hinteren Terrasse speisen würden, könnte der Wind sie stören, im Esszimmer der Familie konnte am Wochenende immer jemand hereinkommen und selbst Sergio stimmte zu, dass das offizielle Speisezimmer für ein Abendessen zu zweit zu förmlich war.

Er hatte hier schon zahlreiche kleine Dinner ausgerichtet. Wenn Gäste erwartet wurden, hatten bestimmte Angestellte die Erlaubnis, nach nur einem kurzen Klopfen einzutreten, sodass seine Räumlichkeiten ihm eher öffentlich zugänglich als privat erschienen. An diesem Abend war es allerdings anders und selbst das Personal schien das zu spüren. Er konnte jedoch nicht genau sagen, was der Grund dafür war. Vielleicht wirkte der

Raum durch die Auswahl der Tischwäsche und die Blumenarrangements freundlicher als sonst.

Eduardo setzte sich und tippte ein paar Notizen in sein Smartphone, um das Geschehen um ihn herum auszublenden.

„Hoheit?"

Luisas Erscheinen ließ ihn zusammenzucken, obwohl sie keine fünf Minuten zuvor angerufen hatte, um zu fragen, ob sie in seinen Wohnbereich kommen könne. Er bedeutete ihr, sich auf dem Sessel neben dem Sofa niederzulassen, und nahm den Zeitungsstapel entgegen, den sie ihm reichte. „Die Berichterstattung über die Rede von gestern Abend bei *Ein Platz für uns?*"

„Ja, Hoheit." Sie wartete, während er durch die Seiten blätterte. Als er sich dem Ende näherte, sagte sie: „Es scheint gut gelaufen zu sein. Es gab eine Menge positive Presse zum fünfjährigen Bestehen des Programms."

„Nun, es wird auch Zeit, dass sie von Königin Alettas Todestag ablassen."

Im gleichen Augenblick, als Eduardo die Worte aussprach, hörte er, wie sie klangen, und war entsetzt. Er atmete tief aus. „Es tut mir leid, Luisa. Ich hätte das nicht sagen sollen. Es spiegelt in keiner Weise meine Gefühle wider."

„Doch, aber nicht Ihre Gefühle für die Königin", erwiderte sie leise und schenkte ihm ein verständnisvolles Lächeln. „Die Medien waren die ganze Woche lang unerbittlich. Sie wiederum waren unglaublich geduldig und besonnen."

„Danke. Ich weiß zu schätzen, dass Sie das sagen." Er legte den Kopf schief und musterte sie. „Verstehen Sie mich nicht falsch, aber warum sind Sie heute im Palast? Sollten Sie nicht Ihr Wochenende genießen?" Er hob die Zeitungen hoch, die sie ihm gerade gereicht hatte. „Das hätte auch bis Montag warten können."

„Ich hatte noch einiges an Korrespondenz zu erledigen und nichts vor, also beschloss ich, herzukommen. Margaret Halaby war zufällig auch im Büro und hatte mir die Artikel auf den

Schreibtisch gelegt. Als ich sah, wie positiv das Medienecho auf die Veranstaltung war, wusste ich, Sie würden es auch sehen wollen."

„Und Sie wollten einen Blick in den Wohnbereich werfen."

Sie setzte an, es zu leugnen, doch ihre Augen wanderten zur anderen Seite des Raumes, wo das Personal weiter mit dem Eindecken des Tischs beschäftigt war.

„Es sieht zu romantisch aus." Das war eine Feststellung, keine Frage, doch Luisa zog eine Grimasse, was sie selten tat.

„Hoheit, verzeihen Sie mir, wenn ich das sage, aber –"

„Nein, nein, Sie brauchen es nicht auszusprechen. Ihr Gesichtsausdruck verrät Ihre Gedanken deutlich genug. Ich werde es ändern lassen. Ich weiß nicht, was Samuel sich dachte, als ich sagte, dass ich die neue US-Botschafterin zum Essen eingeladen habe, aber es sieht hier blumiger aus als sonst."

„Die Blumen an sich sind in Ordnung, aber vielleicht könnten Sie Samuels Personal anweisen, die Kerzen zu entfernen und das Deckenlicht heller zu machen." Sie hielt inne und fügte dann hinzu: „Wenn Ihnen die rosa Blumen immer noch zu viel sind, könnten Sie sie gegen das Gesteck austauschen, das auf dem Tischchen vor Prinz Antonys Wohnbereich steht. Es würde zur Tischwäsche passen, ist aber kleiner und weiß."

„Das werde ich tun." Er sah die Handtasche, die Luisa umgehängt hatte. „Sie gehen nach Hause?"

„Ja, aber ich wollte noch hören, wie der Lunch heute im Aquarium war. Und das Frühstück mit Prinz Marco."

„Das Frühstück wurde auf morgen verschoben. Amanda ging es nicht gut. Aber im Aquarium war es wunderbar. Haben Sie es kürzlich besucht?" Als Luisa den Kopf schüttelte, beschrieb er ihr die neuesten Bereiche und empfahl ihr, mit ihrem Neffen im Teenageralter bald einmal dort hinzugehen. „Sie zeigen einen neuen Dokumentarfilm über den Schutz der

Meere, der ihm gefallen würde. Es ist faszinierend. Ich wünschte, ich hätte mir den ganzen Film anschauen können."

„Nächsten Monat verbringt er ein Wochenende bei mir, während meine Schwester und ihr Mann auf einer Hochzeit in der Schweiz sind. Ich werde Tickets reservieren und dann können wir einen Tagesausflug dorthin machen." Sie unterhielten sich noch kurz, dann wünschte sie ihm einen schönen Abend und verabschiedete sich bis Montag.

„Genießen Sie den Rest Ihres Wochenendes, Luisa. Vielen Dank für den Pressespiegel und die Unterstützung bei den Dinner-Vorbereitungen."

Er begleitete sie zur Tür und regelte dann mit dem Dimmer das Licht im Wohnzimmer so, dass die Helligkeit passender für ein Arbeitsessen war. Er legte die Zeitungen auf den Schreibtisch in seinem Arbeitszimmer und stellte sich dann Emilia, der jungen Frau, vor, die den Tisch gedeckt hatte. Er lobte sie für das Gesamtarrangement, bat sie aber, die Kerzen zu entfernen und das Gesteck gegen das von Luisa vorgeschlagene auszutauschen. Zufrieden, dass die Dekoration nun weniger romantisch wirkte, ging er in sein Schlafzimmer, um sich frisch zu machen.

Es war seltsam. Samuel hatte in den letzten Jahren Dutzende von Tischdekorationen für Dinner geplant, aber keine hatte so ausgesehen. Und er konnte sich nicht erinnern, wann Luisa das letzte Mal an einem Wochenende ins Büro gekommen war. Er arbeitete zwar sieben Tage die Woche, aber er wollte nicht, dass seine Angestellten sich völlig verausgabten, weil er dasselbe von ihnen verlangte.

Deshalb fragte er sich: Warum war Margaret Halaby im Büro gewesen, um das Medienecho zu seiner Rede bei *Ein Platz für uns* abzugeben? Normalerweise wurden solche Themen in ihrer regulären Sitzung am Montagmorgen besprochen.

Er betrachtete sich im Spiegel, während er sich die Zähne putzte. Glaubte der ganze Palast, dass er eine Midlife-Crisis durchmachte? Weil er mit einer Botschafterin getanzt und sie zum Essen eingeladen hatte?

Er spuckte ins Waschbecken aus und spülte nach.

Nein, entschied er, seine Fantasie ging mit ihm durch. Samuel hatte erzählt, dass es in der Küche in letzter Zeit einige Wechsel gegeben hatte, weil mehrere langjährige Angestellte in den Ruhestand gegangen waren. Das war die wahrscheinlichste Erklärung dafür, warum das Personal, das den Tisch deckte, ihm heimlich Blicke zuwarf, oder warum der Tisch anders dekoriert war. Die Bediensteten gewöhnten sich gerade erst an ihre neuen Aufgaben.

Diese Jahreszeit machte ihn langsam paranoid. Die Medien waren nicht die Einzigen, die seine Beziehung zu Aletta in den Mittelpunkt des allgemeinen Interesses rückten. Souvenirs mit ihren Hochzeitsfotos wurden in jedem Andenkenladen des Landes verkauft. Restaurants hängten Fotos von ihren Besuchen in ihre Schaufenster und platzierten sie auf ihren Websites. Sogar ein örtlicher Strand, an dem sie sich zum ersten Mal getroffen hatten – ein Gruppenausflug mit Freunden, als er und Aletta noch Teenager waren –, warb mit dieser Tatsache, um Besucher anzulocken.

Und dann waren da noch die Verfilmungen. Im Vereinigten Königreich war eine fiktionale Version ihrer Beziehung im Fernsehen gesendet und in den Vereinigten Staaten waren innerhalb von zwei Jahren nach Alettas Tod zwei Miniserien ausgestrahlt worden. Mehrere europäische Sender hatten die amerikanischen Miniserien eingekauft und strahlten sie nun jedes Jahr um diese Zeit aus.

Offenbar wurde in Ägypten ein weiterer Fernsehfilm über Alettas Leben produziert, von dem er allerdings nur durch Mundpropaganda erfahren hatte. Man hatte ihm gesagt, dass die Produzenten planten, den Film am zehnten Jahrestag ihres Todes zu senden.

So lächerlich es ihm manchmal vorkam, die Faszination, die

Aletta Masciaretti auf die Welt ausübte, würde nicht nachlassen. Er musste darauf vertrauen, dass seine Angestellten ihn besser kannten als die Medien. Er hatte kein Date und es sollte ihn nicht beunruhigen, was sie glaubten.

Außerdem kannte er Claire Peyton kaum. Sie war natürlich intelligent – das musste sie sein in ihrem Job – und sie war sowohl attraktiv als auch ledig. Aber er kannte Dutzende, wahrscheinlich Hunderte Frauen in seinem Alter, auf die diese Beschreibung zutraf. Und nicht ein einziges Mal hatte jemand von seinen Angestellten die Befürchtung geäußert, er könnte sich einen roten Ferrari kaufen und jedes Wochenende mit einer anderen Frau auf dem Beifahrersitz die Küste entlangdüsen.

Er kontrollierte ein letztes Mal seine Frisur und seine Zähne und verließ dann das Badezimmer. Er hatte *keine* Midlife-Crisis.

Eduardo schloss seine Vorbereitungen ab und schritt ins Wohnzimmer, gerade als Miroslav Vulin, ein riesiger Serbe, der im Sicherheitsdienst des Palastes eng mit Chiara Ascardi zusammenarbeitete, anklopfte und eintrat. „Hoheit, Botschafterin Peytons Wagen ist gerade durch das hintere Tor gefahren. Wenn Sie so weit sind, werde ich sie hierhergeleiten.“

„Danke, Miroslav.“

Bald darauf hörte Eduardo, wie die Tür zum Vorraum geöffnet wurde, und dann das Geräusch von Absätzen auf Parkett und Miroslavs schwere Schritte.

Miroslav trat ein und bedeutete Claire, ins Wohnzimmer zu gehen. „Hoheit, Botschafterin Peyton ist hier.“

Eduardo durchquerte den Raum, als Claire hereinkam. Er dankte Miroslav und hieß Claire willkommen. Dann fehlten ihm plötzlich die Worte.

Als Miroslav sich verabschiedete, dankte sie ihm für seine Begleitung. Danach wandte sie sich von der Tür ab und Eduardo zu – mit einem Lächeln, das er bis ins Mark spürte.

Wenn jemand das Potenzial hatte, ihn in eine Midlife-Crisis

zu stürzen, dann war das Claire Peyton, entschied er in diesem Moment. Sie sah umwerfend aus. Das sollte ihm bei einer Botschafterin nicht auffallen, doch das tat es. Ihr Blick war warm und lebhaft, ihre rosafarbenen Lippen verzogen sich zu einem sanften Lächeln und obwohl ihr cremefarbener Hosenanzug und die hellblaue Bluse perfekt für ein Arbeitstreffen geeignet waren, schmeichelten sie ebenso perfekt ihrer Figur.

Seit seinem ersten richtigen Date mit Aletta war er nicht mehr so verunsichert gewesen, mit einer Frau allein zu sein, und damals war er sechzehn.

„Der Wohnbereich ist wunderschön", sagte sie, während sie auf ihn zukam und ihm die Hand schüttelte. „Ich weiß die Einladung zu einem Dinner hier zu schätzen."

Er dankte ihr und froh, ein Thema zu haben, das ihm helfen würde, seine Gedanken zu ordnen, fügte er hinzu: „Dieser Raum wurde kürzlich renoviert. Die letzte Modernisierung davor war länger her als die Geburt meines Vaters. Alle Wände waren mit schweren Brokattapeten bedeckt. Deren Entfernung hat die Atmosphäre dieses Zimmers sehr verändert."

Sie schaute sich lange in dem Raum um, der nun mit perlweißer Farbe gestrichen war. Die Fußleisten waren von einer jahrealten Wachsschicht befreit und dann in ihrer ursprünglichen dunklen Farbe neu gestrichen worden. Der Kontrast verlieh dem Raum etwas Strahlendes, besonders im Licht der untergehenden Sonne.

„Es muss hier ziemlich dunkel gewesen sein, wenn man bedenkt, wie wenig Fenster es gibt", sagte sie. „Ich bin überrascht, dass der Raum nicht schon früher renoviert wurde. Sie scheinen mir jemand zu sein, der sich lieber mit hellen und freundlichen Dingen umgibt, als sich in einem dunklen Zimmer einzuigeln."

Darüber lächelte er. Die meisten Leute, die seinen Wohnbereich betraten, kommentierten die Farbe, nicht das Gefühl, das sie hervorrief. „Ich versuche, mich nirgendwo zu verstecken."

„Auch ein König braucht sicher ab und zu eine Atempause von der Welt."

„Ab und zu, ja, aber für mich bedeutet eine Pause nicht, dass ich mich verstecke." Er legte den Kopf schief. „Als Botschafterin stehen Sie oft im Mittelpunkt der Aufmerksamkeit. Wenn Sie Zeit für sich brauchen, betrachten Sie das als Verstecken?"

„Ich nicht, aber wenn mein Handy ausgeschaltet ist, sehen meine Angestellten das so."

„Wie oft schalten Sie Ihr Handy aus?"

Sie lachte und ihm gefiel dieser Klang. „Fast nie."

„Sie verstecken sich also auch nicht." Er deutete auf den Barschrank, der sich an der Wand neben dem Eingang zu seinem Arbeitszimmer befand. „Darf ich Ihnen einen Drink vor dem Essen anbieten?"

„Sehr gerne, danke." Sie schaute sich um, als er den Raum durchquerte und die Schranktüren öffnete. „Sie schenken selbst ein?"

„Im Gegensatz zu dem, was viele Menschen über den Hochadel denken, sind wir durchaus in der Lage, unsere eigenen Drinks zuzubereiten. Oder Drinks für unsere Gäste." Er ließ seinen Blick über die Etiketten der Flaschen schweifen und sagte dann: „Ich glaube, der Küchenchef möchte Rotwein zum Essen servieren, aber ich hätte Zutaten für einen Negroni oder einen Aperol Spritz, und das Personal war so vorausschauend, frisches Eis bereitzustellen. Ich kann auch einen annehmbaren Manhattan mixen. Was hätten Sie gern?"

„Was nehmen Sie?"

„Wenn ich dieser Tage etwas trinke, dann meistens Whiskey. Aber um eher in die leichtere Richtung zu gehen, entscheide ich mich für einen Negroni."

„Machen Sie zwei davon."

Als er den Gin öffnete und in einen Cocktailshaker goss, fragte Claire: „Sie sagten, ‚wenn ich dieser Tage etwas trinke' – wie meinen Sie das?"

Er verschloss die Ginflasche und tippte mit zwei Fingern auf seine Brust. „Ich hatte vor ein paar Jahren eine Herzoperation, um einen Defekt zu beheben. Es ist jetzt alles in Ordnung, aber ich bin lieber vorsichtig."

„Ich erinnere mich, davon gelesen zu haben. Es freut mich, dass es Ihnen gut geht."

Er warf ihr einen schiefen Blick zu, während er Campari hinzugab. „Sie wurden nicht darüber informiert?"

„Schon, aber ich habe auch Unterlagen über eine ganze Reihe von Parlamentsmitgliedern, Ihren obersten Richter und einige prominente Bürger erhalten. Bei so vielen Informationen vermischt sich schon mal etwas im Kopf."

Als er alle Zutaten im Shaker hatte, setzte er den Deckel darauf und schüttelte ihn aus dem Handgelenk heraus. Dabei betrachtete er aufmerksam Claires Gesicht.

„Ich glaube nicht, dass sich in Ihrem Kopf viel vermischt. Ich vermute, wenn es Ihre Arbeit betrifft, halten Sie alles auseinander."

„Wie kommen Sie darauf?"

Er schenkte ein und reichte Claire ihr Glas. „Der Präsident hätte Sie nicht nach San Rimini geschickt, wenn Sie nicht intelligent wären. Außerdem haben Sie Rückgrat. Die meisten in Ihrer Position hätten geschwiegen, wenn Sergio ihnen geraten hätte, mir gegenüber ein Thema nicht anzuschneiden. Sie haben mich deswegen zur Rede gestellt, aber Sie haben es charmant getan."

„War es Charme, was mir die Einladung für heute Abend einbrachte? Oder ein Schuldgefühl?"

Ihre Blicke traf sich. Zwischen ihnen funkte es, so stark, dass es beinahe greifbar war. Beide schauten nicht weg. Sie waren zu gut für ihre Positionen ausgebildet, um jemals den Blick abzuwenden. Aber in diesem Fall hatte die unterschwellige Spannung nichts mit Arbeit zu tun.

Eduardo brauchte einen Moment, bis er antworten konnte.

„Die Einladung wurde ausgesprochen, weil Sie es verdienen, angehört zu werden. Sergios Einwänden zum Trotz, möchte ich hinzufügen."

„Es ist seine Aufgabe, Ihnen politisch den Rücken freizuhalten."

„Ja."

„Er macht das gut. Ihr Beliebtheitsgrad ist sehr hoch."

„Ich möchte glauben, das liegt eher an meiner unwiderstehlichen Persönlichkeit und meinem geistreichen Humor als an Sergios politischem Scharfsinn, aber das sollten wir ihm nicht sagen."

„Ich habe nicht die Absicht, es ihm zu verraten." Sie nippte an ihrem Negroni und hob anerkennend die Brauen. „Sie wissen wirklich, wie man einen Drink mixt, Hoheit."

„Sollte ich jemals gezwungen sein, abzudanken, werde ich eine Tätigkeit als Barkeeper in Betracht ziehen, um mich über Wasser zu halten."

Sie schmunzelte. „Apropos, soweit ich weiß, geht man in San Rimini nie mit leeren Händen zu einem Dinner."

Claire lief in den Vorraum, wo er eine Tüte entdeckte, die er zuvor nicht bemerkt hatte. Sie musste sie dort abgestellt haben, als Miroslav sie hineinführte. Sie bückte sich und hob die Tüte hoch, kehrte dann zurück und reichte sie ihm. Er warf ihr einen fragenden Blick zu, bevor er hineingriff und zur Hälfte eine große Flasche Whiskey herauszog.

„Colkegan Single Malt", las er laut vor.

„Hergestellt in New Mexico. Vergessen Sie diesen Teil der Aufschrift nicht. Das ist mein Heimatstaat."

„Ich hatte keine Ahnung, dass in New Mexico Whiskey hergestellt wird."

„Es gibt ein paar Boutique-Destillerien. Ich dachte, Sie würden gerne einen amerikanischen Whiskey probieren."

„Das werde ich. Danke schön."

Er schob die Flasche zurück in die Tüte und wollte diese gerade auf die Bar stellen, als sie sagte: „Es ist noch etwas darin."

Neugierig warf er einen zweiten Blick hinein. Tatsächlich befand sich unten in der Tüte ein kleiner Glasbehälter. Als er das Etikett laut vorlas, konnte er sein Erstaunen nicht verbergen. „Kaktusfeigengelee?"

„Hergestellt mit grünen Chilis aus New Mexico. Es schmeckt gut, aber ich kann nicht garantieren, dass es herzschonender ist als Whiskey."

„Hoffen Sie, dass ich tot umfalle? Ich muss Sie warnen: Wenn Sie den Monarchen verletzen, gilt Ihre diplomatische Immunität nicht mehr."

„Im Gegenteil. Es käme mir sehr ungelegen, wenn Sie tot umfallen würden, wo Sie mich doch eingeladen haben, um über die Beteiligung von San Rimini an einem Programm zu sprechen, das mir sehr am Herzen liegt. Betrachten Sie es als ein Friedensangebot."

Er betrachtete das Etikett erneut. „Kaktusfeige? Und das, nachdem ich Ihnen einen Olivenbaum geschickt habe. Das eine kommt mir friedlicher vor als das andere. Eigentlich wollte ich Ihnen Blumen senden, etwas Einheimisches, um Sie in San Rimini willkommen zu heißen. Aber dann dachte ich mir: Was ist einheimischer als die Banduzzi-Olive?"

„Es ist ein schöner Olivenbaum", bestätigte sie. „Sie müssen sich auf die Feige konzentrieren, nicht auf das Stachelige."

„Eine friedliche Kaktusfeige?"

„Eine ungewöhnliche Kombination, nicht wahr?"

Er lachte, als er die Geschenktüte auf die Bar stellte. „Wie wäre es damit? Ich betrachte den Whiskey als ein Friedensangebot. Er ist gut, um die Seele zu besänftigen."

„In diesem Punkt sind wir uns einig, Hoheit."

Es klopfte an der Tür. „Ich glaube, unser Abendessen ist da", sagte Eduardo zu Claire, dann rief er: „Herein!"

Emilia erschien mit einem Servierwagen. Samuel Barden folgte ein paar Schritte hinter ihr.

Eduardo sah ihn überrascht an. „Samuel, ich wusste nicht, dass Sie hier sein würden."

„Hoheit." Der Koch senkte leicht den Kopf. „Ich wollte mich nur vergewissern, dass alles in Ordnung ist. Ich hoffe, Sie haben einen schönen Abend."

„Ja, danke. Frau Botschafterin, ich möchte Ihnen Samuel Barden vorstellen. Er ist mein persönlicher Koch und plant das Menü, wenn ich zu einem Dinner wie diesem einlade. Und er sollte heute eigentlich frei haben."

„Es ist mir ein Vergnügen, Frau Botschafterin", sagte er und schüttelte Claire die Hand.

„Nein, mir ist es ein Vergnügen. Was auch immer Sie mitgebracht haben, riecht köstlich."

„Vielen Dank, Ma'am. Wenn Ihnen etwas nicht zusagt, lassen Sie es mich bitte wissen. Es ist meine Aufgabe, dafür zu sorgen, dass alle, die den Wohnbereich des Königs betreten, diesen gesättigt wieder verlassen."

„Ich bin sicher, das werde ich."

Eduardo führte Claire zum Tisch und stellte Emilia vor, dann schenkte Samuel ihnen einen Pinot Noir ein, während Emilia die Wassergläser füllte und beiden das Essen bereitstellte.

Als alles angerichtet war, bedankte sich Eduardo bei Samuel und Emilia und versicherte ihnen, dass alles zu seiner Zufriedenheit war und er sich melden würde, wenn Claire und er bereit für das Dessert wären.

Nachdem sie gegangen waren, sagte Claire: „Er arbeitet schon seit einiger Zeit für Sie."

„Das stimmt. Bevor er mein persönlicher Koch wurde, kümmerte er sich um das Catering für den gesamten Palast. Sie hätten den Empfang sehen sollen, den er organisierte, als der König und die Königin von Spanien zu einem Staatsbesuch kamen. Es waren über vierhundert Gäste, aber jedes Gericht sah aus – und schmeckte auch so –, als hätte es ein Meisterkoch für eine private Mahlzeit zubereitet."

Danach drehte sich das Gespräch um berufliche Themen. Er erzählte ihr von einem drohenden Fischereistreik, den seine Mitarbeiter im Blick behielten, und sie berichtete von einer Initiative, die ein bekannter amerikanischer Technologiekonzern in San Rimini umzusetzen hoffte. Daraus entwickelte sich eine Debatte darüber, wie sich das jüngste Handelsabkommen der Vereinigten Staaten mit der Europäischen Union auf die Länder an der Adria auswirken würde, und er fand sich in den üblichen Rhythmus all seiner beruflichen Meetings ein.

Doch trotz der Ernsthaftigkeit der Themen fühlte sich der Abend nicht wie Arbeit an. Ihr Gespräch floss so leicht dahin, dass er sich wohlfühlte. Das schmackhafte Essen und der gute Wein trugen ebenso dazu bei wie die Atmosphäre.

„Also, König Eduardo", sagte Claire und betrachtete die Reste ihres Salats und der kunstvoll garnierten Manicotti, die Samuel serviert hatte, „ich hoffe aufrichtig, dass dies Ihre Lieblingsspeise ist."

Er grinste über ihren leicht neckenden Tonfall. „Warum?"

„Weil Sie mich eingeladen haben, um über das Bildungsprogramm zu sprechen, und genau das werde ich jetzt tun. Ich möchte, dass Sie guter Laune sind."

Er legte sorgfältig mit seiner Gabel den reichlich vorhandenen Spinat in seiner Portion Manicotti frei. „Ich würde einen amerikanischen Cheeseburger mit Pommes bevorzugen, aber da mein Koch fürchtet, ich könnte bei einer solchen Mahlzeit einen Herzstillstand erleiden, ist das hier das Beste, was ich bekomme."

Das meinte er auch so. Obwohl Samuel sein Bestes gab, um köstliche Gerichte zuzubereiten, konnte Eduardo sich nicht daran erinnern, wann er das letzte Mal eine Mahlzeit zu sich genommen hatte, die auch nur ansatzweise die von den Ärzten empfohlene Tageshöchstmenge an Fett oder Natrium enthielt. „Mein Personal scheint nicht zu verstehen, dass nicht das Cholesterin das Problem war – dieses war vielmehr struktureller Natur."

„Sie sorgen sich um Sie."

„Dafür bin ich ihnen dankbar und deshalb esse ich auch das, was Samuel zubereitet, auch wenn es Leinsamen oder Unmengen von Gemüse enthält. Außerdem arbeite ich dreimal pro Woche mit einer Trainerin, die zufällig eine Cousine meiner persönlichen Assistentin Louisa ist. Das hält alle bei Laune."

„Alle außer Ihnen?"

„Wenn die anderen zufrieden sind, ist mein Leben wesentlich einfacher. Das ist es mir wert."

Claire legte den Kopf schief und musterte demonstrativ seinen marineblauen Anzug. „Für einen Big Mac sind Sie zu fein angezogen. Aber ich werde dem Präsidenten Ihre Anerkennung für unsere Rindfleischindustrie aussprechen und ich werde sehen, was ich tun kann, sollten Sie an einem Dinner in der Botschaft teilnehmen."

„Obwohl Sie Vegetarierin sind? Sie vertreten Ihr Land und seine Interessen gut. Das muss ich im Hinterkopf behalten."

Ihre sanften braunen Augen weiteten sich vor Überraschung. „Woher wissen Sie das?"

„Es war eine Vermutung. Mir ist aufgefallen, dass Sie bei der Beglaubigungszeremonie den Salat und den Reis gegessen haben, ohne Ihr Cordon bleu anzurühren. Offenbar war mein Personal nicht darüber informiert."

„Das war ganz allein mein Fehler. Ich war auf die Rede und die richtige Etikette für den Anlass konzentriert und habe es versäumt, meine Ernährungsgewohnheiten mitzuteilen. Aber ich werde mir merken, dass Sie darauf achten, was eine Frau isst."

„Nur wenn ich versuche, ihre Vorlieben und Abneigungen

kennenzulernen", gab er zu. „Ich bin von Geburt an darauf trainiert worden, höflich zu sein, wissen Sie?"

Er nahm einen Schluck von seinem Wein und stellte das Glas bei der Spitze seines Messers ab. „Heute Abend, Frau Botschafterin, sind Sie zum Beispiel wunderschön gekleidet."

Ein warmes Lächeln breitete sich auf ihrem Gesicht aus, das deutlich machte, dass sie ihr Geplänkel genoss. Sein Inneres zog sich zusammen, als er ihre unbeschwerte Miene sah, und er war alt und weise genug, um genau zu wissen, was dieses Gefühl bedeutete.

Er war dabei, sich Hals über Kopf in eine Botschafterin zu verlieben.

KAPITEL 7

CLAIRE VERSUCHTE, das in ihr aufsteigende prickelnde Gefühl der Anziehung zu ignorieren.

Sie hatte sich gefragt, ob der König mit ihr flirtete, als sie bei ihrer Beglaubigungszeremonie getanzt hatten. Dass er ihr zugezwinkert hatte, hatte sie überwältigt.

Aber der Blick, den er ihr jetzt schenkte, hatte noch eine ganz andere Qualität. Sie hatte schon lange kein Date mehr gehabt, aber das hier fühlte sich wie eines an, trotz der Gesprächsthemen.

Sie lehnte sich auf ihrem Stuhl zurück. „Hoffen Sie, mich von einem Gespräch über das Bildungsprogramm abzulenken, Hoheit? Ich darf Sie daran erinnern, dass Sie es in Ihrer Einladung ausdrücklich erwähnt haben."

„Das habe ich, und ich möchte diesem Punkt meine ungeteilte Aufmerksamkeit widmen. Wie wäre es, wenn ich Samuel anrufe und ihn bitte, das Dessert zu bringen? Dann können wir Ihre Ideen bei etwas Süßem besprechen."

„Dem stimme ich gern zu."

Er entschuldigte sich, ging zu einem Telefon in der Nähe seines Arbeitszimmers und sprach einige Sekunden lang leise in den Hörer, bevor er an den Tisch zurückkehrte. Nach wenigen Minuten kam Samuel mit Emilia herein. Sie erkundigten sich, ob das Essen gemundet habe, räumten das Geschirr ab und boten Kaffee, Tee und eine Auswahl an Digestifs an. Claire entschied sich für entkoffeinierten Kaffee und sagte, dass ein Negroni und ein Glas Wein so viel Alkohol war, wie sie an einem Abend trinken konnte. König Eduardo bat um Tee.

Während Emilia die Getränke zubereitete, stellte Samuel beiden ein Dessert hin. „Ich hoffe, Sie mögen Schokolade, Frau Botschafterin?"

„Oh ja", versicherte sie ihm, während sie bewundernd auf ihren Teller schaute, auf dem sich ein kuppelförmiger dunkler Schokoladenkuchen befand, um den herum Beeren und ein Zweig frische Minze arrangiert waren.

„Die Minze baue ich selbst an, und die Beeren stammen aus der Region und wurden erst gestern gepflückt", erzählte er. Zum König gewandt, setzte er hinzu: „Wenn Sie fertig sind, melden Sie sich bitte, dann wird Emilia das Geschirr abräumen. Ich lasse noch mehr Tee und Kaffee auf der Bartheke stehen."

Der König bedankte sich bei Samuel und Emilia und wartete, bis sie gegangen waren, bevor er ein Stück Würfelzucker in seinen Tee gab. „Er hat mir mehr Beeren und weniger Kuchen gegeben als Ihnen", brummte er.

Claire schaute über den Tisch. Es stimmte. Ihr Kuchen war nicht groß, aber deutlich größer als der des Königs. „Er wollte sicherstellen, dass Sie Ihre Antioxidantien bekommen."

„Das ist eine positive Sichtweise. Allerdings möchte ich darauf hinweisen, dass Schokolade auch Antioxidantien enthält."

„Dunkle Schokolade schon. Ich glaube aber nicht, dass das auch auf diesen Kuchen zutrifft." Auf seinen konsternierten Blick hin fügte sie hinzu: „Ich mache Ihnen einen Vorschlag: Wenn Sie sich bereit erklären, meinen Bildungsplan im Parlament zu unterstützen, gebe ich Ihnen meinen Nachtisch. Und zwar den ganzen."

„Ich möchte die Beeren nicht."

„Dann den Kuchen ohne die Beeren."

Er lachte. Es war ein herzhaftes, männliches Lachen, bei dem sie ein Schauer vom Kopf bis zu den Zehenspitzen überlief. Die Art von Lachen, die sie nicht berühren sollte – vor allem nicht, nachdem sie die letzten Tage damit verbracht hatte, an ihrer Präsentation des Bildungsprogramms zu feilen –, und doch war es so.

„Behalten Sie Ihren Kuchen", sagte er. „Ich kann die Küche plündern, wenn Samuel nach Hause gegangen ist, sollte ich Heißhunger auf Schokolade bekommen. Aber erzählen Sie mir doch von Ihrem Plan."

Sie hob ihre Gabel, zögerte jedoch, bevor sie einen Bissen von dem Kuchen nahm. „Warum sagen Sie mir nicht zuerst, wieso Sergio Ribisi ihn ablehnen wollte, bevor ich ihn überhaupt präsentieren konnte?"

„Das war nicht Sergio. Nicht im Alleingang. Er tat es in meinem Auftrag."

Sie hielt seinen Blick fest, überrascht über das Eingeständnis. „Ich weiß Ihre Aufrichtigkeit zu schätzen, Hoheit."

„Aber dennoch hätte ich die Sache besser angehen müssen."

„Warum musste sie überhaupt ‚angegangen' werden?"

Eduardo spannte seine Kieferpartie für einen Moment an, dann zuckte er mit den Schultern. „Als König muss ich gut wählen, welche Kämpfe ich ausfechten will. Es gibt Tage, an denen ich wünschte, ich wäre ein absoluter Monarch und könnte Gesetze erlassen, von denen ich weiß, dass sie im besten Interesse des Landes sind, aber wir leben nicht mehr im Mittelalter. Ich kann Gesetze vorschlagen oder empfehlen, aber das ist auch schon alles. In San Rimini hat das Parlament die Macht. Und im Unterschied zu Ihrem Präsidenten habe ich kein Vetorecht."

„Aber Sie haben Einfluss. Sehr viel sogar."

„Ja, aber auch nur, weil ich meine Kämpfe sorgfältig ausgewählt habe, so wie meine Vorgänger. In San Rimini konzentriert sich der Monarch traditionell auf unstrittige Projekte. Meistens geht es um wohltätige Aktionen, um die Vermittlung bei Friedensgesprächen oder um die Ausrichtung internationaler Gipfeltreffen. Ich habe nur eine begrenzte Menge an politischem Kapital außerhalb dieser Parameter, also muss ich es klug einsetzen."

„Das verstehe ich, König Eduardo. Aber wenn Sie sich über das Programm informiert haben, an dessen Aufbau ich in Uganda gearbeitet habe, dann wissen Sie, dass es dem Gemeinwohl dient. Es ist einfach für die Menschen, sich die Welt als Hunderte von verschiedenen Volkswirtschaften vorzustellen, aber wir haben mehr und mehr eine einzige Weltwirtschaft. Wenn ein Land – oder eine Region – ins Hintertreffen gerät, wirkt sich das auf alle anderen aus. Bildung ist der große Gleichmacher, insbesondere die Früherziehung. Wenn wohlhabendere Länder mit starken Bildungssystemen den Ländern, die Schwierigkeiten haben, Lehrkräfte und finanzielle Mittel zur Verfügung stellen, profitieren alle davon, meinen Sie nicht auch?"

„Da stimme ich Ihnen zu."

„Warum dann der Widerstand? Italien und Österreich beteiligen sich bereits und ich weiß, dass Sie Wert auf Frühförderungsprogramme legen, um sicherzustellen, dass Kindern keine Bildungschancen vorenthalten werden. Deshalb unterstützen Sie auch Programme wie *Ein Platz für uns*. Als Sie gestern auf der Jubiläumsfeier sprachen, war das nicht nur eine Verpflichtung. Es war Ihnen deutlich anzumerken, dass Sie sich für diese Arbeit begeistern."

Er führte gerade eine Gabel mit Kuchen zum Mund und hielt auf halbem Weg inne. „Sie haben die Übertragung gesehen?"

„Ja."

„Sie haben Nachforschungen über mich angestellt."

„Ich wäre keine gute Botschafterin, wenn ich das nicht täte."

Sie konnte sich bei diesen Worten ein Lächeln nicht verkneifen. Als sie Mark Rosenburg, den Zuständigen für Bildung und kulturellen Austausch der Botschaft, angerufen hatte, um ihm von der Einladung König Eduardos zum Abendessen zu erzählen, hatte er ihr geraten, einen Bericht über den Auftritt des Königs bei dieser Veranstaltung zu finden. Mark hatte gesagt, sie könne viel über König Eduardos Ansichten über Bildung lernen, wenn sie sich seine Rede anhörte und diese Informationen dann nutzte, um an ihrer Präsentation zu feilen.

Mark hatte recht gehabt. Als Eduardo über die Bedeutung von *Ein Platz für uns* sprach und wie erfolgreich Kinder ausfindig gemacht wurden, die mit psychischen Problemen zu kämpfen hatten, sowie über die Methoden, die angewandt wurden, um diese Probleme anzugehen, ohne die Kinder zu stigmatisieren, spürte sie, wie sehr er an das Programm glaubte.

Eduardo schluckte einen Bissen Kuchen hinunter, dann legte er die Gabel ab. „An dem Abend, als Sie hier waren, um Ihr Beglaubigungsschreiben vorzulegen, gab es einen Autounfall auf der Strada il Teatro. Sie haben es wahrscheinlich in den Nachrichten gesehen."

„Ja", erwiderte sie und fragte sich, was das mit *Ein Platz für uns* oder ihrem Bildungsprogramm zu tun hatte.

„Der Unfall hätte viel schlimmer ausgehen können. Die Strada ist das Herzstück unseres historischen Viertels. Jeder Tourist in San Rimini besucht diese Straße. Die Einheimischen kommen, um Passanten zu beobachten oder um in einem der Dutzenden von Restaurants in der Gegend zu essen. Außerdem herrscht ständig dichter Verkehr und es gibt wenige bis gar keine Parkplätze. Das ist eine schlechte Kombination."

Er hielt inne, als wollte er sich vergewissern, dass er ihre ungeteilte Aufmerksamkeit hatte. Nach einem tiefen Atemzug fuhr er fort: „Jeder Einwohner von San Rimini ist sich des Problems bewusst und weiß, dass sich etwas ändern muss, sonst wird es eines Tages in einer Tragödie enden. Die Strada ist jedoch Teil unserer nationalen Identität, was eine Veränderung schwierig macht. Hinzu kommen die üblichen Probleme bei Bauarbeiten in Stadtzentren. Die Geschäfte wollen nicht, dass Baugerüste ihre Eingänge blockieren, Hotels und Restaurants befürchten, dass sie aufgrund von Lärm oder Umleitungen weniger Buchungen haben, und die Veranstalter des Grand Prix haben Bedenken, dass die Bauarbeiten die Strecke und die Zuschauerbereiche beeinträchtigen könnten. Das sind erhebliche Hürden. Kein Parlamentsmitglied möchte sich offen für diese Verbesserungen stark machen. Wenn man eine dieser Gruppen verärgert, ist man bei der nächsten Wahl wahrscheinlich seinen Job los.“

Claire betrachtete den König eingehend. Dies war nicht nur eine wichtige Angelegenheit für Eduardo, sondern eine, die auf seinen Schultern ruhte, und zwar nur auf seinen. „Sie nehmen die Befürwortung des Projekts auf sich.“

„Ja. Niemand kann mich aus dem Amt wählen. Allerdings ist dies kein Bereich, in den sich Monarchen traditionell einmischen. Ich brauche jedes bisschen des allgemeinen Wohlwollens, das ich während meiner Jahre auf dem Thron erworben habe, um diese Gruppen von einem Plan zu überzeugen, der funktionieren wird. Meine Popularität war noch nie größer als jetzt. Mir persönlich ist es egal, ob man mich mag. Ich bin alt genug und habe lange genug im Licht der Öffentlichkeit gestanden, um mein Selbstwertgefühl nicht davon abhängig zu machen, was andere von mir denken. Aber wenn meine derzeitige Popularität dazu genutzt werden kann, Leben zu retten – und ich bin davon überzeugt, dass der Umbau der Strada il Teatro Leben retten wird –, dann muss ich diese Chance nutzen. Ich kann mein politisches Kapital im Moment nicht darauf verwenden, das Parlament dazu zu drängen, Gelder oder Lehrkräfte zur Verfügung zu stellen, um ein Bildungsprogramm in einem anderen Land zu unterstützen, vor allem, wenn die Bürger von San Rimini die positiven Auswirkungen erst nach Jahren oder Jahrzehnten erfahren werden."

Claire spürte, wie ihre Anspannung wuchs, während er sprach, und zwang sich, ruhig durchzuatmen. Es lag Überzeugung in seinen Worten, aber sie hatte im Laufe der Jahre festgestellt, dass Überzeugungen nicht immer in Stein gemeißelt waren. Nicht, wenn die Person, die diese vertrat, vernünftig war und ihr gute Beweise vorgelegt wurden, dass eine Änderung ihrer Haltung Vorteile bringen könnte.

Sie nahm einen großen Schluck von ihrem Kaffee und überlegte, was sie als Nächstes sagen sollte. Schließlich fragte sie: „Glauben Sie nicht, dass es möglich wäre, beides zu unterstützen? Das sind doch zwei völlig verschiedene Belange. Angesichts des Erfolgs von *Ein Platz für uns* wäre es für Sie ein Leichtes, mit Ihren Verbündeten im Parlament darüber zu sprechen, dass die Einrichtung von Bildungsprogrammen in armen, ländlichen Gegenden die Kinder auf den richtigen Weg bringt."

Er hob eine Hand. „Ich glaube an das, was Sie in Uganda erreicht haben. Sie brauchen das nicht zu betonen."

„Sie haben es doch neulich abends selbst gesagt: Sie haben die Informationen nur überflogen."

Er überraschte sie, indem er über den Tisch griff und ihre Hand mit der seinen bedeckte. „Nicht, weil es keine Aufmerksamkeit verdient hätte. Denn mir war von Anfang an klar, dass es ein lohnenswertes Programm ist und vielen Kindern geholfen hat. Es wird auch weiterhin vielen Kindern helfen und ihren Lebensstandard erhöhen. Ich brauchte nicht jedes Detail zu lesen, um davon überzeugt zu sein."

Sie erstarrten beide, als ob sie sich im selben Augenblick der Unschicklichkeit dieser Berührung bewusst würden. Gleichzeitig wollten sie diese Unschicklichkeit nicht anerkennen, indem sie ihre Hand wegzogen. Nach einem langen Moment drückte Eduardo kurz ihre Finger, dann ließ er ihre Hand los.

Als er weitersprach, klang seine Stimme rau: „Das Programm wird bereits von einer Reihe von Regierungen unterstützt. Und, mit Verlaub, Sie sind nicht mehr Botschafterin in Uganda. Sie sind nicht mehr für das Programm zuständig."

„Das ist wahr", sagte sie und war erleichtert über die Festigkeit ihrer Stimme, obwohl sie sich überhaupt nicht gefestigt fühlte. „Aber das Programm war das Aushängeschild meiner Amtszeit und der jetzige Botschafter möchte es ausbauen. Das bedeutet, die Zahl der Unterstützer muss erhöht werden. San Rimini ist in der Lage, diese Unterstützung zu leisten, und es ist nur natürlich, dass ich diejenige bin, die darum bittet, sowohl im Namen der Vereinigten Staaten als auch des neuen Botschafters meines Landes in Uganda. Ehrlich gesagt, das Wissen, dass ich dies tun kann, wenn ich hierherkomme, hat mir den Abschied von Uganda erleichtert. Es wäre ein krönender Abschluss, wenn Sie so wollen. Aber wenn Sie das Programm im Parlament nicht unterstützen, wird es schwierig sein, es durchzubringen."

Er sagte nichts, aber sie konnte seinen Widerstand spüren. Sie wagte es und feuerte ihren letzten Schuss ab: „Wenn das Programm nicht von der Regierung des Landes unterstützt wird, dem ich jetzt zugeteilt bin, sieht es nicht gut für das Projekt aus, Hoheit, und offen gesagt, sieht es dann auch nicht gut für mich aus. Der Präsident hat in seinem Wahlkampf einen bildungspolitischen Schwerpunkt gesetzt. Das war das Kernstück seiner Antrittsrede. Er sprach nicht nur über die Notwendigkeit einer qualitativ hochwertigen Bildung für alle Amerikaner, sondern sagte auch, dass der Lebensstandard von Kindern weltweit steigen wird, wenn sie Zugang zu Bildung haben. Sie finden bessere Arbeitsplätze. Der Handel nimmt zu. Die Wirtschaft in den einzelnen Ländern wächst. Es gibt weniger Kriege und weniger Flüchtlinge. Alle gewinnen."

„Das glaube ich ebenfalls." Er richtete sich auf seinem Stuhl auf. „Es ist nicht so, dass ich gar keine Unterstützung bieten kann. Nur im Moment kann ich das nicht. Das Parlament tritt in drei Monaten zusammen, um über das Budget für die Verbesserung des Stadtzentrums zu beraten. Bis dahin muss die Strada meine Priorität bleiben. Wenn das durch ist, können wir vielleicht wieder darüber sprechen."

Frustration stieg in ihr auf. Sie wusste, was ‚vielleicht' bedeutete. Es bedeutete Nein. Bestenfalls würde König Eduardo dem Parlament sein Projekt vorlegen und die Zustimmung aller Beteiligten erhalten – und allein das würde nur schwer zu erreichen sein. Es würde Wochen, vielleicht Monate dauern, bis das Parlament es verabschiedete – wenn es überhaupt verabschiedet wurde –, und danach noch einmal Monate, bis mit den Bauarbeiten begonnen wurde. Wie lange es dauerte, bis alles abgeschlossen war, ließ sich nicht absehen.

Er würde diese Zeit nicht darauf verwenden wollen, für einen anderen Plan zu werben. Nicht, während das Land den Atem anhielt und darauf wartete, ob die Veränderungen an der Strada positiv ausfallen würden. Der König würde alles tun, was in seiner Macht stand, um das Strada-Projekt so lange weiter zu unterstützen, bis der letzte orangefarbene Leitkegel von der Baustelle entfernt worden war und das Land die Neugestaltung als einen Gewinn erachtete.

„Das Strada-Projekt wird viel Zeit in Anspruch nehmen, sollte es verwirklicht werden können."

„Ja. Aber die Ergebnisse werden langfristig sein und meine Lebenszeit weit überdauern."

Sie nickte. „Es ist notwendig. Ich bin noch nicht lange in San Rimini, aber ich brauchte nur einmal die Strada entlangzufahren, um die Notwendigkeit zu erkennen. Doch wie Sie schon sagten, weiß jeder im Land, dass es gemacht werden muss. Ihre Bürger – und Ihr Parlament – werden es zu schätzen wissen, dass Sie derjenige sind, der sich, wie Sie es ausgedrückt haben, für die Sache stark macht."

„Das kann man nur hoffen." In seiner Stimme lag eine gewisse Vorsicht. Er spielte dieses Spiel schon lange genug, um zu wissen, dass sie ihm einen weiteren Vorschlag machen würde.

„Sie kennen die Mitglieder des Parlaments am besten. Wenn das Strada-Projekt nicht zur Debatte stünde, welche Parlamentarier würden sich Ihrer Meinung nach gegen das Bildungsprogramm stellen?"

„Ihre Mitarbeiter haben es Ihnen wahrscheinlich schon gesagt."

Das hatten sie. Vor allem Mark Rosenburg wusste, wer ähnliche Initiativen unterstützt hatte und wer nicht. Aber zu Eduardo sagte sie: „Ich würde gerne Ihre Einschätzung hören."

„Monica Barrata. Franco Galli. Luciano Festa. Alle drei sind sehr einflussreich. Sie erheben gewöhnlich Einwände gegen Ausgaben für Auslandshilfen. Sie würden sicherlich Vorbehalte gegen die Finanzierung Ihres Programms haben. Nun ja, sie würden wunderbare Dinge über das sagen, was in Uganda erreicht wurde, aber letzten Endes denken sie, dass wir uns zuerst auf San Rimini konzentrieren müssen. Sie werden erklären, dass die Gelder zunächst in unsere eigenen Universitäten, Forschungsprogramme oder die Infrastruktur fließen sollten."

„Ich verstehe."

Er hob eine Hand. „Aber sie wären nicht die härtesten Gegner. Das wäre Sonia Selvaggi. Sie wird eine Reihe von Bedenken haben. Zwar hat sie selbst nur eine Stimme, aber sie ist eine überzeugende Rednerin und wird andere auf ihre Seite ziehen, wenn es darum geht, mit Ja oder Nein zu stimmen."

Mark hatte Selvaggi erwähnt. Auch der Name Festa kam ihr bekannt vor.

Claire schob mit der Gabel eine Beere über ihren Teller, sodass sich die letzten Kuchenkrümel auf ihrer Oberfläche sammelten, und führte sie dann zum Mund. Es schmeckte köstlich und sie beneidete Eduardo um seinen Küchenchef. Als sie fertig war, legte sie die Gabel auf dem Teller ab. „Was wäre, wenn ich die vier überzeugen könnte?"

„Das würde mich beeindrucken. Es wäre sehr schwierig."

„Dann würde ich Ihnen gerne einen Deal anbieten: Ich überrede diese vier und Sie präsentieren dem Parlament mein Programm."

„Das Programm präsentieren? Das ist ein ziemlicher Unterschied zu einer bloßen Befürwortung."

„Sie sagten, dass diese vier mir wahrscheinlich im Weg stehen würden und dass jedes dieser Parlamentsmitglieder großen Einfluss hat."

„Ja, aber wenn ich das Programm präsentiere, würde das den Einsatz von mehr politischem Kapital erfordern, als wenn ich mich nur dafür ausspreche."

Sie lächelte und breitete ihre Hände aus. „Wenn ich diese vier überzeugen kann, dass es sich um ein solides Konzept handelt, das vom Parlament unterstützt werden sollte, sind die Risiken für Sie viel geringer. Sie könnten es sich leisten, es zu präsentieren."

Die blauen Augen des Königs blickten sie durchdringend an, während er überlegte. Die Sekunden verstrichen und je länger er schwieg, desto heftiger klopfte Claires Herz, sodass sie befürchtete, er könnte ihren Puls an ihrem Hals sehen. Nur der Gedanke, dass er die Idee nicht rundweg abgelehnt hatte, hielt sie davon ab, zu sagen: „Vergessen Sie es", oder: „Also gut, wenn ich diese vier überrede, würden Sie dann mit weiteren Parlamentsmitgliedern sprechen?"

Mit jeder Stunde, die sie in San Rimini verbrachte, kamen ihr mehr Ideen für Bereiche, in denen die Botschaft positive Veränderungen bewirken könnte. Wenn es ihr möglich wäre, dieses Programm umzusetzen, würde das jedem anderen Vorhaben, das sie und ihre Mitarbeiter verwirklichen wollten, mehr Gewicht verleihen. Die einflussreichen Persönlichkeiten von San Rimini würden sehen, dass sie ihre Funktion nicht nur genauso gut ausfüllte wie Rich Cartwright, sondern ihn sogar noch übertraf.

„In Ordnung", sagte Eduardo. „Wir haben einen Deal."

Sie konnte es kaum glauben. Sie hörte den Zweifel in ihrer eigenen Stimme, als sie wiederholte: „Ich bekomme die Unterstützung dieser vier Parlamentarier und Sie werden dem Parlament empfehlen, das Bildungsprogramm mit Geldmitteln zu unterstützen, und setzen sich für die Entsendung von Lehrkräften aus San Rimini ein. Das ist die Vereinbarung?"

„Ja."

Er erhob sich und streckte seine Hand über den Tisch. Claire konnte gar nicht schnell genug von ihrem Platz aufstehen. „Danke, Hoheit."

Sein Grinsen ließ ihr Herz höherschlagen. Dann war da seine Berührung, der Händedruck, der länger als nötig dauerte. Jeder, der sie beobachtete, hätte große Augen gemacht und scharf eingeatmet.

Als er ihre Hand schließlich losließ, machte Claires Herz Sprünge.

An diesem Abend mochte sie ihr Ziel erreicht haben, doch sie steckte tief, tief in Schwierigkeiten.

KAPITEL 8

EIN ABGENUTZTES CRIBBAGE-BRETT lag zwischen König Eduardo diTalora und Conte Giovanni Sozzani. Sie saßen an demselben Tisch, an dem Eduardo nur vierundzwanzig Stunden zuvor mit Claire zu Abend gegessen hatte. Während Giovanni die Karten bereitlegte, goss Eduardo Whiskey in zwei Tumbler aus Kristallglas.

Das Cribbage-Brett hatte einst Giovannis Großvater gehört. Als Eduardo und Giovanni siebzehn waren, wurde bei Giovannis Großvater Bauchspeicheldrüsenkrebs diagnostiziert. Die Jungen besuchten ihn im Krankenhaus, einige Tage bevor er in ein Hospiz kam. Giovanni war der Bitte seines Großvaters nachgekommen, eine Partie Cribbage zu spielen, obwohl er keine Ahnung hatte, wie das ging.

Als Giovannis Großvater zwei Wochen später starb, lag das Cribbage-Brett auf seinem Nachttisch, zusammen mit einer Nachricht: *Giovanni, das gehört nun dir. Spiele mit deinem zukünftigen König. Lehre ihn etwas. Lerne etwas von ihm.*

Und so hatten sie es seitdem gemacht.

Die Jungen fanden ein Buch über Cribbage, verbrachten eine Weile damit, die Grundlagen zu lernen, und spielten einige Partien, bevor sie das Spiel zugunsten interessanterer Beschäftigungen wieder aufgaben. Doch eines Abends, während ihres letzten Studienjahres, erschien Giovanni an Eduardos Tür, das Brett unter einen Arm geklemmt und in der anderen Hand eine halb leere Flasche Whiskey, die er am Wochenende zuvor aus der Hausbar seiner Eltern stibitzt hatte.

Giovannis Freundin, mit der er drei Jahre zusammen gewesen war, hatte ihn für einen Spanier verlassen, den sie am Abend zuvor auf einer Party kennengelernt hatte. Giovanni brauchte eine Ablenkung, bei der er nicht nachdenken musste.

„Cribbage ist nicht anspruchslos", widersprach Eduardo seinem Freund.

Giovanni hob die Flasche. „Das kann es aber sein."

Eduardo starrte Giovanni an. „Sie hat ihn auf einer Party kennengelernt?"

„Nach fünf Minuten Gespräch war ihr klar, dass er der richtige Mann für sie ist und ich nicht. Ich vermute – auch wenn ich es nicht sicher weiß –, dass sie ihn mit in ihre Wohnung genommen hat, um diese neu gewonnene Erkenntnis zu bestätigen."

Eduardo schnappte sich die Flasche Whiskey. „Ich schenke dir einen doppelten ein. Wir brauchen noch ein Kartenspiel."

„Ich habe eins in meiner Gesäßtasche."

Die beiden wurden bald süchtig nach dem, was ihre Freunde für ein seltsames Hobby hielten. Mindestens einmal im Monat, meist an einem Sonntag, trafen sich Eduardo und Giovanni und spielten Cribbage. Nach all den Jahren benutzten sie immer noch dasselbe Brett, obwohl einige der Stifte verfärbt waren und das Holz um fast jedes Loch herum Kratzer aufwies. Vor jedem Spiel stießen sie auf Giovannis Großvater an.

Eduardo reichte Giovanni einen Tumbler. Sie prosteten sich zu und tranken dann einen Schluck. Es dauerte nur einen Augenblick, bis das Getränk seine magische Wirkung auf

Eduardo ausübte. Er entspannte sich auf seinem Stuhl, schloss für einen Moment die Lider und genoss.

Sonntagabende mochte er am liebsten. Es war, als würde das ganze Land einmal wöchentlich für einen Moment der Besinnung innehalten. Museen, Geschäfte, das Aquarium und die meisten Restaurants schlossen früh. Touristen nutzten den Sonntag oft als Reisetag, sodass die Bürgersteige recht leer waren. Die Scheinwerfer der Casinos durften den Nachthimmel nicht erhellen und die vorherrschenden Geräusche kamen von der Meeresbrise, den Vögeln und dem gelegentlichen Läuten von Kirchenglocken.

Auch im Palast war es ruhig, denn bis auf die wichtigsten Angestellten waren alle zu Hause. Seine Kinder – und deren Kinder – verbrachten den Abend meist gemütlich in ihren eigenen Räumlichkeiten.

„Was ist das für ein Whiskey?", fragte Giovanni, als er sein Glas ein wenig neigte, um die Flüssigkeit genauer zu betrachten. „Er ist anders als dein üblicher."

„Ist das gut oder schlecht?"

„Weder noch. Es ist anders. Als würde man an einem Tag Rotini mit Pesto essen und am nächsten Tag Puttanesca. Dieser Whiskey ist rauchiger. Woher hast du ihn?"

„Er war ein Geschenk."

Sie hoben Karten ab, um festzulegen, wer als Erster geben würde. Eduardo hatte die niedrigere Karte, eine Herz-Vier, Giovanni zog dagegen einen Karo-König. Daher nahm Eduardo das Deck in die Hand, um es zu mischen, während Giovanni nach der Whiskeyflasche griff. „New Mexico? Ich habe noch nie von Whiskey aus New Mexico gehört. Das ist in den Vereinigten Staaten, nicht in Mexiko selbst, richtig?"

„Ja."

„Hm." Giovanni drehte die Flasche in seiner Hand, beendete seine Begutachtung und stellte sie an ihren Platz zurück. Obwohl die Sonne bereits untergegangen war, hatte Eduardo den Vorhang geöffnet und das Fenster einen Spalt geöffnet, um die Nachtluft hereinzulassen. Als Giovanni einen weiteren Schluck nahm, wandte er sein Gesicht der Brise zu und atmete tief ein.

„Was auch immer du gerade denkst, Giovanni, du liegst falsch."

„Du klingst wie meine Frau."

„Du bist nicht verheiratet."

Dreißig Jahre zuvor *war* Giovanni verheiratet gewesen. Doch weniger als sechs Monate nach der Trauung reichte seine Frau plötzlich die Scheidung ein. Wie Giovannis Freundin zu Universitätszeiten hatte auch sie sich in einen anderen Mann verliebt. Giovanni hatte einen erwachsenen Sohn aus dieser Ehe und er war gern Vater, aber er hatte nie wieder geheiratet, obwohl ihm im Laufe der Jahre eine Reihe von Frauen nachgestellt hatten. Stattdessen machte er nun hin und wieder Witze über die Ehefrau, die er nicht hatte.

Giovanni seufzte, wandte sich vom Fenster ab und schaute Eduardo an. „Was denke ich denn deiner Meinung nach?"

„Sag du es mir."

Giovanni musterte ihn. „Du bekommst eine Menge Geschenke. Es ist unmöglich, sie alle zu behalten oder zu benutzen."

Eduardo erwiderte nichts. Er teilte die Karten aus.

„Ich meine mich zu erinnern, dass du Luisa gebeten hast, der neuen Botschafterin der Vereinigten Staaten Blumen zu schicken, als ich Anfang der Woche in deinem Büro war. Stammt diese Botschafterin zufällig aus New Mexico?"

„Ja."

„Und sollte das dieselbe Botschafterin sein, mit der du getanzt hast?"

„Sie war zur Übergabe des Beglaubigungsschreibens im Palast. Vor der Zeremonie gab es ein Dinner und anschließend wurde getanzt. Ich nehme an, das weißt du alles schon, da du nach dem Tanz fragst."

„Ich weiß nur, dass du selten tanzt. Oder Amtspersonen Blumen schickst."

„Ich sende öfter Blumen, als du vielleicht glaubst. Und ob ich will oder nicht, ich kann gelegentlich der Verpflichtung nicht entkommen, auf diesen Veranstaltungen zu tanzen. Manchmal ist es auch eine Versuchung, der ich nicht widerstehen kann."

„Unwiderstehlich ist ein gutes Wort dafür."

Eduardo ignorierte diese Bemerkung. Danach konzentrierten sie sich auf das Spiel. Karten wurden auf den Tisch gelegt, die Punkte gezählt und die Stifte auf dem Brett verschoben. Zwischen den Runden erzählte Giovanni von seinen Eltern, die er endlich überredet hatte, eine Kreuzfahrt entlang der norwegischen und schwedischen Küste zu buchen. „Sie sind schon seit fast fünfzehn Jahren im Ruhestand. Sie hatten geplant, diese Zeit auf Reisen zu verbringen, aber sie verlassen kaum ihre Villa, geschweige denn das Land. Sie haben eine Ausrede nach der anderen: Sie müssen sich um ihren Hund kümmern. Sie müssen zu Hause sein, weil der Elektriker kommt. Sie wollen eine lokale Veranstaltung nicht verpassen, und es gibt immer irgendeine lokale Veranstaltung. Sie haben endlich begriffen, dass sie nicht jünger werden und dass sie reisen sollten, solange sie noch fit genug sind, um Freude daran zu haben."

Eduardo lächelte. Giovanni liebte es, zu reisen, während seine Eltern immer nervös waren, wenn sie sich nicht in ihrer gewohnten Umgebung befanden. Doch er wusste, dass die Kreuzfahrt, die Giovanni für sie gefunden hatte, zu ihnen passen würde. Sie würden die Sicherheit zu schätzen wissen, jede Nacht in derselben Kabine zu verbringen, und gleichzeitig die Möglichkeit haben, neue Orte zu erkunden.

„Ich habe auch Neuigkeiten", sagte Eduardo. „Ich werde wieder Großvater. Marco und Amanda haben mich heute

Morgen zum Frühstück eingeladen und mir erzählt, dass Amanda in der sechzehnten Woche schwanger ist. Ich hatte es schon seit ein paar Wochen vermutet, aber ich mochte nicht fragen. Sie wollten so lange wie möglich mit der Bekanntgabe der Schwangerschaft warten."

„Sechzehn Wochen? Das ist schon recht weit. Sicher wissen einige der Angestellten bereits Bescheid."

„Offenbar nicht. Marco sagte, Amanda habe sich in den letzten Wochen recht kreativ gekleidet, um es zu verbergen, aber zwischen den Interaktionen mit dem Personal und Amandas öffentlichen Terminen wird es immer schwieriger. Letzte Woche hatten sie einen Arzttermin und erzählten, es wäre eine Herausforderung gewesen, ungesehen in die Klinik zu kommen. Sie glauben, dass sie es noch ein oder zwei Wochen schaffen werden, aber länger nicht. Sie wollen es am Mittwoch in einer Woche öffentlich bekanntgeben." Er lächelte seinen Freund an. „Ich werde eine Enkelin bekommen."

Giovanni hob sein Glas und sie stießen erneut an.

Einige Runden später, als Giovanni die Karten einsammelte und zu mischen begann, nutzte Eduardo die Gelegenheit, um aufzustehen und sich kurz die Beine zu vertreten. Er griff nach dem Whiskey und bot seinem Freund an, ihm erneut einzuschenken.

„Nur wenn du mittrinkst."

Eduardo seufzte. „Ich werde mich mit Wasser begnügen müssen. Dann kann ich ehrlich antworten, wenn Greta mich morgen Vormittag deswegen löchert. Sie weiß, dass ich an Cribbage-Abenden einen Whiskey trinke."

Giovanni wedelte mit der Hand. „Hol dir dein Wasser. Ich schenke mir selbst ein."

Als Eduardo mit einem Wasser in der Hand von der Bar zurückkam, sagte Giovanni: „Wenn du in der Stimmung bist, ehrlich zu antworten …"

Eduardo hob eine Braue.

„Du bist heute Abend abgelenkt. Ich bin natürlich der bessere Spieler, aber nicht so viel besser als du."

„Du bist nicht der bessere Spieler."

„Dann erkläre dein schlechtes Abschneiden. Das liegt nicht daran, dass du wieder Großvater wirst."

Giovanni kannte ihn zu gut. Manchmal war es zum Verrücktwerden, aber heute Abend brauchte Eduardo einen Freund. „Ich erwäge, eine Frau um ein Date zu bitten."

Giovannis lautes Lachen erfüllte den Raum. „Ist das alles?"

Eduardo warf ihm einen empörten Blick zu. „So einfach ist das nicht."

„Es ist so einfach, selbst für einen König. Und es wird Zeit." Giovanni hob eine Hand, bevor Eduardo etwas einwenden konnte. „Du weißt, dass ich Aletta sehr mochte, aber du verdienst es, eine Frau in deinem Leben zu haben. Die Öffentlichkeit wird es verstehen. Früher oder später."

„Das ist es nicht. Doch, irgendwie schon. Ich habe noch andere Bedenken."

„Abgesehen von der Reaktion der Öffentlichkeit? Ich bezweifle, dass deine Kinder etwas dagegen haben würden – nicht dass ihre Einwände dich davon abhalten sollten." Giovanni runzelte die Stirn. „Ziehst du die Idee einer Beziehung im Allgemeinen in Betracht oder gibt es eine bestimmte Frau, die dich interessiert?"

„Es gibt eine bestimmte Frau."

Giovanni erwiderte nichts. Stattdessen sammelte er die Karten ein und reichte sie dann Eduardo, damit dieser austeilen konnte.

Eduardo verspürte einen Anflug von Ärger, als er mischte. „Das ist alles. Ich möchte eine bestimmte Frau um ein Date bitten, aber es ist kompliziert."

„Wie das? Soll ich erst eine der Freundinnen dieser Frau fragen, ob sie dich mag? Oder ihr einen Zettel zustecken, auf dem steht: ‚Bitte Ja oder Nein ankreuzen. Magst du Eduardo diTalora?' Ich weiß, so war es das letzte Mal, als du dich vor Aletta für ein weibliches Wesen interessiert hast, aber so läuft das heutzutage nicht mehr. Es ist nicht kompliziert. Du fragst eine Frau einfach, ob sie auf ein Date gehen möchte. Dann sagt sie Ja oder Nein."

„Ich hätte dir kein zweites Glas Whiskey anbieten sollen."

„Doch, natürlich. Ich gebe meine besten Ratschläge nach dem zweiten Glas."

Eduardo schüttelte den Kopf und versuchte dann, sich auf das Auswerten zu konzentrieren. Doch es spielte keine Rolle. Giovanni erreichte die maximale Punktzahl fast auf der Stelle und beendete damit die Runde.

„Ich habe überlegt, sie in die Sinfonie einzuladen", sagte er. „Die neue Spielzeit beginnt nächste Woche und ich besuche normalerweise eine der ersten Aufführungen."

„Du kannst nicht mit einem Date dorthin gehen. *Denk nach*, Eduardo."

Er begegnete Giovannis Blick, dann dämmerte es ihm. „Sie spielen in der Königin-Aletta-Konzerthalle."

„Angesichts der vielen anzüglichen Schlagzeilen, die sie bringen könnten, wären die Medien begeistert. Du und deine Verabredung eher weniger. Diese Frau muss wirklich etwas Besonderes sein, denn der Eduardo, den ich kenne, neigt nicht zu solchen Fauxpas." Giovanni bewegte seinen Stift, um seinen letzten Punktestand festzuhalten, hielt jedoch inne und schaute Eduardo scharf an. „Warte. Du sprichst über die neue Botschafterin?"

„Ja. Claire Peyton."

„Und ich habe dich vorhin wegen der Blumen geneckt. Ich hatte keine Ahnung." Giovanni brummte unzufrieden. „Offenbar bin ich derjenige, der heute Abend abgelenkt ist, denn ich habe deine Reaktion vollkommen missverstanden. Sie ist durchaus attraktiv."

„Ja."

„Sie hat dich mit dem rauchigen Whiskey verzaubert."

Eduardo ignorierte die Bemerkung. Er hatte nicht vor, Giovanni zu erzählen, dass er als Geschenk außerdem Kaktusfeigengelee erhalten hatte.

„Jetzt verstehe ich, wieso du gesagt hast, es wäre kompliziert. Allerdings würde ich eher von einem Interessenkonflikt sprechen."

„Wenn ich im Parlament säße oder an der Spitze irgendeines Ministeriums stände, wäre der Konflikt viel schlimmer."

„Das stimmt, bedeutet aber nicht, dass es keinen gibt."

„Es ist einer, den man umgehen kann, wenn man vorsichtig ist." Eduardo musterte seinen Freund. „Ich mag sie, Giovanni."

„Das ist offensichtlich." Giovanni strich mit einem Finger am Boden seines Whiskeyglases entlang. „Wenn sie klug ist, wird sie ablehnen."

„Sie *ist* klug. Sie mag Geschichte und Filme und ihr liegt das Allgemeinwohl am Herzen. Sie ist auch nicht von mir eingeschüchtert, womit ich all das meine." Er machte eine Handbewegung, die den ganzen Palast mit einschloss. „Sie hat keine Angst, mir ihre Scharfsinnigkeit zu zeigen. Deshalb mag ich sie."

„Sie ist auch attraktiv."

„Gut, sie ist auch attraktiv", gab Eduardo zu. „Wenn die Sinfonie nicht infrage kommt, was ist dann mit dem Königlichen Theater? Die letzte Aufführung von *La Traviata* ist zugleich die jährliche Benefizveranstaltung für die Königliche Stiftung von San Rimini. Normalerweise geht Isabella mit mir hin, aber jetzt, wo sie verheiratet ist, wäre es nicht verwunderlich, wenn ich jemand anderen mitnehme. Es hat sich schon lange etabliert, dass dies kein romantischer Abend ist. Claire und ich könnten ein Date daraus machen, ohne diese Tatsache der Öffentlichkeit preiszugeben."

„Ich bezweifle, dass eine Frau damit umworben werden möchte, dass du ihr sagst: ‚Es ist ein Date, aber kein romantischer Abend.'"

„Weil du alles darüber weißt, wie man Frauen umwirbt?"

Giovanni sah Eduardo an und zuckte großspurig mit den Schultern.

„Du bist reich und gut aussehend, Giovanni. Das ist nicht dasselbe."

„Wenn es nur darum ginge, reich zu sein, um eine Frau zu umwerben, wärst du unser aller König."

„Ich *bin* der König. Und du hast gut aussehend vergessen."

„Oh, ich habe es nicht vergessen. Vielleicht ist das dein Problem. Du bist nicht attraktiv genug. Du musst dich allein auf das Umwerben stützen, was bedeutet, dass du es richtig angehen musst." Sein Blick wurde schalkhaft. „Wie läuft es eigentlich mit Greta? Wie viele Klimmzüge schaffst du hintereinander?"

„Geh doch mal mit mir joggen, dann zeige ich es dir, wenn du endlich an der Ziellinie ankommst."

„Komm mit mir Radfahren, dann kannst du es mir zeigen, wenn du dein Rad endlich den Berg hinaufgeschoben hast."

„Ich habe kein Interesse daran, mit einem Fahrrad durch den Stadtverkehr zu rasen. Das ist selbstmörderisch."

„Wir könnten früh aufbrechen. Ungefähr um die Zeit, wenn du normalerweise läufst."

Eduardo schüttelte den Kopf. Giovanni war ein eingefleischter Radfahrer und versuchte immer wieder, Eduardo für seinen Lieblingssport zu begeistern. „Wenn ich es körperlich nicht mehr schaffe, zu joggen, werde ich in Betracht ziehen, mich der dunklen Seite anzuschließen. Aber das wird nicht so bald sein. Bis dahin kannst du mich gerne auf meiner Laufrunde begleiten."

„Wenn du einen Trainingspartner brauchst, würde ich mich lieber einer deiner Einheiten mit Greta anschließen."

„Sie ist verheiratet."

„Dann vielleicht auch nicht."

Die Karten wurden ausgeteilt und weitere Blätter ausgespielt. Sie zählten laut und verschoben die Stifte auf dem Brett. Als Giovanni wieder die maximale Punktzahl erreichte und die Partie endete, wurde er ernst. „Rein hypothetisch, wenn du Claire Peyton zu der Benefizveranstaltung im Königlichen Theater einlädst, was erhoffst du dir davon?"

Eduardo, der gerade die Karten einsammelte, hielt inne. „Was meinst du mit ‚erhoffen'?"

„Was ist dein Ziel? Wenn du mit einer Botschafterin ausgehen willst – der Botschafterin eines mächtigen Landes, das viel Handel mit San Rimini treibt –, musst du dir das vorher überlegen. Wenn du mit Claire Peyton in die Oper gehst, wird das sowohl in der Presse als auch hinter verschlossenen Türen kommentiert werden. Von den Abgeordneten. Von deinen Angestellten. Von allen Einwohnern, während sie beim Abendessen sitzen. Selbst wenn es der Welt als eine diplomatische Verabredung und nicht als Date präsentiert wird, werden die Leute Vermutungen anstellen. Manche Kommentare sind möglicherweise nicht nett. Wenn du dieses Risiko eingehen willst, musst du wissen, was du dir davon erhoffst. Was ist dein Ziel?"

Eduardo mischte langsam die Karten, dann sah er Giovanni an. „Ich habe eine Verbindung mit ihr gespürt. Ich bin ziemlich sicher, dass sie es auch gefühlt hat. Ich möchte Zeit mit ihr verbringen, sie kennenlernen. Und ich möchte mir keinen Vorwand ausdenken, um sie als Gast in den Palast einzuladen. Ich möchte mit ihr ausgehen."

„Dann musst du auf die Konsequenzen vorbereitet sein, egal, ob eine Beziehung daraus wird oder nicht."

„Das ist mir bewusst. Ich versuche vorauszusehen, was diese Konsequenzen sein könnten. In dieser Hinsicht bin ich aus der Übung."

„Ob es mit der Beziehung klappt oder nicht, deine Beliebtheit wird darunter leiden."

Das hatte er erwartet. „Wie groß könnte der Rückschlag sein?"

„Du könntest das Strada-Projekt aufs Spiel setzen."

Das überraschte ihn. Giovanni wusste aus Gesprächen bei früheren Cribbage-Abenden, wie wichtig das Projekt sowohl für ihn als auch für das Land war. Er würde so etwas nicht leichtfertig äußern. „Die letzten Umfragen ergaben zwischen siebenundsiebzig und neunundsiebzig Prozent Zustimmung. Das müsste schon ein sehr schwerer Rückschlag sein."

„Es könnte ein schwerer Rückschlag werden, wenn du bedenkst, dass sowohl Aletta als auch der Interessenkonflikt mit hineinspielen." Giovanni verzog das Gesicht. „Willst du meinen Rat als dein Freund? Oder als unvoreingenommene Partei?"

„Bist du unvoreingenommen?"

„Ich kann es vortäuschen."

„Du bist mein bester Freund und Patenonkel des Kronprinzen. Wenn du es schaffst, vorzutäuschen, dass du keinen Anteil an meinem Leben nimmst, stecke ich in Schwierigkeiten."

„Du steckst sowieso in Schwierigkeiten." Giovanni zuckte mit einer Achsel. „Ich denke, du solltest sie fragen. Lass die Botschafterin die Entscheidung treffen."

„Das klingt wie der Rat eines Freundes."

„Es ist schon so lange her, Eduardo. Du hättest in diesen Jahren jede Menge Frauen haben können, die dein Bett wärmen. Oder, wie du sagtest, unter einem Vorwand in den Palast einladen können. Das hast du aber nicht."

„Das kannst du nicht wissen."

„Das hast du nicht getan. So bist du nicht veranlagt. Wäre es anders, wärst du nicht der Mann, der Aletta Masciaretti geheiratet hat. Und du würdest jetzt nicht an eine Frau wie Claire Peyton denken. Daher: Frag sie."

Eduardos Mund fühlte sich plötzlich trocken an. Auf einmal machte ihn die Aussicht, Claire Peyton um ein Date zu bitten, nervös.

Und er war kein Mann, der zu Nervosität neigte.

Giovannis Lippen verzogen sich zu einem Lächeln und er hob sein leeres Glas. „Eigentlich sollten wir darauf anstoßen. Wir haben einen guten Whiskey aus New Mexico."

„Greta wird mich morgen fertigmachen."

„Greta wird dich morgen ohnehin fertigmachen, ob du trinkst oder nicht."

„Stimmt." Eduardo betrachtete sein Glas. Er hatte nicht die leiseste Ahnung, wie er Claire um ein Date bitten sollte. Sollte er in der Botschaft anrufen? Nein, das würde nicht funktionieren. Dafür müsste er sich ihre Nummer geben lassen, was schwierig wäre, ohne dass das Personal aufhorchte.

Selbst wenn er einen Weg fand, sie anzurufen, ohne dass jemand es mitbekam, würde sie zustimmen? Und wohin würden sie gehen?

Er deutete auf die Flasche. „Also gut. Schenk uns beiden ein."

KAPITEL 9

CLAIRE WUSSTE VON DEM MOMENT AN, als sie sich für eine Karriere im diplomatischen Dienst entschieden hatte, dass die meisten Amerikaner ihrem Auswärtigen Amt, geschweige denn ihren Botschaftern, wenig Beachtung schenkten. Ihrem Präsidenten, ihren Senatoren und Kongressabgeordneten schon. Aber nicht ihren Botschaftern.

Wenn sie doch mal über Botschafter oder deren Arbeit nachdachten, dann nur in Bezug auf die Leistungen eines einzelnen Botschafters. Wurden neue Geschäftsbeziehungen geschaffen? Kulturelle Verbindungen gestärkt? Wurden das Reisen oder der Handel erleichtert oder Gesundheits- und Bildungsinitiativen ins Leben gerufen? Ein Bürger könnte die Abendnachrichten einschalten und sehen, wie der Präsident in einem fremden Land aus dem Flugzeug steigt und am Flughafen von seinem Botschafter begrüßt wird. Der Präsident würde dann an einer Pressekonferenz mit den Führern des Landes teilnehmen und sagen: „Dank der harten Arbeit von Botschafter Soundso haben unsere beiden Länder ihre Beziehungen vertieft ..."

Claire war es gewöhnt, dass die meisten Amerikaner dieses

Bild im Kopf hatten, wenn ein neuer Bekannter ihre Berufsbe-
zeichnung hörte. Sie hatten die Vorstellung, dass es ihre
Aufgabe war, Kontakte zu knüpfen. Oder dass sie diejenige war,
die es ausbaden musste, wenn sich im Ausland ein Skandal
ereignete.

Beides traf zu.

Sie begriffen jedoch nicht, dass sie nur das offizielle Gesicht
eines großen Teams von fähigen Leuten war, die ihre Nation
und deren Interessen in einem bestimmten Land vertraten. Ein
Erfolg war nicht ihr Erfolg, sondern der Erfolg des Teams. Und
dieses bestand aus mehreren Gruppen: einem politischen Team,
einem Wirtschaftsteam, einem Team für Kultur und Bildung. Es
gab Militärfachleute und Landwirtschaftsexperten. Eine ganze
Abteilung widmete sich der Unterstützung von US-Bürgern,
die im Ausland auf Schwierigkeiten stießen, ganz gleich, ob
diese Schwierigkeiten so einfach zu lösen waren wie der Verlust
eines Reisepasses oder so schwer wie die Beschuldigung einer
Straftat.

Der Erfolg eines Botschafters – und damit auch seines
Auftrags – hing ganz von seinem Team ab. Während einige
Botschaftsmitarbeiter mit der Wahl eines neuen Präsidenten
wechselten, blieben andere über Jahre hinweg Teil des
Botschaftsgefüges. Richard Cartwright hatte ihr versichert, dass
die Botschaft in San Rimini über einen zuverlässigen Mitarbeiterstab verfügte. Mehr und mehr war sie jedoch zu der Überzeugung gelangt, dass Richard seine Leute unterschätzt hatte.

Das Personal der Botschaft war erstklassig.

Mark Rosenburg war einer dieser erfahrenen Mitarbeiter.
Heute Abend hatte sie gemerkt, wie scharfsinnig und engagiert
er war. Außerdem hatte er Sinn für Humor. Sie hatte Mark und
vier weitere Mitglieder seines Teams zu einem Arbeitsessen zu
sich in die Residenz eingeladen, bei dem sie die laufenden
Kulturaustauschprogramme der Botschaft besprochen hatten.
Sie hatte sie gewarnt, dass das Haus zwar über einen Tisch,

Stühle und andere Möbel verfügte, die zum Anwesen gehörten, dass aber ihr Geschirr und ihr Besteck noch in Kartons verpackt waren und dass es ein zwangloser Pizzaabend werden würde.

Mark hatte angeboten, auf dem Weg Pizza in der Pizzeria Fassina zu besorgen. Er erschien mit seinen Briefing-Notizen, zwei großen Pizzen, genug Salat für eine ganze Armee und einem Korb mit Servietten und Besteck. „Ich habe das von zu Hause mitgebracht", sagte er und deutete darauf, als er ihn auf den Tisch stellte. „So können wir den Salat zu unserer Pizza essen. Aber meine Frau will alles zurückhaben. Leider, denn ich hasse dieses Design."

Claire hatte das Besteck betrachtet und gesagt: „Wir werden dafür sorgen, dass sie jede einzelne Gabel zurückbekommt. Aber ich kann mich nicht erinnern, Salat bestellt zu haben."

„Das liegt daran, dass Sie neu hier sind. Sie werden es noch lernen. Wenn Sie bei Fassina Pizza bestellen, müssen Sie auch Salat nehmen."

„Verstanden."

Sie hatten den Abend damit verbracht, die aktuellen Kulturaustauschprogramme der Botschaft durchzugehen, und dann einige Ideen diskutiert, die in der Vergangenheit erprobt worden waren, jedoch aus dem einen oder anderen Grund gescheitert waren. Dann hatte sie nach Ideen für zukünftige Programme oder einmalige Veranstaltungen gefragt. Claire erfuhr, dass die Reise nach Emory und zu den Zentren für Krankheitskontrolle und -prävention auf die Initiative von Mark zurückging. Nachdem er im Vorjahr die Abteilung für öffentliche Gesundheit an der Universität San Rimini besucht und sich über deren Forschung informiert hatte, hatte er mit der Emory University und den CDC telefoniert, um einen einwöchigen Austausch vorzuschlagen. Die Studierenden aus San Rimini, die daran teilgenommen hatten, waren voller Ideen zurückgekehrt. Und die Studenten aus Emory hatten San

Riminis Methoden zur Bewältigung gesundheitlicher Notlagen kennengelernt und Wege gefunden, entsprechende Protokolle in den Vereinigten Staaten zu verbessern.

Dies war genau die Art von Programm, die Claire sich wünschte und die die Botschaftsmitarbeiter verfolgen sollten.

Es war ein entspannter Abend gewesen, besonders für ein Arbeitsessen. Der Raum war von einer Energie erfüllt, die Claire gefiel. Witze wurden erzählt, Vorschläge in die Runde geworfen und Komplimente gemacht, was ihr die Möglichkeit verschaffte, mehr über die Persönlichkeit ihrer Mitarbeiter zu erfahren. Es war die Art von Atmosphäre, die nur entstehen kann, wenn fähige Leute mit Leidenschaft an Projekten arbeiten.

Köstliche Pizza und ein hervorragender Salat krönten den Abend.

Mark war länger geblieben, um ihr beim Aufräumen zu helfen. Sie hatten das Besteck mit der Hand gespült und jedes Teil trotz seiner Proteste in den Korb zurückgelegt. „Wenn Sie meiner Frau sagen würden, dass es durch einen Fehler in Ihrer Spülmaschine irreparabel beschädigt wurde, würde sie Ihnen glauben. Dann könnte ich etwas Neues kaufen. Etwas, das nicht so aussieht, als hätte es ihrer Urgroßmutter Matilda gehört."

„Hat es ihrer Urgroßmutter gehört?"

„Nein. Wir haben uns bei unserer Heirat dafür entschieden."

„Sie waren also an der Auswahl beteiligt?"

„Sagen wir es so: Die Wunschliste für die Hochzeit war meine erste diplomatische Mission."

Claire grinste. „Aber Sie beschweren sich darüber – wie viele Jahre später?"

„Sechs Jahre und nie in Hörweite meiner Frau." Er hielt inne, dann fragte er: „Wie lange hält Besteck?"

„Mark? Sie müssen die Suppe auslöffeln, die Sie sich damals selbst eingebrockt haben."

Sie hatten herzlich gelacht. Dann hatte sie ihre Uganda-

Initiative angesprochen. Sobald Mark aus Atlanta zurückgekehrt war, hatte sie ihn über ihr Treffen mit dem König auf den neuesten Stand gebracht und ihn gebeten, sich Gedanken zu machen, wie sie an die Gespräche mit den vier von König Eduardo erwähnten Parlamentsmitgliedern herangehen könnte.

Zuerst war er über Eduardos Zögern überrascht gewesen, aber nachdem sie ihm von dem Strada-Projekt erzählt hatte, lehnte sich Mark auf seinem Stuhl zurück und pfiff durch die Zähne. „Seit ein oder zwei Jahren gibt es Gerüchte, dass König Eduardo das Projekt vorantreiben würde. Dann erfuhren wir, dass Mitglieder seines Stabes letzte Woche ein Treffen mit wichtigen Interessengruppen aus dem Hauptgeschäftsviertel planten. Jetzt, wo wir wissen, dass er sich für die Veränderungen einsetzt, bekommt die Angelegenheit eine neue Dynamik. Er wird sich bei Ihrer Sache zurückhalten."

Claire hatte genickt und sie hatten vereinbart, am Abend weiterzureden, nachdem Mark sich ein wenig von seiner Reise ausgeruht hatte.

Während sie die leeren Pizzakartons zusammendrückten, sagte er: „Sonia Selvaggi auf Ihre Seite zu ziehen, das wird die härteste Nuss sein, die Sie knacken müssen. Ich bin ihr noch nie persönlich begegnet, aber ich kenne ihren Ruf. Sie ist eine ehemalige Staatsanwältin und hat den ersten Teil ihrer Karriere damit verbracht, Kriminelle ins Gefängnis zu bringen. Seit sie ins Parlament gewählt wurde, hat sie dafür gestimmt, dass eine Reihe von Verbrechen härter bestraft werden, und sie ist der Typ, der überall Böses vermutet. Das ist verständlich, wenn man bedenkt, dass sie mit einigen üblen Leuten zu tun hatte. Was Ihr Programm angeht, so wird sie den Vorteil sehen – nämlich, dass mehr Bildung die Kriminalitätsrate senkt –, aber sie wird Bedenken hinsichtlich der Sicherheit des Lehrpersonals haben. Sie wird wissen wollen, wie die Lehrkräfte, die in diesen Programmen arbeiten, bei ihrem Einsatz in den Dörfern auf dem Land geschützt werden. Welchen Zugang haben sie zu

Rettungsdiensten? Wie sieht ihre Wohnsituation aus? Wie unterscheidet diese sich von Dorf zu Dorf? Wer kümmert sich um sie?"

Es war gut, diese Informationen im Vorfeld zu bekommen. Mark wusste auch über die anderen von Eduardo erwähnten Parlamentarier Bescheid und über eine fünfte Person, die sich oft von Bildungsprogrammen außerhalb des Landes überzeugen ließ. „Sie möchten sicherheitshalber auch diese Stimme gewinnen", meinte er.

Dann überraschte er sie, indem er hinzufügte: „Sie müssen einen ziemlichen Eindruck gemacht haben. Botschafter Cartwright brauchte volle zwei Monate nach der Vorlage seines Beglaubigungsschreibens, bis er eine Privataudienz bei König Eduardo bekam. Und dabei handelte es sich nur um ein halbstündiges Treffen im Palastbüro, bei dem die leitenden Mitarbeiter des Königs anwesend waren. Später aßen sie ab und zu gemeinsam zu Abend und trafen sich sogar ein- oder zweimal bei einer informellen Gelegenheit, aber bis dahin dauerte es sehr lang."

Marks Stimme klang gleichmütig, doch Claire nahm einen Unterton wahr. Mark überlegte offenbar, ob noch mehr dahintersteckte, wollte aber nicht fragen.

„Ich nehme an, die Beziehung des Königs zu Botschafter Cartwright hat mir den Weg geebnet", sagte sie, während Mark den Tisch und sie die Arbeitsfläche abwischte.

„Gut möglich. Allerdings müssen Sie am Abend der Beglaubigungszeremonie eindeutig etwas richtig gemacht haben. Immerhin war der Zweck des Dinners am Samstagabend, dass Sie um einen Gefallen bitten konnten, nicht umgekehrt, und die Einladung kam vom König persönlich."

Sie hielt inne und lehnte sich mit der Hüfte gegen den Tresen. „Was wollen Sie damit sagen, Mark?"

„Ich will damit sagen, dass Sie –" Er zögerte, suchte nach den richtigen Worten und entschied sich dann für: „… in den Augen des Palastes eine angenehmere Erscheinung sind als Richard Cartwright. Nun, in den Augen einer bestimmten Person im Palast."

„Und?"

„Und, Frau Botschafterin, Sie gehen bisher gut damit um."

Sie schenkte ihm ein Lächeln, das ihn wissen ließ, dass sie seine Besorgnis verstand ebenso wie sein Widerstreben, seiner neuen Chefin gegenüber konkreter zu werden. „Danke, Mark. Zur Kenntnis genommen."

„Zur Kenntnis genommen." Er grinste und hängte das Handtuch zurück an den Haken. „Wie die Empfehlung, dass bei der Pizzeria Fassina auch immer Salat bestellt werden sollte?"

„Genau. Ich lerne die Gepflogenheiten des Landes kennen."

Als sie ihr Gespräch beendet hatten und er aufbrechen wollte, begleitete sie ihn zur Tür, wünschte ihm eine gute Nacht und kehrte dann in die Küche zurück, um eine Tasse Tee zu trinken. Normalerweise las sie vor dem Schlafengehen noch etwas, aber heute Abend war ihr Gehirn nicht mehr aufnahmefähig. Sie beschloss, stattdessen ein oder zwei Kisten mit ihren persönlichen Gegenständen zu sortieren und wegzuräumen.

„Irgendwann wird jede von euch ausgepackt werden", sagte sie laut zu dem Stapel Kisten in ihrer Küche.

Sie überlegte gerade, welche sie in Angriff nehmen sollte, als sie Marks Tragekorb auf der Arbeitsfläche entdeckte. Bevor sie seine Nummer heraussuchen konnte, hörte sie das unverwechselbare Summen des äußeren Sicherheitstors. Sie ging zur Tür und drückte den Knopf der Gegensprechanlage. Und tatsächlich, Mark war weniger als einen Block gefahren, als er bemerkte, dass er das Besteck vergessen hatte.

„Ich bin wohl noch müde von der Reise nach Atlanta", sagte er verlegen, als er die Stufen hinaufstieg, um den Korb von Claire entgegenzunehmen. „Ich bin froh, dass ich daran gedacht habe, bevor ich nach Hause kam. Meine Frau hätte geglaubt, es wäre Absicht gewesen."

„Wenn ich sie treffe, werde ich ihr auf jeden Fall erzählen, dass es so war.“

Er lachte. Als er die Treppe am Eingang nach unten ging, fügte er hinzu: „Hoffentlich merke ich einen Straßenzug weiter nicht, dass ich eine Gabel in einem der Pizzakartons vergessen habe.“

„Wenn ja, dann weiß ich, dass es Vorsatz war, denn ich habe die Gabeln gezählt, als sie in den Korb zurückgelegt wurden.“

Sie winkte, dann schloss sie die Tür wieder.

Keine fünf Minuten später summte das Tor erneut. Claire unterdrückte ein Lachen. Sie warf einen Blick auf die Arbeitsplatte, sah dort aber nichts herumliegen. Auch während sie zur Vordertür zurückkehrte, schaute sie sich um. Dann drückte sie auf den Knopf der Gegensprechanlage.

„Ich habe Ihnen doch gesagt, Mark, Sie müssen die Suppe auslöffeln.“

„Hier ist nicht Mark. Ich bin im Auftrag von König Eduardo hier.“

Sie zögerte. „Wie bitte?“

„Ich bin im Auftrag von König Eduardo hier mit einer Einladung, Frau Botschafterin.“

Sie runzelte die Stirn. Das konnte nicht stimmen. Wenn man sie im Palast bräuchte, wäre sie über die Botschaft kontaktiert worden. Sie hätte einen Anruf bekommen, keinen Besuch an ihrem Tor.

Es musste Mark sein, der sie wegen des Eindrucks, den sie auf den König gemacht hatte, hänseln wollte. Sie schätzte seinen Sinn für Humor, aber das trieb die Sache zu weit.

„Mark, wenn Sie nicht nach Hause gehen, erzähle ich Ihrer Frau, Sie hätten einen der Löffel unter dem Sofakissen versteckt.“

Am anderen Ende blieb es still. Sie wartete. Schließlich sagte sie: „Mark?“

„Frau Botschafterin, hier ist Miroslav Vulin. Ich bin im

Auftrag von König Eduardo hier. Ich habe Sie an dem Abend, an dem Sie mit Seiner Hoheit diniert haben, von Ihrem Fahrzeug zum Palast begleitet. Ich weiß, dass dieses Vorgehen unüblich ist. Wenn Sie das Hauptsicherheitsbüro des Palastes anrufen und nach der Einsatzleiterin fragen möchten, wird man Sie zu Chiara Ascardi durchstellen. Sie kann meine Identität und meinen derzeitigen Aufenthaltsort bestätigen. Sobald sie das getan hat, wäre ich Ihnen verbunden, wenn Sie zum Tor kommen könnten. Ich werde warten."

Ein leises Knacken zeigte an, dass er den Knopf zum Sprechen losgelassen hatte.

Es kam nicht oft vor, dass Claire überrumpelt wurde, aber die ruhige Selbstsicherheit, die in der männlichen Stimme lag, brachte sie aus dem Konzept.

Sie trat einen Schritt zurück. Eine Reihe von Sicherheitskameras überwachten die Außenbereiche und sie konnte die Aufnahmen auf einem Computer sehen, der in einem Schrank nahe der Eingangstür verborgen war. Sie hatte aufmerksam zugehört, als ihr das Sicherheitsteam der Botschaft erklärt hatte, wie man von einem Bildschirm zum anderen wechselte, um das Sichtfeld zu verändern, aber sie hatte keine Gelegenheit gehabt, es auszuprobieren. Es dauerte einige Sekunden, bis es ihr gelang, ein Bild des Eingangstors aufzurufen.

Ein dunkles Auto wartete am Bordstein. Zwischen dem Auto und dem Tor stand ein Bär von einem Mann in einem eleganten Anzug.

Sie schloss die Augen. Es war der Mann, der sie an jenem Abend, an dem sie gemeinsam diniert hatten, zu den Wohnräumen des Königs geleitet hatte.

Was hatte sie zu ihm gesagt? Dass er die Suppe auslöffeln sollte?

Sie brauchte nicht im Palast anzurufen und nach seinem Aufenthaltsort zu fragen.

Sie ging zur Tür, die Stufen hinunter und öffnete das Tor

selbst, anstatt den Öffner zu betätigen, wie sie es bei Mark getan hatte.

„Frau Botschafterin", sagte Miroslav, „das war aber ein sehr kurzes Telefonat."

„Ich brauchte nicht anzurufen. Ich bitte um Entschuldigung, Miroslav. Ich hatte heute Abend Besuch und dachte, ein Gast wäre zurückgekehrt."

Der kräftige Mann runzelte die Stirn. „Und Sie wollten, dass er, äh, die Suppe auslöffelt? Ich habe diesen Ausdruck noch nie gehört, muss aber davon ausgehen, dass es keine freundliche Begrüßung ist."

„Es war ein Scherz."

Als er schwieg, hakte sie nach: „Sie sagten, Sie seien im Auftrag von König Eduardo hier. Was kann ich für Sie tun?"

„Wenn Sie so freundlich wären, sich auf den Rücksitz zu setzen, kann Ihnen alles erklärt werden."

Sie gab sich keine Mühe, ihr Erstaunen zu verbergen. „Sie wollen, dass ich ins Auto einsteige? Jetzt gleich? Ich glaube nicht, dass das Sicherheitsteam der Botschaft es gern sähe, wenn ich das täte."

„Wir sind in San Rimini und ich arbeite für Seine Hoheit. Ich garantiere Ihnen, dass Sie vollkommen sicher sind."

Sie ließ ihren Blick die Straße hinauf- und hinunterschweifen. Die Fenster der Häuser, von denen die meisten hinter ähnlichen Toren wie ihrem lagen, waren erleuchtet und die Bewohner waren anwesend, aber der Bürgersteig wirkte wie ausgestorben. Es geschah selten, dass man niemanden sah, der vom Abendessen in einem der Restaurants in der näheren Umgebung nach Hause schlenderte oder nach einem langen Arbeitstag seinen Hund auf der von Bäumen gesäumten Straße ausführte.

Die Kombination aus der absoluten Stille, die sie umgab, und dem glänzend polierten wartenden Wagen mit den getönten Scheiben vermittelte ihr das Gefühl, in eine Filmkulisse geraten zu sein, mitten während der Szene, in der die vertrauensselige Heldin schlimme Dinge erlebt.

„Wo möchten Sie denn hinfahren?", fragte sie. „Wenn es etwas gibt, das Sie mir mitteilen müssen, warum können Sie es nicht hier sagen?"

Miroslav streckte die Hand nach dem Türgriff aus. „Bitte, Frau Botschafterin."

Sie trat einen Schritt zurück, stockte jedoch, als sie ein Paar blank geputzte schwarze Schuhe und Knie in dunklen Hosen entdeckte. Dann beugte sich König Eduardo weit genug vor, sodass sie in dem Halbdunkel, das auf dem Rücksitz herrschte, sein Gesicht erkennen konnte.

„Wir brauchen nirgendwo hinzufahren, Frau Botschafterin", sagte er leise. „Aber wenn Sie einen Moment Zeit hätten, würde ich gerne mit Ihnen sprechen."

KAPITEL 10

Er hatte es vollkommen falsch angepackt.

Andererseits war sich Eduardo nicht sicher, wie er es sonst hätte machen sollen. Der größte Nachteil seiner Position war der völlige Mangel an Privatsphäre. Er konnte nicht einfach in der Botschaft anrufen und nach der persönlichen Nummer der Botschafterin fragen. Nicht, ohne dass mehrere Mitarbeiter von Claire – und von ihm selbst – es merkten. Da Claire sowohl neu im Land als auch Diplomatin war, nahm er an, dass es selbst für seine Technikexperten nahezu unmöglich sein würde, ihre Nummer herauszubekommen. Er hatte auch nicht die Möglichkeit, sich die Autoschlüssel zu schnappen, aus dem Palast zu spazieren und wie ein normaler Mensch zur Residenz der Botschafterin zu fahren.

Miroslav – und zwar nur Miroslav – einzubeziehen, war die diskreteste Vorgehensweise, die ihm einfiel. Trotzdem hatte Eduardo das untrügliche Gefühl, dass er einen Fehler gemacht hatte.

Claire schaute von Eduardo zu Miroslav, dann ließ sie ihren Blick erneut über die Straße schweifen, als wolle sie prüfen, ob all das ein Scherz war. Schließlich trat sie vor und ließ sich auf dem Sitz neben ihm nieder. Sobald Miroslav die Wagentür geschlossen hatte, wandte sie sich ihm zu. „Hoheit, verzeihen Sie mir. Ich wusste nicht, dass Sie, nun ja, *hier* sind. Ich hatte mehrere Angestellte zu einem Arbeitsessen in die Residenz eingeladen und sie sind gerade gegangen. Als Miroslav läutete, dachte ich, einer von ihnen wäre zurückgekommen."

„Miroslav hat ein Stück weiter die Straße hinunter geparkt, als er sah, dass ein Auto, das vor Ihrem Haus stand, wegfahren wollte", offenbarte er. „Wir haben gewartet, bis der Wagen fort war, und wollten gerade den Parkplatz übernehmen, als er zurückkehrte."

„Mark Rosenburg. Er hatte sein Besteck vergessen."

Eduardo blinzelte. „Sein Besteck?"

„Meines ist noch nicht ausgepackt, also hat er welches mitgebracht."

„Ich verstehe." Das stimmte zwar nicht, aber er war nicht sicher, ob es wichtig war.

Auf der Fahrt hierher war er ein halbes Dutzend Mal durchgegangen, wie er es angehen sollte, aber jetzt fehlten ihm die Worte. Auf dem engen Rücksitz wurde Claire zu Fleisch und Blut, war nicht länger nur das Abbild der Frau, die seine Gedanken in den letzten Tagen beschäftigt hatte. Es gab einige Details, die ihm nicht in den Sinn kamen, wenn er von ihr träumte – wie das silberne Armband an ihrem Handgelenk, der schwache Duft ihres Parfums, die Tatsache, dass ihr Outfit legerer war als ihr gewohnter Businesslook und sie ohne Blazer dasaß und die Ärmel ihrer rosafarbenen Bluse hochge-krempelt hatte –, und diese Details hatten ihm die Sprache verschlagen.

Er war es eher gewohnt, dass andere in seiner Gegenwart um Worte rangen. Er mochte das Gefühl nicht.

Schlimmer noch, Claire sah ihn erwartungsvoll an, während Miroslav vor dem Auto stand, die Hände in die Hüften gestützt, und die Straße beobachtete, als ob er glaubte, dass jeden

Moment ein Attentäter hinter einem der Bäume hervorspringen könnte.

Wenn jemand von den Anwohnern auf die Straße treten sollte, um einen Hund auszuführen oder eine Zigarette zu rauchen, würde Miroslav diese Person zu Tode erschrecken, obwohl alle wussten, dass dies die Residenz der US-Botschafterin war, die daher überwacht wurde.

Der Mann hatte die Gabe, andere einzuschüchtern.

„Ich nehme an, Sie haben einen Grund für Ihren Besuch, Hoheit?"

„Ja."

„Ich kann es kaum erwarten, diesen mysteriösen Grund zu erfahren." Ihr Lächeln war breit und ihr Ton unbeschwert, doch ihr Blick wirkte ein wenig verunsichert. „Ich hoffe, Sie sind nicht hier, um unsere Vereinbarung neu zu verhandeln. Ich habe am Montag ein Treffen mit Franco Galli. Ich würde nur äußerst ungern glauben, dass ich es umsonst angesetzt habe."

„Nein. Dies hat nichts mit unserer Vereinbarung zu tun. Obwohl ich eine Rebellion befürchtete, als ich meinen Angestellten bei der Lagebesprechung am Montag davon erzählte."

„Sergio Ribisi?"

„Und mein Pressereferent. Und ein paar andere." Sergio hatte zwei weitere politische Berater hinzugezogen, als Eduardo seinen leitenden Mitarbeitern erzählte, was sie beim Dinner besprochen hatten. Sie waren zu dem Schluss gekommen, dass die Vereinbarung keine Relevanz hätte, da es unwahrscheinlich war, dass Claire Unterstützung finden würde. Dann wiederholte sein Gehirn, was sie gerade gesagt hatte. „Sie haben ein Treffen mit Franco Galli? Jetzt schon?"

„Vier einflussreiche Abgeordnete für ein Programm zu gewinnen, braucht Zeit, vor allem, wenn sie mich nicht kennen. Ich wollte den Ball ins Rollen bringen."

„Sie haben mit Franco Galli eine kluge Wahl getroffen. Ich

vermute, dass er von den vieren am wenigsten schwer zu überzeugen sein wird."

„Aber nicht leicht."

Eduardo bestätigte das mit einem Nicken. „Nein, leicht nicht."

„Wenn Sie also nicht hier sind, um unsere Vereinbarung zu widerrufen ..."

Eduardo spürte, wie sein Lächeln schwand. Selbst wenn er von Fragen der Presse überrumpelt wurde, fühlte er sich nie so aus dem Gleichgewicht gebracht. „Haben Sie *La Traviata* gesehen?"

„Nein, aber ich sah die Ankündigung am Königlichen Theater."

„Die letzte Vorstellung ist nächsten Samstagabend. Es ist eine Benefizveranstaltung für die Königliche Stiftung von San Rimini, die eine Reihe von Wohltätigkeitsorganisationen unterstützt. Ich nehme jedes Jahr daran teil. Normalerweise begleitet mich Prinzessin Isabella, aber jetzt, wo sie verheiratet ist, habe ich sie ermuntert, mehr Zeit mit ihrem Mann zu verbringen, anstatt sich mir aus Mitleid anzuschließen."

Claires Lachen kam so plötzlich, dass es sie selbst zu überraschen schien, denn sie wandte ihr Gesicht schnell ab.

„Was ist so lustig?"

„Hoheit, ich kann mir nicht vorstellen, dass irgendjemand Sie aus Mitleid begleiten würde, auch nicht Ihre Tochter."

„Ich bin froh, dass Sie so denken, denn das ist der Grund, warum ich hergekommen bin: Ich würde mich freuen, wenn Sie mich begleiten." Er wies in Miroslavs Richtung. „Ich hatte nicht vor, Sie in einer Nacht-und-Nebel-Aktion einzuladen, aber es ist gar nicht so einfach, direkt mit Ihnen zu kommunizieren."

„Sie möchten, dass ich mit Ihnen in die Oper gehe?"
„Ja."

Ihr Mund öffnete sich, aber für einen langen Moment sagte sie nichts. Ihr Blick schweifte über die Konsole zwischen den

Vordersitzen, wo der Fahrer normalerweise Pfefferminzbonbons und Flaschen mit gekühltem Wasser in Reichweite des Königs aufbewahrte. Dann begegnete sie seinem Blick.

„Hoheit, ist das ... wollen Sie mich fragen ...?"

„Ich bitte Sie um eine Verabredung, Frau Botschafterin, und deshalb wollte ich vermeiden, sowohl über die Telefonzentrale des Palastes als auch über die der Botschaft zu gehen, um Sie zu erreichen."

„Oh." In ihren Augen standen viele Fragen, aber sie stellte keine davon.

Eduardo war nicht sicher, was für eine Reaktion er erwartet hatte, aber ein *Oh* war es nicht.

Er versuchte es erneut: „Ich weiß, dass man dies als einen Interessenkonflikt für Sie betrachten könnte. Wenn man bedenkt, dass Sie sich in der Botschaft gerade erst einleben, könnte eine Verabredung mit mir sogar noch problematischer gesehen werden. Wenn Sie ablehnen, verstehe ich das. Ich werde es nicht persönlich nehmen." Er spürte, wie seine Mundwinkel bei dieser Lüge zuckten. „Nun ja, ich würde es schon ein bisschen persönlich nehmen, aber es wird sich nicht auf unsere Arbeitsbeziehung oder unsere Vereinbarung in Bezug auf Ihr Bildungsprogramm auswirken."

Es kostete ihn all seine Konzentration, nicht hin und her zu rutschen, während er auf ihre Antwort wartete.

„Machen Sie, ähm, machen Sie das sehr oft, Hoheit?"

„Dass Miroslav Wache hält, während ich eine Botschafterin um eine Verabredung bitte? Nein. Das ist eine Premiere."

Sie verzog das Gesicht, als er so ihrer Frage auswich. „Ich meine Verabredungen im Allgemeinen. Gehen Sie oft aus? Ich frage mich nämlich, wie eine Verabredung mit Ihnen in Ihrer Position funktionieren würde."

„Nun, grundsätzlich läuft es wahrscheinlich wie mit jedem anderen Mann: Smalltalk, Dinner, ein bisschen Flirten. Aber nein, ich gehe nicht oft aus. Tatsächlich hatte ich seit fast zehn

Jahren kein Date mehr, und das war damals mit meiner Frau. Eine Verabredung mit mir wird immer öffentlich. Und möglicherweise von Paparazzi beobachtet. Das ist nicht zu unterschätzen." Er atmete langsam aus. „Wenn sich das alles für Sie genauso unangenehm anfühlt wie für mich, schreiben Sie es bitte der Tatsache zu, dass ich aus der Übung bin. Wie sieht das bei Ihnen aus?"

Sie warf einen Blick über ihre Schulter zu Miroslav. Als sie sah, dass er sich nicht bewegt hatte, änderte sie ihre Sitzhaltung so, dass sie Eduardo direkt ins Gesicht schaute. „Für eine Botschafterin sind Verabredungen eine Herausforderung, aber wahrscheinlich nicht so sehr wie für Sie. Ich habe trotzdem ein paar geschafft. Meistens waren es aber erste Dates, und ich hatte keins, seit ich in San Rimini angekommen bin."

„Wir sind also beide aus der Übung."

Sie hob eine Augenbraue, als wollte sie sagen: *Sprechen Sie für sich selbst.* „Geht es in *La Traviata* nicht um eine zum Scheitern verurteilte Beziehung zwischen einer Kurtisane und einem ahnungslosen Adligen?"

Er schaute sie zum Spaß betont misstrauisch an. „Ich dachte, Sie hätten das Stück noch nicht gesehen."

„Nein, aber ich habe *Moulin Rouge* gesehen und soweit ich weiß, folgt der Film der Handlung der Oper. Sollte ich da irgendetwas hineininterpretieren?"

„Ganz und gar nicht. Ich lade Sie zu einer Veranstaltung ein, die zufällig in der Oper stattfindet. Es ist ein Benefizabend für einen wunderbaren Zweck, der mir sehr am Herzen liegt."

„Ja, ich habe mir schon gedacht, dass Sie etwas mit dem königlichen Teil der Königlichen Stiftung zu tun haben." Ihre Augen verengten sich, aber ihr Gesichtsausdruck hatte etwas Neckisches. „Ich war noch nie in der Oper. In keiner Oper."

„Das Königliche Theater ist der perfekte Ort für Ihren ersten Besuch."

Sie lächelte. „Ich mag Sie, Hoheit. Ich begleite Sie unter einer Bedingung."

„Es gibt Bedingungen für Verabredungen?"

„Für diese schon."

„Lassen Sie hören." Er machte mit der Hand eine auffordernde Geste, wenngleich die drei Worte „Ich begleite Sie" ihn bereits in Versuchung führten, allem zuzustimmen, was sie verlangen könnte.

„Vorausgesetzt, wir mögen uns am Ende des Abends immer noch, verabreden wir uns, um *Jenseits von Afrika* anzusehen."

Er fragte sich, ob Miroslav sein Lächeln durch das Panzerglas wahrnehmen konnte. „Abgemacht."

„Sergio Ribisi wird all das genauso wenig gefallen wie unsere Vereinbarung über das Bildungsprogramm."

„Wahrscheinlich haben Sie recht, aber er wird damit leben müssen. Apropos, was haben Ihre Mitarbeiter zu dem Deal gesagt?"

„Sie unterstützen meinen Wunsch, San Rimini in das Programm mit einzubeziehen, und verstehen, wie wichtig es dem Präsidenten ist. Und dass sich ein gangbarer Weg abzeichnet, um dieses Ziel zu erreichen."

Er legte den Kopf schief, als er einen seltsamen Unterton in ihrer Stimme wahrnahm. „Aber?"

„Ich bin nicht sicher, was sie von der Tatsache halten, dass ich die Vereinbarung bei einem privaten Abendessen im Palast vorgeschlagen habe. So etwas hätte mein Vorgänger nicht getan."

Eduardo sah an Claire vorbei in Richtung der Botschafts-Residenz. Als er ihrem Blick wieder begegnete, sagte er: „Ich kann mir vorstellen, dass es bei einem Wechsel von einem Botschafter zum nächsten viele Veränderungen gibt. Ein gutes Team wird sich anpassen."

„Ich bin sicher, das werden die Leute tun." Ihre Lippen

verzogen sich zu einem Lächeln. „Haben Sie Richard Cartwright jemals in die Oper mitgenommen?"

„Richard wäre eingeschlafen."

„Das passiert mir vielleicht auch. Man kann nie wissen."

„Doch, ich weiß, dass Sie wach bleiben werden." Er wollte sie berühren, widerstand jedoch dem Drang. „Wenn ich bedenke, was ich alles tun musste, um heute Abend hierherzukommen, ohne gesehen zu werden, sollte ich mir wohl Ihre Telefonnummer geben lassen."

Sie gab sie ihm und er speicherte sie in seinem Handy, dann zog er eine Grimasse. „Wäre es ein schlechter Anfang für unser Date, wenn ich Sie bitten würde, mich am Theater zu treffen? Ich könnte Ihnen einen Wagen schicken. Das würde wahrscheinlich weniger Aufsehen erregen, als wenn ich Sie abhole."

„Ich erwarte Sie gerne dort."

„Meine persönliche Assistentin wird Sie an der Tür empfangen und Sie in die königliche Loge begleiten."

„Die königliche Loge? Das klingt nobel, sogar für die Oper. Ich werde mich von meiner besten Seite zeigen."

„Verstecken Sie keinen Whiskey in Ihrer Handtasche."

„Das würde ich nicht wagen." Ihr Lächeln erfüllte ihn mit Vorfreude. „Ich sehe Sie dort."

„Ich freue mich schon darauf."

Sie drehte sich, um nach dem Türgriff zu greifen, kam dabei aber auf dem Ledersitz ins Rutschen und stieß mit dem Knie hart gegen seins. Reflexartig legte sie ihre Hand auf seinen Oberschenkel, als könnte dies den Aufprall abmildern. „Oh, Verzeihung, ich –"

Röte stieg von ihrem Hals bis zu ihren Wangen und sie zog so hastig ihre Hand weg, als hätte sie versehentlich in eine Schlangengrube gegriffen. „Hoheit, es tut mir so –"

Er fasste nach ihrer Hand. „Sie müssen sich nicht entschuldigen. Weder für den Zusammenstoß noch für das hier. Ich bin ein Mensch, wissen Sie. Genau wie Sie. Sie werden sich nicht die Finger verbrennen, wenn Sie mich berühren."

Er nahm ihre beiden Hände und legte sie auf sein Knie.

Sie sahen sich einen Herzschlag lang an, dann noch einen, und ihm wurde klar, dass er derjenige war, der sich verbrennen könnte.

Er lehnte sich näher zu ihr herüber und verharrte, um zu sehen, wie sie reagierte. Ihre Augen weiteten sich, doch sie wich nicht zurück. Er überbrückte den Abstand zwischen ihnen und küsste sie. Langsam, sanft, leicht. Ihr Daumen strich über seinen Handrücken, dann erwiderte sie den Kuss.

In diesem Augenblick war es, als ob er mit dem ganzen Körper ausatmete. Er bewegte seine Hand, um ihre Wange zu liebkosen, aber er vertiefte den Kuss nicht. Sosehr er es wollte, der Zeitpunkt war falsch. Es musste sanft sein. Romantisch. Und das war es auch.

Trotzdem spürte er, dass sie sich genauso zurückhalten musste wie er.

Schließlich löste sie sich von ihm, doch ihre Gesichter blieben einander nah.

„Ich weiß, dass die Fenster getönt sind, aber Miroslav wird sich wundern", flüsterte sie.

„Miroslav wird dafür bezahlt, dass er sich nicht wundert. Er macht das ausgezeichnet."

„Seien Sie sich da nicht so sicher. Er scheint mir ein Mann zu sein, der alles sieht und sich merkt."

Die Bemerkung ließ ihn lächeln. Er gab ihr einen letzten schnellen Kuss und ließ sie dann los. „Bevor Sie gehen ... was bedeutet, *die Suppe auslöffeln*? Als Miroslav zum Tor ging, hatte ich das Fenster einen Spalt geöffnet, damit ich verstehen konnte, was gesagt wurde. Ich habe diesen Ausdruck noch nie gehört."

Belustigung zeichnete sich auf ihrem Gesicht ab, er war nicht sicher, ob es an der Frage lag oder an seinem Versuch, die Anziehung zwischen ihnen zu überspielen. „Was glauben Sie?"

Er überlegte. Englisch war nicht seine Muttersprache, aber er hatte es lange genug gesprochen, um eine Reihe von Redewendungen aufzuschnappen. „Ich kenne *einen Suppenteller auslöffeln*, aber nicht *die Suppe auslöffeln*. Es scheint mir nicht dasselbe zu bedeuten."

„Das stimmt. Wenn man jemandem sagt, dass er die Suppe auslöffeln soll, die er sich selbst eingebrockt hat, meint man, er soll aufhören, sich über etwas zu beklagen, was er selbst verschuldet hat, und die Konsequenzen tragen."

„Und das sagt man ihm auf eine nicht ganz so höfliche Weise?"

„Genau. Wörtlich bedeutet es, dass man eine Suppe aufessen soll, in die man selbst Brot hineingebrockt hat."

„Sie haben Miroslav also gesagt, dass er sich nicht über etwas beschweren soll, was er selbst verursacht hat, und die Folgen davon tragen muss?"

„Ich dachte, ich würde mit Mark Rosenburg sprechen. Es war ein Scherz, der sich auf etwas bezog, was er beim Abendessen über Löffel gesagt hatte. Es war allerdings Miroslav an der Sprechanlage und nicht Mark."

„Ich verstehe. Ich nehme an, Sie sagen Ihren Gästen nicht regelmäßig, dass sie ausbaden sollen, was sie angerichtet haben?"

„Ich sage nie, dass jemand etwas ausbaden soll."

„Das wäre vermutlich auch schlechte Diplomatie." Er täuschte Ernsthaftigkeit vor.

„Äußerst schlechte." Einer ihrer Mundwinkel hob sich. „Apropos Diplomatie, ich habe jetzt ein wunderschönes Symbol der Freundschaft an einem sonnigen Platz hinter dem Haus eingepflanzt. Nochmals vielen Dank für den Olivenbaum."

„Gern geschehen. Ich freue mich, dass Sie einen guten Platz dafür gefunden haben." Er schaute auf Miroslavs Rücken. „Ich wünsche Ihnen einen schönen Abend, Frau Botschafterin. Ich sehe Sie nächsten Samstag."

„Vielen Dank für die Einladung, Hoheit."

Er wollte ihr sagen, dass sie ihn Eduardo nennen sollte, wenn sie allein waren, aber bevor er das aussprechen konnte, war sie schon aus dem Auto gestiegen. Diesmal, ohne auf dem Ledersitz wegzurutschen.

Erst als sie durch das Tor verschwand, kam ihm das Wort *Freundschaft* in den Sinn. Hatte sie den Baum mit Absicht als ein Symbol der Freundschaft bezeichnet?

Er wollte nicht nur ihr Freund sein. Wenn der Kuss, den sie geteilt hatten, ein freundschaftlicher Kuss gewesen war, dann war er jämmerlich aus der Übung.

Miroslav schnallte sich an und legte den Gang ein, dann überprüfte er im Rückspiegel, ob sich Autos näherten. Sein Blick fand Eduardos und er zog eine Augenbraue hoch.

„Kehren wir zum Palast zurück, Hoheit, oder möchten Sie noch woanders anhalten?"

„Zum Palast, bitte."

Miroslav nickte, dann fuhr er los. Eduardo sah noch, wie sich die Lippen des großen Mannes zu einem Lächeln verzogen, bevor er sich umdrehte und aus dem Fenster schaute.

KAPITEL 11

CLAIRE BEDANKTE sich bei ihrem Fahrer Fabiano, der ihr die Hand bot, um ihr beim Aussteigen vor dem Königlichen Theater zu helfen.

„Sie melden sich danach, Ma'am?"

„Das mache ich, danke." Sie hatte sich am Vortag beim Theater erkundigt, wann die Vorstellung enden würde, wusste aber nicht genau, wann sie danach aufbrechen sollte. Würde König Eduardo noch Termine haben? Würde er den Kontakt mit Mitarbeitern der Königlichen Stiftung pflegen oder nach der Vorstellung mit den Schauspielern sprechen wollen? Das wäre nicht ungewöhnlich für ihn und sie war nicht sicher, ob sie ihn dabei begleiten sollte oder nicht.

Fabiano war ein freundlicher, gedrungener und muskulöser Mann in den Fünfzigern, der nur ein paar Blocks von der Botschaftsresidenz entfernt aufgewachsen und seit fast dreißig Jahren als Fahrer bei der Botschaft angestellt war. Er war derjenige, der Claire und Karen am Abend der Beglaubigungszeremonie zum Palast gefahren hatte, und er versicherte Claire, dass er an ungewisse Zeitvorgaben gewöhnt war. „Zwei Straßen weiter gibt es ein Café, wohin ich immer gehe, wenn ich in dieser Gegend Bereitschaftsdienst habe", hatte er ihr während der Fahrt erzählt. „Der Besitzer ist ein Cousin und der erlaubt mir, in seiner Liefereinfahrt zu parken, wenn ich zum Essen bleiben kann. Die Voraussetzung ist diesmal gegeben."

Unglücklicherweise bedeutete die Einplanung von Fabiano, dass sie Karen mit einbeziehen musste. Claire hatte gewartet, bis sie und Karen am Donnerstagabend die Letzten im Büro waren, bevor sie erwähnte, dass sie eine Einladung für die letzte Aufführung von *La Traviata* hatte und zwanzig Minuten bevor sich der Vorhang hob, eintreffen musste.

„Warum zwanzig Minuten? Sind Sie mit jemandem verabredet? Soll ich dem Sicherheitsdienst Bescheid sagen?"

„Ich werde in der königlichen Loge sitzen. Ich komme zwanzig Minuten vor Beginn der Vorstellung an, um einen Sicherheitsbeauftragten zu treffen, der mich begleiten wird."

Sie waren auf halbem Weg zum Aufzug, als Karen mitten auf dem Gang stehen blieb. „Sie gehen in die Oper. In die königliche Loge."

„Ja."

Es war wohl nicht so beiläufig herausgekommen, wie sie gehofft hatte, denn Karen blinzelte ungläubig. „Über meinen Schreibtisch ist nichts gegangen. War ich nicht da, als der Anruf kam?"

„Die Einladung hat mich in der Residenz erreicht."

Claire stellte es so offiziell dar wie möglich.

„Das ist seltsam. Kam sie aus dem Palast? Oder von König Eduardo?"

Claire hatte auf den Aufzug gewiesen und war weitergegangen, immer ein paar Schritte voraus, damit Karen nichts aus ihrem Gesicht herauslesen konnte. „Die Aufführung ist eine Benefizveranstaltung für die Königliche Stiftung. Offenbar begleitet Prinzessin Isabella den König normalerweise. Da sie dieses Jahr nicht daran teilnimmt, hat er mich gefragt, ob ich mit ihm hingehen würde."

Alles, was sie sagte, entsprach den Tatsachen, und doch war es nicht die ganze Wahrheit. Karen schien das zu spüren. Während sie auf den Aufzug warteten, hakte Karen nicht weiter nach, sondern erkundigte sich stattdessen, ob Claire ein passendes Kleid hätte.

„Ich habe das grüne Kleid, das ich vor ein paar Jahren bei der Verleihung des Kennedy-Preises getragen habe. Das müsste genügen."

„Oh, ich habe Fotos davon gesehen. Es wird perfekt sein." Sie schwiegen, bis sie im Aufzug waren, dann fragte Karen: „Ich nehme an, Sie haben dies den anderen Mitarbeitern nicht mitgeteilt?"

Claire winkte ab, als wollte sie sagen, dass sie dafür keine Notwendigkeit sah.

„Ich rufe heute Abend an und organisiere einen Fahrdienst."

„Morgen wird reichen. Es geht nur von der Residenz zum Königlichen Theater und zurück."

Am nächsten Morgen hatte Karen Claire mitgeteilt, um wie viel Uhr sie Fabiano in der Residenz erwarten sollte. Ansonsten erwähnte sie die Verabredung für die Oper nicht und soweit Claire bekannt war, hatte Karen auch gegenüber dem Rest des Personals kein Wort darüber verloren.

Nicht, dass Karen gewusst hätte, dass es ein *echtes* Date war. Aber da Karen a) intelligent war und b) offensichtlich die Verantwortlichen für die Öffentlichkeitsarbeit der Botschaft nicht informiert hatte, bedeutete dies, sie hegte einen Verdacht.

Normalerweise war eine Botschafterin, die einen König zu einer öffentlichen Veranstaltung begleitete, ein Highlight für die Presseabteilung der Botschaft, die Fotos für die Botschaftswebsite und Pressemitteilungen haben wollte. Aber Claire hatte keinen Pieps von ihnen gehört, was bedeutete, dass Karen die Entscheidung, die Pressestelle zu informieren, ihr überlassen hatte.

Claire wartete, bis Fabiano weggefahren war, bevor sie sich

umdrehte und den Anblick des Königlichen Theaters in sich aufnahm. Sie hatte an diesem Nachmittag ein paar Minuten darauf verwendet, über seine Geschichte nachzulesen. Es war 1800 als Ersatz für ein viel älteres Theater gebaut worden und sollte mit den kurz zuvor in Wien eröffneten Aufführungshäusern konkurrieren.

Der Fassade nach zu urteilen, war der Architekt seiner Aufgabe gerecht geworden.

Claire war schon auf halbem Weg die Treppe hinauf, als hörte, wie jemand „Frau Botschafterin?" sagte. Es dauerte ein paar Sekunden, bis herausgefunden hatte, woher die weibliche Stimme kam. Eine zierliche Frau in einem dezenten schwarzen, trägerlosen Kleid kam auf sie zu. Ihr dunkles Haar war im Nacken zu einem Knoten geschlungen. Sie trug keine Halskette, aber an ihren Ohrläppchen funkelten kleine Diamantstecker.

„Ich bin Luisa Borelli, die persönliche Assistentin von König Eduardo."

Claire schüttelte der Frau die Hand. „Es ist mir ein Vergnügen, Sie kennenzulernen, Luisa. Der König erwähnte, dass Sie mich zur Loge begleiten würden. Ich danke Ihnen."

„Nichts zu danken. Hier entlang, Ma'am."

Im Inneren war das Theater genauso prächtig, wie es der äußere Anblick versprach. Atemberaubende Kronleuchter funkelten über den Köpfen, Marmor umrahmte die Türen und ein dicker roter Teppich bedeckte den Boden. Barkeeper in tadellosen Anzügen besetzten die Bars an beiden Enden des Raumes, während Kellner mit Tabletts diskret umhergingen, um leere Gläser einzusammeln. Obwohl die Türen zum Theatersaal offen standen, blieben die meisten Gäste im Foyer, wo sie bei einem Glas Wein oder Champagner plauderten. Hunderte von Stimmen umschwirrten sie und ihr freudiger Klang verband sich zu einer Melodie.

Luisa wies auf eine der Bars. „Möchten Sie etwas trinken, bevor wir nach oben gehen? In der Loge gibt es Getränke, aber wenn Sie lieber erst ein wenig umherspazieren möchten, haben Sie ein paar Minuten Zeit. Ich kann an der Treppe auf Sie warten."

„Nein, danke. Wir können direkt zur Loge gehen."

Sie nahmen die Treppe zu einem der oberen Stockwerke. Luisa grüßte einen Wachmann, der dem Kartenkontrolleur signalisierte, dass die Damen weitergehen konnten. Sie folgten einem mit Teppich ausgelegten Gang, vorbei an mehreren hinter Vorhängen verborgenen Durchgängen, und traten dann an eine Frau in einem dunklen Anzug heran.

„Frau Botschafterin, das ist Chiara Ascardi", sagte Luisa. „Sie ist die Sicherheitschefin des Palastes und wird während der heutigen Aufführung hier im Gang Dienst tun, falls Sie etwas benötigen sollten."

„Es ist mir eine Ehre, Sie kennenzulernen", sagte die Frau und schüttelte Claire die Hand.

Claire schenkte Chiara ein warmes Lächeln und bedankte sich dann bei den beiden Frauen, dass sie an einem Wochenende arbeiteten.

Chiara warf Luisa einen amüsierten Blick zu und sagte dann: „Das tun wir beide normalerweise nicht. Aber ich liebe die Oper, daher macht es mir nichts aus, beides zu verbinden." Sie deutete auf eine geschlossene Tür ein paar Schritte hinter sich, am Ende des Ganges. „Dies ist der Waschraum für die königliche Loge. Es wäre mir lieber, wenn Sie während der Vorstellung hierhingingen, statt die Toiletten im Foyer zu benutzen. Ansonsten machen Sie es sich bitte bequem. Seine Hoheit sollte in Kürze eintreffen."

Claire dankte der Sicherheitschefin, dann folgte sie Luisa durch den Vorhang in die Loge.

Vier Plüschsessel füllten den kleinen Balkon. In die mit Samt bezogene Wand waren unter dem Geländer Getränkehalter eingelassen. Außerdem war eine elegante Ablage daran angebracht mit Programmheften für den Abend. Es war der luxuriöseste Platz, den man sich für eine Aufführung wünschen konnte. Doch als sie sich dem Balkongeländer näherte, war es der Anblick des Zuschauerraums, der Claire den Atem raubte.

Die Aufteilung war traditionell, mit fächerartig angeordneten Sitzen, von denen aus man vermutlich einen guten Blick auf die Bühne hatte. Die Decke war so bemalt, dass sie wie der Himmel aussah, einschließlich tanzender Engel und bauschiger Wolken, die von der Sonne angestrahlt wurden. Ein einziger riesiger Kronleuchter beherrschte die Mitte des Raums. Jeder der Balkone war vorne mit kunstvollen Schnitzereien verziert. Claire beugte sich vor, um einen besseren Blick darauf zu bekommen, und stellte fest, dass sie Szenen aus klassischen Theaterstücken darstellten. Direkt gegenüber von ihr erstachen römische Senatoren Julius Cäsar. Auf dem Balkon daneben betrachtete Hamlet einen Schädel. Es gab einige Balkone mit Szenen, die sie nicht erkannte, dann entdeckte sie Lysistrata, die eine Gruppe von Frauen beschwor, sich ihren Männern zu verweigern, um den Peloponnesischen Krieg zu beenden.

Luisa lächelte, als Claires Blick von Balkon zu Balkon wanderte. „Es handelt sich um originale Entwürfe für das Theater. Sie wurden alle von Hand geschnitzt."

„Sie sind exquisit."

„Mhm", stimmte Luisa zu. „Ich nehme an, dies ist Ihr erster Besuch hier?"

„Ja."

„Dann sehen Sie das Theater auf die richtige Weise. Es gibt Plätze im Parkett, von denen aus man die Bühne besser sehen kann, aber die Loge ist bequemer. Außerdem können Sie von hier die Balkonschnitzereien erkennen."

Während Luisa noch sprach, ertönte das erste Klingelzeichen und die Gäste begaben sich vom Foyer zu ihren Plätzen.

„Es ist ein wunderbarer Platz, um Leute zu beobachten", sagte Claire.

„Ja, und die heutige Vorstellung wird eine ziemliche Modenschau werden." Luisa verfolgte mit den Augen eine elegante Frau mit dunkler Haut und einem leuchtend gelben Kleid, die sich in die Mitte der dritten Reihe begab. „Die Benefizveranstaltung der Königlichen Stiftung zieht immer ein wohlhabendes Publikum an, das einen Vorwand sucht, besonders gut auszusehen. Zum Glück kommen sie auch mit offenem Geldbeutel. Nach dem letzten Vorhang veranstalten die Darsteller eine kurze Auktion, um weitere Spenden zu sammeln. Die Zuschauer gehen mit und feuern die Bieter an. Es gibt signierte Programme, Fotos mit den Darstellern, und manchmal werden auch Requisiten versteigert. Die letztjährige Aufführung der Königlichen Stiftung war *Der Barbier von Sevilla* und der Heiratsvertrag zwischen dem Grafen und Rosina wurde für eine beträchtliche Summe verkauft."

„Das klingt, als hätten Sie dieser Veranstaltung schon öfter beigewohnt."

„Oh ja, seit ich für König Eduardo arbeite, aber in den meisten Jahren schaue ich mir die Aufführung nicht an. Ich bleibe, bis ich sicher bin, dass Seine Hoheit mich nicht braucht, dann gehe ich nach Hause." Niemand war in Hörweite, dennoch senkte Luisa ihre Stimme: „Ich liebe dieses Gebäude und ergreife jede Chance, mit dem Sicherheitspersonal die Vorabkontrolle durchzuführen, aber ich bin kein Opernfan. Deshalb hat Chiara Ascardi mich auch so angeschaut, als Sie erwähnten, dass wir beide an einem Wochenende arbeiten. Chiara weiß, dass es mir lieber wäre, wenn diese Benefizveranstaltung eine große Leinwand und einen Film voll anspruchslosem Humor mit einschließen würde. Letztes Jahr bin ich nur für den *Barbier von Sevilla* geblieben, weil es eine Komödie ist."

Claire blickte Luisa an. „Aber Sie bleiben doch heute Abend?"

Die lächelte und schüttelte den Kopf. „Ich habe eine Verabredung mit einer flauschigen Decke und einem fantastischen Liebesroman."

Claire deutete auf Luisas Kleid. „So gut habe ich mich noch nie für eine Decke und ein gutes Buch angezogen. Ihr Kleid ist atemberaubend. Es passt auch perfekt zu Ihnen."

„Ich danke Ihnen, Frau Botschafterin. Es ist mein Lieblingskleid. Zum Glück habe ich angesichts der zahlreichen öffentlichen Termine des Königs viel Gelegenheit, es zu tragen." Luisa hob plötzlich den Kopf. „Apropos, ich glaube, Seine Hoheit ist eingetroffen."

Tatsächlich hörte Claire König Eduardos vertraute Stimme auf dem Gang vor der Loge, wahrscheinlich sprach er gerade mit Chiara Ascardi. Und verflixt, dieser Klang ließ ihren Puls in die Höhe schnellen.

Seit mehr als einer Woche hörte Claire diese Stimme in ihrem Kopf, wie sie ihr die Worte zuflüsterte, die er gesagt hatte, kurz bevor er sie geküsst hatte: *Ich bin ein Mensch, wissen Sie. Genau wie Sie. Sie werden sich nicht die Finger verbrennen, wenn Sie mich berühren.*

Oh, wie wenig er doch wusste! Alles an Eduardo diTalora ließ sie in Flammen aufgehen. Seine Stimme. Sein Blick. Und ganz bestimmt seine Berührung.

Zum Glück war nicht die Beobachtungsgabe einer Diplomatin vonnöten, um zu erkennen, dass sie die gleiche Wirkung auf ihn hatte.

Wie sie allerdings damit umgehen sollten, das wusste sie nicht.

Die nächsten Minuten rauschten nur so an ihr vorbei. Die Lichter des Theaters leuchteten noch einmal auf, die restlichen Zuschauer eilten vom Foyer zu ihren Plätzen. Und dann, während das Licht langsam verlosch, betrat König Eduardo die Loge. Er sagte etwas zu Luisa, als sie auf dem Weg nach draußen an ihm vorbeiging, dann machte er einen Schritt auf Claire zu und beugte sich vor, damit sie ihn über dem Gemurmel der Menge unten verstehen konnte: „Ich freue mich, dass Sie hier sind." Selbst in dem schwachen Licht funkelten seine Augen.

„Ich muss einen Moment auf die Bühne. Nehmen Sie Platz, ich bin gleich zurück. Wenn Sie etwas trinken möchten, hinter den Sitzen ist ein Kühlschrank versteckt."

Er verschwand durch den Vorhang. Sie blickte hinter sich und bemerkte ein niedriges Sideboard mit einem eingebauten Kühlschrank. Durch die Glastür sah sie mehrere Flaschen Wasser und Softdrinks sowie etwas, das wie eine Weinflasche aussah. Vier Longdrinkgläser und vier Weingläser standen neben einem Eiseimer auf dem Sideboard.

Luisa hatte recht, dass man auf diese Weise eine Oper am besten genießen konnte.

Claire ließ sich in einem Sessel nieder, dann wanderte ein Scheinwerfer über die Bühne und die Menge verstummte. Der König trat in den Lichtkegel und Beifall brandete auf. Claire wurde klar, dass er eine Treppe genommen haben musste, die ihren Gang mit einem Bereich hinter der Bühne verband.

Der König begrüßte das Publikum und wies darauf hin, dass der Erlös aus dem Kartenverkauf an die Königliche Stiftung von San Rimini gehe. Er bedankte sich bei den Darstellern und allen Mitarbeitern der Truppe und des Theaters, dass sie ihre Zeit und ihre Fähigkeiten zur Verfügung gestellt hatten, und sagte dann: „Die Stiftung unterstützt eine breite Palette von Wohltätigkeitsorganisationen und philanthropischen Zielen, von der Erhaltung der architektonischen Wunder unseres Landes – zu denen auch dieses Gebäude gehört – bis hin zum Schutz unserer historischen Küstenregion vor den Auswirkungen von Umweltverschmutzung und Klimawandel. Ziel der Stiftung ist es, dafür zu sorgen, dass auch künftige Generationen die Schönheit von San Rimini genießen können. Es ist mir eine Ehre, heute hier zu sein und diesen Abend mit Ihnen zu verbringen. Ich hoffe, Sie bleiben nach dem letzten Vorhang noch für eine besondere Veranstaltung hier, die von den Mitwirkenden präsentiert wird. Und nun: *La Traviata*."

Das Scheinwerferlicht verlosch und der König verließ die

Bühne. Der Vorhang hob sich und enthüllte einen prunkvollen Pariser Salon, der für eine Party hergerichtet war. Als die Oper begann, ließ sich König Eduardo auf dem Platz neben Claire nieder.

Leise fragte er: „Wie habe ich mich geschlagen?"

„Sie sind ein Naturtalent."

Er lächelte und blickte dann zur Bühne. Die Hauptdarstellerin, die eine atemberaubend schöne Kurtisane namens Violetta spielte, hatte unter dem Beifall des Publikums den Salon betreten.

Claire drehte sich so, dass der König sie hören konnte: „Das wird mein Italienisch auf die Probe stellen."

„Konzentrieren Sie sich auf die Musik. Sie ist in jeder Sprache mitreißend."

Zunächst saß Claire so, wie sie es normalerweise in der Öffentlichkeit tat: mit geradem Rücken, die Knöchel gekreuzt, die Hände im Schoß gefaltet. Trotz der fesselnden Aufführung war sie sich durchaus bewusst, dass das Publikum heimliche Blicke auf die Königsloge warf. Aber Eduardo hatte recht: Die Musik war wirklich mitreißend, sie erfüllte das Theater und hüllte das Publikum in eine magische Blase aus Klängen und Gefühlen ein. Es war hilfreich, dass sie die Geschichte bereits kannte, aber Claire glaubte, dass sie der Handlung auch so hätte folgen können. Als die Darsteller etwas anstimmten, was offensichtlich ein Trinklied war, entspannte sie sich auf ihrem Sitz.

Eduardo lehnte sich näher zu ihr hin, seine Schulter berührte ihre. „Sie lächeln."

„Sie auch."

Ehe Claire sich versah, hatte Violetta das Theater mit einem Lied über ihre Sehnsucht nach Freiheit in den Bann gezogen, die Bühnenbeleuchtung wurde gedimmt und der Vorhang fiel am Ende des ersten Aktes. Die Zuschauer jubelten.

Sie und Eduardo standen auf und klatschten zusammen mit dem übrigen Publikum.

„Folgen Sie mir", sagte Eduardo, als die Lichter des Theaters angingen, umfasste ihren Ellbogen und führte sie aus der Loge. Chiara stand in der Nähe des Vorhangs und hielt jeden, der eine der anderen Logen verlassen wollte, davon ab, zu nahe heranzukommen. Eduardo geleitete Claire am Waschraum vorbei, dann durch eine zweite Tür zu einer schmalen Treppe.

„Ich nehme an, die führt zur Bühne?"

„Ja. Aber es gibt noch etwas anderes, das ich Ihnen zeigen möchte." Sie gingen eine kurze Treppe hinunter, aber anstatt am Treppenabsatz der Biegung zu folgen und den Abstieg fortzusetzen, zog Eduardo ein Stück der Wandverkleidung beiseite, hinter dem eine Tür verborgen war. Er drehte den Knauf und griff dann nach Claires Hand. „Machen Ihnen Höhen etwas aus?"

„Nein."

„Gut, dann wird Ihnen das hier sehr gefallen."

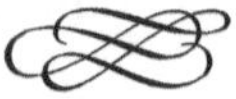

KAPITEL 12

EDUARDO SCHLOSS die Tür hinter ihr. Als sich Claires Augen an die Dunkelheit gewöhnt hatten, verstand sie, warum er es hatte klingen lassen, als würden sie zu einem Abenteuer aufbrechen. „Ist das der Laufgang?“

Sein Grinsen passte eher zu einem verschmitzten Kind als zu einem Monarchen. „Wollen Sie zurücknehmen, was Sie über Höhen gesagt haben?“

„Niemals.“

„Passen Sie auf mit den Absätzen. Sie könnten hängenbleiben.“

Seine Finger schlossen sich um ihre, als er sie auf einen von Geländern gesäumten Steg aus Metallgittern führte, von dem aus sie bis zum Boden sehen konnten. Er blieb über der Seitenbühne stehen, von wo aus sie einen Blick über die gesamte Bühne hatten. Unter ihnen bewegten sich die Theaterleute mit militärischer Präzision, als sie Stühle und riesige Kerzenleuchter wegräumten und durch Kulissen für die nächste Szene ersetzten. Das Murmeln des Publikums drang durch den Vorhang, der für die Pause geschlossen war, aber in der luftigen Höhe, in der sich Claire und Eduardo befanden, war alles still.

Er drehte sich so, dass sie nebeneinanderstanden, und forderte sie auf, sich über das Geländer zu lehnen. Dabei umschloss seine Hand weiter ihre. Leise, damit die Bühnenarbeiter ihn nicht hören konnten, sagte er: „Ich dachte, Sie möchten vielleicht sehen, was hinter den Kulissen vor sich geht."

„Es gefällt mir sehr. Danke."

Sie meinte das ernst. Es hatte etwas Faszinierendes und Romantisches, die Bühne von oben zu sehen. Und dann war da noch der Mann neben ihr. Eduardo diTalora besaß eine Würde, die mehr mit seiner Persönlichkeit zu tun hatte als mit seinem Titel. Sie hätte ihn in einem Lebensmittelladen oder bei einem Spaziergang durch einen Stadtpark treffen können, ohne etwas über seinen Hintergrund zu wissen, und hätte sich schon nach wenigen Worten zu ihm hingezogen gefühlt.

„Ich freue mich, dass Ihnen die Aufführung gefällt, auch wenn Italienisch nicht Ihre Muttersprache ist."

„Sie sagen das so, als wäre es meine zweite Sprache. Was es nicht ist. Ich bringe mir abends, wenn ich von der Arbeit nach Hause komme, verzweifelt etwas bei."

„Wie läuft es?"

„Langsam. Ich habe in der High School und an der Universität Spanisch gelernt, was mir hilft. Es gibt genügend Ähnlichkeiten zwischen den Wörtern und dem Satzbau, sodass ich das meiste von dem, was ich lese, und einiges von dem, was ich höre, verstehen kann. Das Sprechen ist eine andere Sache. Das braucht Zeit."

„Wie klappt es sonst mit der Eingewöhnung in San Rimini?"

„Es läuft alles gut. Die Residenz ist fantastisch und ich habe fast alles ausgepackt. Ich habe auch festgestellt, dass ich mit einem unglaublichen Team gesegnet bin. Es sind intelligente, interessante Leute und wir können Projekte, die während der Amtszeit von Botschafter Cartwright begonnen wurden, nahtlos fortsetzen." Sie erzählte ihm kurz von einem amerikanischen Telekommunikationsunternehmen, dem sie bei einem behördlichen Anliegen geholfen hatte, und von einer Familie, die die Botschaft nach einem Passproblem wieder zusammengeführt hatte.

„Wie steht es bei Ihnen?", fragte sie. „Wie läuft es mit dem Strada-il-Teatro-Projekt?"

Er informierte sie über den aktuellen Stand der Gespräche, die zwischen seinen Mitarbeitern und den verschiedenen Interessensgruppen des Geschäftsviertels stattgefunden hatten. „Es ist schwierig, eine gemeinsame Basis zu finden, da die Anliegen sehr unterschiedlich sind, aber Sergio versicherte mir, dass wir Fortschritte machen."

„Lassen Sie mich raten: Jede Gruppe will, dass eine andere Gruppe Kompromisse eingeht?"

„Genau."

Sie lächelte. Unter ihnen beendeten die Bühnenarbeiter die Vorbereitungen für den zweiten Akt. Eduardo schaute auf seine Uhr und stellte fest, dass ihnen noch ein paar Minuten blieben, bis sie zu ihren Plätzen zurückkehren mussten. „Möchten Sie zur Toilette?"

Sie schüttelte den Kopf. Seine Finger schlossen sich fester um ihre. Ihre Hände lagen jetzt auf dem Geländer. Mit ihm allein in einer solchen Umgebung zu sein, war aufregend und zugleich seltsam angenehm.

„Was denkt Sergio über heute Abend?", fragte sie.

„Sie meinen, über die Tatsache, dass wir eine Verabredung haben?"

„Ja."

„Nichts, denn ich habe es ihm nicht gesagt."

Claire machte sich nicht die Mühe, ihre Überraschung zu verbergen, was dem König einen weiteren schelmischen Blick entlockte.

„Ich habe jeden Montagmorgen eine Besprechung mit den leitenden Angestellten. Als wir meinen Terminplan für diese

Woche durchgegangen sind, habe ich lediglich meine Teilnahme für heute Abend bestätigt. Luisa und mein Sicherheitsteam wissen natürlich, dass Sie hier sind, aber ich habe sie nicht darüber informiert, dass dies ein Date ist." Er schaute zum geschlossenen Vorhang. „Allerdings sitzt Margaret Halaby, meine Verantwortliche für Wohltätigkeitsorganisationen und Schirmherrschaften, in der zweiten Reihe. Ich habe bemerkt, dass sie während der Aufführung mehr als einmal zur Loge gesehen hat. Sie wird bei der Sitzung am Montag Fragen haben, diese allerdings mit mehr Feingefühl stellen als Sergio oder mein Pressereferent."

„Ich habe Ihren Pressereferenten gesehen. Ich denke, Feinfühligkeit liegt nicht in Zeno Amendolas Natur."

„Nein. Ich fürchte, jemand mit so breiten Schultern wie er kann kein Feingefühl haben."

In seiner Stimme schwang Zuneigung mit, als er über seine Angestellten sprach. Sie warf ihm einen fragenden Blick zu. „Haken sie nach, weil sie neugierig sind oder weil sie befürchten, dass es Ihr öffentliches Image beschädigt?"

„Wahrscheinlich ein bisschen von beidem. Das liegt im Wesen der Menschen. Aber es ist auch ihr Job und sie sind außergewöhnlich gut in dem, was sie tun." Sein Daumen strich über ihren Handrücken. Sein Blick folgte der Bewegung einen Moment lang, dann legte er den Kopf schief und musterte sie. „Was ist mit Ihnen? Haben Sie es Ihrem Team gesagt?"

Claire zuckte mit den Schultern. „Am Donnerstag erzählte ich meiner Assistentin, dass ich in die königliche Loge der Oper eingeladen wurde, und bat sie, einen Wagen zu organisieren. Als sie fragte, warum sie noch nichts davon gehört hatte, sagte ich ihr, dass die Einladung an die Residenz ging."

„Sie haben sich gedrückt."

„Nicht besonders geschickt, fürchte ich. Karen weiß, dass es eine Verabredung ist, tut aber so, als ob sie es nicht wüsste."

Das entlockte dem König ein Lachen. „Sie wollten erst

sehen, wie der Abend verläuft, bevor Sie etwas sagen. Sie waren feige."

„Ich könnte Ihnen das Gleiche vorwerfen."

„Und es würde stimmen." Er drehte sich leicht, sodass sie einander ansahen, aber er ließ ihre Hand nicht los. „Ich erzähle meinen leitenden Angestellten nicht alles. Zum Beispiel wussten sie nicht, dass ich wieder Großvater werde, bis etwa eine Stunde bevor Marco und Amanda es am Mittwoch bekannt gegeben haben."

„Das habe ich gesehen. Glückwunsch."

„Danke. Ich freue mich für die beiden." Lachfältchen zeigten sich an seinen Augen. „Ich freue mich für mich selbst. Ich liebe Arturo, Paolo und Gianluca. Großvater zu sein, macht mich glücklicher, als ich es mir je hätte vorstellen können. Der Punkt ist, dass mein Leben in der Öffentlichkeit stattfindet. Ich verstehe sehr gut, warum die Menschen von San Rimini meinen, sie hätten ein Recht darauf, zu wissen, was ich mache. Ich hatte sogar Verständnis für die Nachfragen zu Details meiner Herz-OP. Aber ich gebe mir große Mühe, dass die wenigen Teile meines Lebens, die berechtigterweise privat sind, dies auch bleiben. Anders könnte ich mir meine geistige Gesundheit nicht bewahren. Ich brauche Zeit, in der ich ich selbst sein kann. In der ich mit meinen Kindern und Enkelkindern lache, ohne dass die Welt Zeuge davon wird."

„Ich erinnere mich schwach, dass Sie darauf beharrt haben, ein Mensch zu sein, als Sie mich zu diesem Date eingeladen haben."

„Glauben Sie mir?"

„Ich kann es mir so langsam vorstellen", scherzte sie. „Sie haben etwas an sich, was Sie überlebensgroß erscheinen lässt."

„Sagt eine Frau, die selbst Botschafterin ist."

„Das ist nicht dasselbe, wie König zu sein."

Sie schwiegen einen Moment, dann sagte Eduardo: „Ich bin alt genug, um zu wissen, was ich fühle und was ich will. Und ich bin zu alt, um Spielchen zu spielen. Also werde ich direkt sein: Ich möchte Sie öfter sehen, Claire. Ich möchte Zeit mit Ihnen verbringen – echte Zeit – und mit Ihnen reden. So wie jetzt, wo wir ganz offen sein können. Wo Sie mich Eduardo nennen statt Hoheit. Ich würde Sie gerne zu anderen Veranstaltungen mitnehmen. Ich möchte mit Ihnen zu Abend essen und dabei nicht über politische oder wirtschaftliche Fragen diskutieren, wenn wir das nicht wollen. Wo wir über unsere Familien und über Filme und Bücher sprechen oder die Vorzüge von Whiskey aus New Mexico im Vergleich zu Whiskey aus Tennessee und Schottland diskutieren können."

„Haben Sie keine Freunde für so etwas?"

„Doch. Ich vermute, Sie ebenfalls. Aber es ist nicht dasselbe."

„Das stimmt", gab sie zu. Die Lichter flammten auf und von der anderen Seite des Vorhangs ertönte ein Raunen. Die Bühne unter ihnen war leer. In weniger als einer Minute würden die Darsteller ihre Plätze für den Beginn des zweiten Aktes einnehmen. Von irgendwo hinter der Bühne war eine Sopranistin zu vernehmen, die sich einsang. Darüber mussten sie beide lächeln.

Eduardo zog sie an sich und sie lauschten. Claire schloss die Augen und sog alles in sich auf, was sie umgab: den warmen, würzigen Duft von Eduardos Haut, den Staub von den schweren Bühnenvorhängen, das Wachs von den Dielen weit unter ihnen. Sie ließ den Kopf an seine Schulter sinken und ihre Hände strichen über die Rückseite seines Jacketts.

Sie hatte gedacht, die Aufführung hätte sie in eine magische Blase gehüllt, das jedoch übertraf dieses Gefühl.

„Mir auf einer persönlichen Ebene zu begegnen, könnte ein Risiko für Ihre Karriere sein", sagte er leise. „Aber ich glaube, je besser wir uns kennenlernen, desto mehr Gemeinsamkeiten werden wir entdecken. In der Zwischenzeit können wir zusammen daran arbeiten, den Druck der Medien zu verringern, sollte das ein Problem werden."

„Das würde mir gefallen. Nun, nicht das Risiko für meine

Karriere. Aber der Rest." Sie lehnte sich so weit zurück, dass sie sein Gesicht erkennen konnte. „Sie sollten aber wissen, dass es an der Whiskeyfront keine Diskussion gibt. Ich setze mich für meinen Heimatstaat ein."

„Wir werden sehen."

Der Kuss, den sie teilten, erfüllte Claires ganzen Körper mit Wärme. Ein Knarren von der anderen Seite der Bühne, gefolgt von Vibration unter ihren Füßen, zeigte an, dass sich jemand auf das andere Ende des Laufgangs zubewegte.

„Das ist unser Zeichen", sagte Eduardo. „Zeit für den zweiten Akt."

Als sich der Vorhang auf der Bühne hob, schlüpften Eduardo und Claire in die Loge. Es dauerte nicht lange, bis die Musik sie umfing.

Dabei griff Eduardo nach ihrer Hand und hielt diese unterhalb der Balkonbrüstung fest.

***

EDUARDO HIELT KURZ hinter dem Vorhang an der Rückseite der königlichen Loge inne.

Die Frau, die Violetta gespielt hatte, stand auf der Bühne und hob die Halskette hoch, die sie für diese Rolle getragen hatte. Als Gebote eingingen, versüßte sie den Preis mit einem signierten Plakat, auf dem sie mit dem Schmuckstück abgebildet war.

Das Publikum war wie verzaubert von der Frau, die genau wusste, wie man eine Menge fesselte. Eduardo hatte jedoch nur Augen für Claire. Sie saß dort, wo er sie am Ende der Vorstellung zurückgelassen hatte, und lehnte sich nach vorne, um den Anblick und die Geräusche des Theaters in sich aufzunehmen. Er war hinter die Bühne gegangen, um die Darsteller und das Team zu begrüßen, während die Auktion stattfand, und ihnen für alles zu danken, was sie taten, um die Aufmerksamkeit für die Königliche Stiftung und ihren Zweck zu steigern.

Als ob sie seine Nähe spüren würde, drehte sich Claire auf ihrem Platz um. Ihr Lächeln nahm ihm den Atem.

Er bewegte sich weiter nach vorne und setzte sich neben sie.

„Das ist das letzte Stück. Wenn wir unbemerkt verschwinden wollen, ist jetzt der richtige Zeitpunkt. Chiara hat einen Wagen geschickt, der in der Gasse hinter dem Theater wartet. Wir könnten in eine Trattoria gehen, die ich kenne – ein paar Straßen von hier entfernt. Da sind wir ungestört."

„Ich sollte meinem Fahrer Bescheid sagen. Er wartet in einem Café in der Nähe."

„Ich könnte meinen Chauffeur bitten, Sie nach dem Besuch der Trattoria zu Ihrer Residenz zu bringen, sollte Ihr Fahrer nach Hause wollen. Allerdings wird dies möglicherweise Fragen aufwerfen."

„Ich rufe ihn auf dem Weg nach draußen an."

Claires Fahrer äußerte, es sei kein Problem, sie vor der Trattoria abzuholen, wann immer sie wolle. „Für mich ist das früh", versicherte er ihr. „Ich arbeite abends und schlafe nie vor zwei oder drei Uhr."

„Danke, Fabiano. Soll ich Ihnen etwas aus der Trattoria mitbringen? Vielleicht ein Dessert?"

„Nein, nein, ich habe genug Verpflegung dabei. Amüsieren Sie sich. Es macht mir keine Umstände."

Bald saßen sie an einem Tisch im hinteren Teil des Restaurants, an einem Platz, wo sie essen konnten, ohne von den anderen Gästen gesehen zu werden. Der Besitzer, den Eduardo seit seiner Jugend kannte, war schon lange im Ruhestand, aber seine Tochter Gaia begrüßte den König, als wäre er ein Mitglied ihrer Familie.

„Ich habe frische Himbeer-Tarte oder ein Tiramisu, wenn Sie das lieber möchten."

Eduardo wechselte einen Blick mit Claire, die zu Gaia sagte:

„Ich bin ein Fan von Himbeer-Tarte, aber ich vermute, Seine Hoheit würde das Tiramisu vorziehen.“

„Wie haben Sie das erraten?“, fragte er, obwohl er an den Schokoladenkuchen mit Beeren dachte, über den er sich bei ihrem Dinner im Palast beschwert hatte, und wusste, dass sie sich ebenfalls daran erinnerte.

Gaia sah von Claire zum König. „Ernährt Samuel Sie immer noch mit Vogelfutter und Beeren?“

„Allerdings.“

„Dann brauchen Sie also eine doppelte Portion.“

„Eine kleine Portion reicht, aber auf jeden Fall lieber das Tiramisu als die Tarte. Danke, Gaia.“

In der nächsten Stunde sprachen er und Claire über ihre Familien. Eduardo erzählte, dass Amandas Ärztin ziemlich sicher war, dass sie ein Mädchen bekam. „Es gibt eine Reihe von Nachteilen bei meinem Job, aber der größte Vorteil ist, dass der Palast weitläufig genug ist, dass meine erwachsenen Kinder unter seinem Dach leben und ihre eigenen Wohnbereiche haben können. Ich kenne meine drei Enkel, als wären sie meine eigenen Kinder. Ich nehme an, dass das auch für meine Enkelin gelten wird. Wann immer ich mich über den öffentlichen Charakter meiner Rolle ärgere oder einen Tag habe, an dem mich die Last meiner Verantwortung erschöpft, denke ich an meine Enkelkinder. Wie ist das bei Ihnen? Wo wohnt Ihre Familie?“

„Sie leben in New Mexico, in Chama, einer kleinen Stadt in den Bergen nahe der Grenze zu Colorado. Die Eltern meines Vaters führten dort ein Hotel, vor allem für Wanderer, Radfahrer und Angler. Als sie in den Ruhestand gingen, übernahm die Schwester meines Vaters das Hotel. Meine Eltern betreiben in der Nähe ein Abschleppunternehmen mit Autowerkstatt. Sie wären erstaunt, wie viele Reisende, die in die Stadt kommen, Probleme mit ihrem Auto haben.“

„Ist Ihre Mutter auch dort aufgewachsen?“

Claire schüttelte den Kopf. „Sie wurde in einem Navajo-Reservat in der Nähe von Four Corners geboren."

„Ihre Mutter gehört den indigenen Völkern Amerikas an?"

„Und sie ist stolz darauf. Leider waren ihre Eltern bitterarm und ihr Vater starb an den Folgen von Alkoholismus, als meine Mutter noch ein Baby war. Wenn Sie wissen wollen, warum ich mich so sehr für Bildungsprogramme engagiere: Es hat alles mit meiner Mutter zu tun. Sie konnte an *Head Start* teilnehmen, einem Förderprogramm, das dafür sorgt, dass Kinder aus bildungsfernen und einkommensschwachen Familien bei der Einschulung dieselben Chancen wie andere Gleichaltrige haben. Ohne dieses Programm wäre ihr Leben ganz anders verlaufen. Sie und ihre beiden älteren Brüder haben hart gearbeitet und alle drei schlossen die High School mit Auszeichnung ab. Diese Bildung – diese Chance – half ihnen, der Armut zu entkommen. Meine Mutter erhielt ein Stipendium, das es ihr ermöglichte, zwei Jahre lang ein Community College zu besuchen, wo die Zulassungsbedingungen weniger streng und die Kosten geringer sind, um anschließend ihr Studium der Wirtschaftswissenschaften an der Universität von New Mexico fortzusetzen und abzuschließen. Einer meiner Onkel lebt immer noch in dem Reservat und unterrichtet die dritte Klasse einer Navajo-Schule in Shiprock. Der andere hat seine eigene Klempnerei."

Eduardo war nicht sicher, welche Antworten er von ihr erwartet hatte, aber diese waren es nicht. Der deutliche Kontrast zu seiner eigenen Herkunft faszinierte ihn. „Sie hegen großen Respekt für sie."

„Für meine beiden Eltern. Ich versuche, ihre Arbeitsmoral in das, was ich tue, mit einfließen zu lassen. Alles, was ich erreicht habe, verdanke ich ihnen."

Als er die Zuneigung in Claires Stimme hörte, verliebte er sich noch mehr in sie. „Sie müssen auch stolz auf Sie sein."

„Das sind sie. Meine Mutter hat sogar einen News Alert

eingerichtet, damit sie benachrichtigt wird, wenn ich in einem Online-Bericht erwähnt werde. Sie rief an, als sie einen Artikel über die Beglaubigungszeremonie sah. Sie fand es aufregend, dass ihre Tochter einen König getroffen hatte. Ihre erste Frage war: ,Sieht er im echten Leben genauso gut aus wie im Fernsehen?'"

„Was haben Sie geantwortet?"

„Ich glaube, ich habe über die Frage gelacht."

Beim flirtenden Unterton in ihrer Stimme zog sich sein Inneres vor Verlangen zusammen, aber anstatt sich weiter zu ihr hinüberzubeugen und sie zu küssen, lächelte er und sagte: „Beim nächsten Mal sagen Sie ihr, dass ich im echten Leben besser aussehe."

„Vielleicht tue ich das."

Als sie mit dem Dessert beinahe fertig waren, drehte sich die Unterhaltung um ihre bevorstehenden beruflichen Termine. Dann erwähnte Claire, dass sie ein fruchtbares Gespräch mit Franco Galli geführt hatte: „Ich glaube, ich habe ihn davon überzeugt, dass das Bildungsprogramm funktioniert, aber er hat mir noch nicht seine volle Unterstützung zugesagt. Ich treffe mich nächste Woche mit Monica Barrata und Franco meinte, er würde gern das Ergebnis dieses Gesprächs erfahren. Ich denke, wenn ich einen der beiden für das Projekt erwärmen kann, wird sich der andere anschließen. Meine Angestellten sagen, dass sie ähnliche Ansichten vertreten und selten unterschiedlich abstimmen."

„Dann hoffe ich, dass Sie die Zustimmung von beiden bekommen."

Sie musterte ihn über den letzten Bissen ihrer Tarte hinweg. ,Wirklich? Auch wenn das bedeutet, dass Sie einen Teil Ihres kostbaren politischen Kapitals aufwenden müssen?"

Er mochte es, dass sie das Rückgrat hatte, ihn zu necken. „Sie müssen die Unterstützung von allen vieren gewinnen. Das war die Abmachung."

„Zwei sind schon die halbe Miete."

Er wies nicht darauf hin, dass es von den vieren am leichtesten war, Franco Galli und Monica Barrata auf ihre Seite zu ziehen. Als Claire ihre Gabel auf den Teller legte, zwinkerte er ihr zu und sagte: „Geben Sie mir Bescheid, wenn Sie alle vier überzeugt haben."

„Mache ich."

Nachdem sie ihre Fahrer informiert und – Gaias Einwänden zum Trotz – die Rechnung bezahlt hatten, gingen sie durch die Trattoria zum Ausgang. Das Restaurant hatte bereits geschlossen und die letzten anderen Gäste waren schon einige Minuten zuvor aufgebrochen. Zu seiner Erleichterung verschwand Gaia in der Küche, sodass sie ein paar wertvolle Augenblicke allein waren.

Er hielt Claire kurz vor der Tür auf, sodass man sie von der Straße aus nicht sehen konnte. „Ich habe dies genossen."

„Ich auch."

Die Aufrichtigkeit in ihrer Stimme machte ihn so glücklich, wie er es schon lange nicht mehr gewesen war. Als er sie an sich zog und küsste, legte sie ihre Hände auf seine Arme und ein ganz anderes Gefühl durchströmte ihn. Er hielt sie so lange fest, wie er es wagte.

Gestohlene Momente waren genau das – bloß Momente – und vielleicht machte das einen Teil ihrer Magie aus. Er sehnte sich nach mehr.

„Wiederholen wir das bald?", murmelte er an ihrem Ohr.

„Vielleicht lieber etwas, das keine hohen Absätze erfordert. Und nicht zwei Fahrer und mehrere Angestellte, um es umzusetzen."

„Wie einen Film anzuschauen?", fragte er. „Ich glaube, wir hatten verabredet, uns *Jenseits von Afrika* anzusehen. Ich habe am Freitagabend einen Termin, den Luisa verschieben kann – falls Sie dann Zeit haben."

„Abgemacht."

„Kommen Sie zu mir", sagte er und gab ihr einen letzten schnellen Kuss. „Mein Wohnbereich ist sauberer als die meisten Junggesellenwohnungen, das kann ich versprechen."

„Ich erinnere mich."

Eduardo wartete eine ganze Minute, nachdem ihr Auto fort war, bevor er aus der Trattoria schlüpfte und sich auf dem Rücksitz seines eigenen Wagens niederließ. Während der kurzen Fahrt durch die dunklen Straßen der Stadt schloss er die Augen und stellte sich vor, wie es sich anfühlte, Claire Peyton in seinen Armen zu halten und sie auf seinen Lippen zu schmecken.

KAPITEL 13

CLAIRE GRÜßTE DEN WACHMANN, als sie die Sicherheitskontrolle am Mitarbeitereingang der Botschaft durchlief, und ging dann zum Aufzug. Ihre Schritte hallten auf dem Marmor wider. Um Viertel vor sieben war es auf den Straßen ruhig gewesen, abgesehen von ein paar Joggern und Radfahrern, und die Botschaft schien menschenleer.

Angesichts ihrer vollgepackten Woche war es sinnvoll, früh zu kommen, aber Claire hatte heute Morgen ihren Wecker nicht einmal gebraucht. Seit dem Opernabend mit König Eduardo war sie wie in einem Adrenalinrausch. Sie war eine Stunde früher als sonst aufgewacht und strotzte nur so vor Energie. Claire hatte vor, das meiste daraus zu machen.

Nachdem sie in ihrem Büro ihre Tasche und einen Stapel Berichte abgelegt hatte, die sie zur Durchsicht mit nach Hause genommen hatte, ging sie den Flur hinunter zu dem kleinen Pausenraum, um eine Kanne Kaffee aufzusetzen. Zu ihrer Überraschung stand Karen mit dem Rücken zur Tür am Küchentresen und füllte gemahlenen Kaffee in einen Papierfilter.

„Guten Morgen", sagte Claire, als sie eintrat. „Sie sind aber früh da."

Karen gab einen weiteren Messlöffel hinein, ohne aufzublicken. „Sie auch, Frau Botschafterin."

Claire nahm die leere Kanne und ging zum Spülbecken, um Wasser zu holen, während Karen die Maschine einstöpselte. Nachdem Claire das Wasser eingefüllt und die Kanne in die Maschine eingesetzt hatte, startete Karen den Brühvorgang. Es war eine Routine, die sie während ihrer Jahre in Uganda entwickelt hatten, als sie oft um die gleiche Zeit zur Arbeit gekommen waren und beide nach einer morgendlichen Tasse Java lechzten. Als Karen die Tüte verschloss und wieder ins Regal stellte, fragte sie: „Haben Sie unterwegs keinen Kaffee bekommen? Sonst sehe ich Sie immer mit einem Becher in der Hand von einem der Straßencafés hier eintreffen."

„Ich bin voller Energie aufgewacht und habe beschlossen, direkt ins Büro zu kommen. Und nachdem ich meine Neugierde befriedigt und alle Kaffeebars zwischen hier und der Residenz ausprobiert habe, wird es meinen Geldbeutel entlasten, wenn ich die meisten Tage bei unserem Kaffee im Pausenraum bleibe."

Karen sagte „Ah", blickte Claire dabei aber kaum an. Sie kannten sich lange genug, dass Claire merkte, da stimmte etwas nicht. Sie fragte, ob alles in Ordnung sei, aber Karen zuckte nur mit den Schultern und wandte sich dem Tisch zu, auf dem sie ihre Umhängetasche abgestellt hatte. Sie holte einen Behälter heraus – vermutlich ihr Mittagessen – und stellte ihn in den Kühlschrank.

Irgendetwas stimmte definitiv nicht. Claire versuchte es erneut: „Hatten Sie ein schönes Wochenende?"

„Ja."

„Haben Sie sich in Ihrer Wohnung eingelebt?"

„Ja. Ich habe gestern sogar etwas gebacken. Als ich Mehl kaufte, habe ich jemanden getroffen, den ich in unserer ersten

Woche hier kennengelernt habe. Wir kamen ins Gespräch und es stellte sich heraus, dass seine Schwester eine Bäckerei hat. Er kam vorbei und zeigte mir, wie er Croissants macht."

„Das klingt spannend."

„Ich habe nur einen neuen Freund gefunden und meine Croissants verbessert."

„Aha."

An einem typischen Montag würde Karen an diesem Punkt nach Claires Wochenende fragen. Heute tat sie das nicht.

„Oh, guten Morgen", kam eine männliche Stimme von der Tür. „Frau Botschafterin, Karen. Ich wusste nicht, dass Sie beide schon im Hause sind."

Claire drehte sich um und sah John Oglethorpe. Als Pressereferent war John ihr oberster Berater in den Bereichen Öffentlichkeitsarbeit und öffentliche Diplomatie. Er leitete sowohl das Dokumentationszentrum der Botschaft als auch die Pressestelle, die Pressekonferenzen, Briefings und Interviews organisierte. Er hatte sie auf den neuesten Stand der Initiativen in der Öffentlichkeitsarbeit gebracht, die während der Amtszeit von Richard Cartwright ergriffen worden waren, und hielt sie über die Reaktionen von San Rimini auf Nachrichten und Ereignisse in den Vereinigten Staaten auf dem Laufenden. Nach fast einem Jahrzehnt in der Botschaft kannte er alle Akteure der örtlichen Medien. Bei ihren ersten Treffen hatte sie ihn als scharfsinnig und gewandt erlebt.

Claire begrüßte ihn mit einem Lächeln. „Eine anstrengende Woche liegt vor uns. Sind Sie immer vor sieben Uhr hier?"

„Ich schaue mir gerne die Frühnachrichten und Zeitungen an, falls es etwas gibt, um das ich mich kümmern muss. Auf diese Weise erlebt man keine Überraschungen."

Karen schulterte ihre Tasche und ging zur Tür. „Ich stelle das an meinem Schreibtisch ab und bin zurück, wenn der Kaffee fertig ist."

„Haben Sie heute Morgen schon den Fernseher eingeschaltet?", fragte John, als sie allein waren.

„Nein. Ich bin erst vor ein paar Minuten reingekommen und schnurstracks zum Koffein gelaufen."

John schaute über seine Schulter, als wollte er sich vergewissern, dass niemand im Flur war. „Sie waren am Samstagabend in der Oper und saßen neben dem König in der königlichen Loge."

„Ja."

„Meinen Sie nicht, dass ich das von Ihnen hätte hören sollen, anstatt es in den Morgennachrichten zu erfahren?"

Sie erstarrte. „In den Morgennachrichten? Sie machen Witze."

Er rollte zwar nicht mit den Augen, doch sein Gesichtsausdruck verriet dasselbe.

Sie hob eine Hand. „Ich weiß, ich weiß. Ich hätte wohl damit rechnen müssen."

John warf erneut einen Blick zum Flur und ging dann noch weiter in den Pausenraum hinein. „Alle Events, an denen die Familie diTalora beteiligt ist, ziehen die Medien an. Ich wäre Ihnen dankbar, wenn Sie mich in Zukunft im Voraus informieren würden, damit ich eine Antwort auf eventuelle Presseanfragen vorbereiten kann."

„Haben Sie schon welche erhalten?"

„Ich erhielt gestern bereits sechs Anrufe vor dem Frühstück und mindestens ein weiteres Dutzend im Laufe des Tages. Ich habe meine Nachrichten heute Morgen noch nicht abgehört, aber es sind sehr viele. Als ich auf dem Weg hierher an einem Zeitungskiosk vorbeikam, sah ich die neueste Ausgabe von *Royals von heute* mit einem Foto von Ihnen und König Eduardo auf der Titelseite. Ich weiß nicht, was in dem Artikel steht, denn ich wollte nicht gesehen werden, wie ich ein Exemplar kaufe, aber ich werde später jemanden beauftragen, dies diskret zu tun."

Bei der Erwähnung des Klatschblattes lag Claire ein derbes Schimpfwort auf der Zunge. Allerdings hätte es sich, wenn sie es tatsächlich ausgesprochen hätte, auf die Situation bezogen und nicht auf John. Er genoss den Respekt aller in der Botschaft. Sie hatte es an dem Gesichtsausdruck und der Körpersprache der Leute gesehen, immer wenn John an ihren Schreibtischen vorbeiging oder ihnen im Aufzug begegnete. Und in diesem Fall war er zu Recht frustriert.

Sie lehnte sich gegen die Arbeitsfläche und verschränkte die Arme. Sie hatte damit gerechnet, dass ein oder zwei Boulevardblätter anrufen würden, nachdem ihr Theaterbesucher aufgefallen waren, die zur königlichen Loge hochgeschaut hatten, aber nicht mit so etwas. „Es tut mir leid, John. Ich wollte Sie nicht in eine schwierige Situation bringen.“

„Das weiß ich zu schätzen. Auf jeden Fall wollte ich mit Ihnen sprechen, bevor ich antworte. Ich muss sicherstellen, dass unsere Aussagen übereinstimmen. Nichts, was ich sage, darf im Widerspruch zu irgendwelchen öffentlichen Erklärungen stehen, die Sie möglicherweise abgegeben haben.“

„Ich habe kein Wort gesagt.“

„Okay. Nun, das ist gut.“ John atmete tief durch, offenbar erleichtert, dass Claire es nicht versäumt hatte, ihn über irgendwelche Interviews zu informieren. „Sobald der Kaffee fertig ist, sollten wir uns ein Büro suchen und besprechen, was Sie über die Unterstützung der Königlichen Stiftung durch die Botschaft verlauten lassen wollen. Alles darüber, wie die Zusammenarbeit zustande kam und warum Sie in der königlichen Loge waren, würde den Klatsch unterbinden und den Schwerpunkt auf die gemeinsamen Ziele unserer beiden Länder legen, auf die Bedeutung der Stiftung und deren Arbeit und so weiter.“

Jetzt war es an Claire, tief durchzuatmen. Von der Kaffeemaschine her ertönte ein Piepton. Sie bot John eine Tasse an, doch als er abwinkte, schenkte sie sich nur selbst eine ein. Leise sagte sie: „Es gibt keine Zusammenarbeit.“

Er ließ das einen Moment auf sich wirken. „Vielleicht nehme ich doch einen Kaffee. Vorzugsweise mit Bourbon."

Sie lächelte über seinen Versuch, den Moment aufzulockern, und trank dann vorsichtig einen Schluck von ihrem Kaffee, um zu prüfen, ob er nicht zu heiß war. „Ich war in der Loge, weil ich eine private Einladung von König Eduardo erhalten habe. Sie ging an die Residenz, nicht an die Botschaft, deshalb habe ich Ihnen gegenüber nichts davon erwähnt. Ich habe es auch Karen erst am Donnerstagabend mitgeteilt, damit sie sich um meine Sicherheit auf der Fahrt kümmern konnte. Genauso wie wenn ich beschlossen hätte, zur Besichtigung des Markusdoms nach Venedig zu fahren oder am Wochenende einen Einkaufsbummel in Triest zu machen."

„Sie wollen damit sagen, es war ein Date."

Sie hielt inne. Sie war noch nicht bereit, es der ganzen Welt mitzuteilen, aber John schuldete sie die Wahrheit. „Ja. Es war ein Date."

„Wow. Einfach ... wow." John blinzelte, dann steckte er die Hände in seine Vordertaschen. „Das erklärt eine Menge. Es bedeutet auch, dass unsere Pressestelle wenig dazu sagen kann. Ich kann den Medien nicht mitteilen, dass Sie in Ihrer offiziellen Funktion dort waren, um die Ziele der Königlichen Stiftung und deren Arbeit zu unterstützen."

„Das ist mir bewusst."

„Aber ich muss irgendetwas sagen. Schweigen führt nur dazu, dass sie eine Geschichte erfinden, um die Informationslücke zu füllen."

„Das ist mir ebenfalls klar." Sie verstummte, als zwei Mitarbeiter an der Tür zum Pausenraum vorbeigingen. Sie waren in ein Gespräch vertieft und bemerkten nicht, dass John und Claire darinnen waren, geschweige denn die Anspannung, die den Raum erfüllte. Sobald die beiden außer Hörweite waren, setzte Claire hinzu: „Warten wir ab, wie sich die Berichterstattung im Laufe des Tages entwickelt, und dann entscheiden wir, was wir sagen. Wenn Sie Anfragen erhalten haben, trifft das sicher auch auf die Pressestelle des Palastes zu. Vielleicht haben die bereits eine Erklärung abgegeben."

John nickte, sah aber nicht beruhigt aus.

„Was ist?", fragte sie.

„Ich muss etwas anmerken, Frau Botschafterin, aber ich bin nicht sicher, ob ich geschickt genug bin, dies so hinzubekommen, dass Sie nicht beleidigt sind."

„Sie sind der Pressereferent. *Geschickt im Umgang mit Sprache* steht in der ersten Zeile Ihrer Stellenbeschreibung."

„Das hier ist Neuland für mich." Er bewegte sich leicht, wie um sich zu sammeln, dann richtete er seinen Blick auf sie. „Sie sind Single. Sie können sich verabreden, mit wem Sie wollen, und alles, was ich über den König gehört habe, deutet darauf hin, dass er ein ehrenwerter Mann ist und einer der wenigen, deren Intelligenz sich mit Ihrer messen kann. Aber König Eduardo ist nicht nur ein ehrenwerter Mann, er ist ein nationales Idol. Wenn diese Beziehung nicht von Dauer ist – und ich meine wirklich, von *unbeschränkter* Dauer –, wird das negative Auswirkungen haben. Und er wird nicht derjenige sein, der den Preis bezahlen muss. Das werden Sie sein. Und wenn das geschieht, wird es für jeden Einzelnen, der unter diesem Dach arbeitet, sowohl persönliche als auch berufliche Schwierigkeiten geben."

„John –"

„Ich sollte jetzt in mein Büro gehen. Ich werde meine Nachrichten checken, ein wenig lesen und herausfinden, was der Palast verlautbaren lässt, falls es überhaupt ein Statement gibt. Können Sie mich zum Lunch im Konferenzraum treffen? Sagen wir, um 12.30 Uhr?"

„Ich habe um zwei Uhr eine Besprechung mit Monica Barrata in ihrem Parlamentsbüro. Wenn wir bis halb zwei fertig sind, klappt das."

„Treffen Sie sich mit ihr wegen des ugandischen Bildungsprogramms?"

Auf Claires bestätigendes Nicken hin sagte er: „Das kann ich
vielleicht nutzen. Wir sehen uns um halb eins."

Auf dem Weg hinaus strich er sich mit der Hand über den
Kopf, als ob er dadurch das Gespräch aus seinen Gedanken
vertreiben könnte.

***

„GUTEN TAG, Hoheit. Haben Sie Ihre Trainingseinheit mit
Greta heute Morgen genossen?"

Eduardo sah Luisa unverwandt an, als er ihr am Fuß der
Treppe begegnete. Montags war sie immer gut gelaunt, aber
heute schienen ihre Schritte besonders beschwingt. „Natürlich
nicht."

„Dann war es sicher sehr effektiv. Sie sagte mir, heute sei ein
Thruster-Tag. Ich habe keine Ahnung, was das bedeutet, aber es
klingt, als würde es Spaß machen."

Er grüßte einen der Wachmänner, als sie in Richtung seines
Büros schritten. Es war erst acht Uhr morgens und vom
morgendlichen Training schmerzten bereits seine Ober- und
Unterschenkelmuskeln. Als sie den Wachmann hinter sich
gelassen hatten, sagte er zu Luisa: „Zu Ihrer Information, als
Thruster wird eine Übung bezeichnet, bei der Sie eine schwere
Langhantel beim sogenannten Umsetzen hochstemmen." Er
demonstrierte es, indem er seine Hände vor die Schultern hielt,
die Handflächen nach oben und die Ellbogen nach vorne
gerichtet. „Man geht in die Hocke, nimmt die Stange, richtet
sich auf und hebt sie über den Kopf, während man die Körper-
mitte angespannt hält. Mit Greta macht man viele dieser
Übungen hintereinander. Am Ende des Tages werde ich vielleicht nicht mehr laufen können."

„Sie fühlen sich bestimmt besser, wenn Sie bedenken, dass

Sie den besten Muskeltonus von allen auf dem Thron sitzenden Monarchen haben."

„Vielleicht werde ich auch nicht mehr sitzen können."

Sie reichte ihm ein Blatt Papier. „Das ist Ihr Zeitplan für den Tag. Zeno hat darum gebeten, die morgendliche Lagebesprechung zu verlängern. Ich habe ihm eine Viertelstunde mehr gegeben und Ihren Friseurtermin auf halb fünf verschoben."

Er runzelte die Stirn. „Hatte ich heute Nachmittag nicht ein Treffen mit Prinz Antony? Er veranstaltet nächste Woche eine große Spendenaktion für den Stipendienfonds von San Rimini und wollte Anregungen für seine Rede."

Sie deutete auf das Blatt. „Ich habe ihm einen dreißigminütigen Block vor Ihrem Haarschnitt gegeben."

Sie bogen um eine Ecke und kamen in Sichtweite von König Eduardos Arbeitszimmer. An Luisas Schreibtisch warteten mehrere Kuriere mit Abhol- und Lieferscheinen, die sie unterschreiben musste. Zu Eduardo sagte sie: „Ich bringe Ihnen gleich Ihren Kaffee, Hoheit."

Eduardo wünschte den Kurieren einen guten Morgen, bevor er sein offizielles Arbeitszimmer betrat, wo Sergio, Zeno und Margaret warteten. Margarets gelber Notizblock war stärker bekritzelt als sonst.

Die Gruppe erhob sich und wünschte ihm einen guten Morgen. Luisa schloss die Tür hinter ihm und er ging um den Schreibtisch herum, während er allen bedeutete, sich zu setzen. „Ein Wort der Warnung: Ich hatte heute Morgen eine schwierige Trainingseinheit mit Greta und dann hat Samuel Barden einen Früchte-Pie zum Frühstück serviert. *Früchte-Pie* klingt zwar köstlich, aber ich glaube nicht, dass er auch nur ein Gramm Zucker enthielt, und der Teig bestand aus Hafermehl. Oder aus etwas, das wie Hafermehl schmeckte. Erzählen Sie mir etwas, das meine Woche positiver beginnen lässt."

Zeno und Sergio sahen beide zu Margaret hinüber. Eduardo

tat es ihnen gleich und fragte sich, was sie von ihr zu hören erwarteten.

Ihre Mundwinkel zuckten. „Ich, äh, habe Zeno und Sergio gerade erzählt, dass Samuel mir heute Morgen bei meiner Ankunft Früchte-Pie angeboten hat."

„Und was haben Sie gesagt?"

„Ich habe den Pie angenommen. Und nachdem ich ihn gegessen hatte, sagte ich: ‚Lecker'. Er war fantastisch."

Luisa kam mit seinem Kaffee herein und stellte ihn neben seinem Ellenbogen ab. Nachdem sie aus dem Raum geschlüpft war, sagte er: „Sie sehen alle so aus, als ob Sie dringend reden wollten, also verlegen wir die Debatte über den Früchte-Pie auf später. Wenn es um etwas anderes als das Projekt an der Strada il Teatro geht, sollten wir das ebenfalls aufschieben. Es sind nur noch neun Wochen, bis das Parlament einen endgültigen Plan in Händen halten muss. Und das ist der späteste Zeitpunkt, wenn wir sicherstellen wollen, dass er bei der Debatte über das Budget für das Hauptgeschäftsviertel berücksichtigt wird."

Blicke wurden gewechselt, dann sagte Sergio: „Ich kann Ihnen ein Update zur Strada geben, aber dieses Thema hängt mit einer anderen Angelegenheit zusammen, also müssen wir beides gleichzeitig besprechen."

„Und die wäre?"

Sergios Blick huschte zu Zeno, der sagte: „Die Claire-Peyton-Situation."

KAPITEL 14

Eduardos Magen krampfte sich zusammen. Er bemühte sich, es nicht zu zeigen. „Es gibt eine Claire-Peyton-Situation? Ich weiß nichts von einer Claire-Peyton-Situation, geschweige denn, wie diese mit der Strada il Teatro zusammenhängen könnte."

Er sagte es in einem Ton, der die Diskussion beenden sollte, aber Zeno fuhr fort: „In den Morgennachrichten wurde berichtet, dass die Botschafterin am Samstag mit Ihnen die Oper besucht hat und in der königlichen Loge saß. Wir", er machte eine Handbewegung, die alle Anwesenden mit einschloss, „haben nicht gesehen, dass die Botschafterin in Ihrem Terminkalender erwähnt war. Die üblichen königlichen Boulevardblätter haben wilde Mutmaßungen darüber angestellt –"

„Wie sie es immer tun."

„Ja, Hoheit. Bis jetzt haben sich die großen Zeitungen aus den Spekulationen herausgehalten. Eine der auflagenstärksten Boulevardzeitungen berichtete jedoch, dass sich Bühnenmitarbeiter in der Gasse hinter dem Theater darüber unterhalten hätten, dass der König während der Pause auf dem Laufgang über der Bühne mit einer geheimnisvollen Frau Händchen gehalten habe, die später als Claire Peyton identifiziert wurde.“ Zeno errötete sichtlich, als er das sagte, aber seine Stimme blieb ruhig.

„Und das hat was für Auswirkungen auf das Strada-Projekt?“

„Es ist ein Problem, Hoheit, denn der Klatsch und Tratsch ist in aller Munde“, erwiderte Sergio. „Selbst wenn Zeno das Thema in der morgendlichen Pressekonferenz meidet, um keine Aufmerksamkeit darauf zu lenken, werden alle Medien Nachforschungen anstellen.“

„Es ist bekannt, dass sich Männer und Frauen privat treffen, Sergio, insbesondere alleinstehende Männer und Frauen.“

Eduardo entging nicht der überraschte Gesichtsausdruck seiner leitenden Angestellten. Sie hatten nicht erwartet, dass er ihnen bestätigen würde, dass der Abend tatsächlich ein Date gewesen war.

Sergio verschränkte die Hände in seinem Schoß, dann löste er sie schnell wieder und beugte sich vor. „Es ist meine Aufgabe, Ihnen die Wahrheit zu sagen, selbst wenn es mir schwerfällt: Ein Teil Ihrer Beliebtheit beruht auf der Tatsache, dass Sie alleinstehend sind. Das verleiht Ihnen ein gewisses geheimnisvolles Flair. Wenn sich das ändert – selbst mit einer Frau, deren Ruf so gut ist wie der der Botschafterin –, wird sich das auf alles auswirken, was Sie tun.“

„Moment mal. Wollen Sie damit sagen, dass *ein Date* meiner Popularität schadet und damit auch unserem Ziel, die Unterstützung für das Strada-Projekt zusammenzubekommen, bevor die Frist für die Vorlage im Parlament abgelaufen ist? Das ist ziemlich weit hergeholt, meinen Sie nicht?“

Noch während Eduardo das aussprach, erinnerte er sich daran, wie Giovanni ihm am Cribbage-Brett gegenübergesessen und ihn gewarnt hatte, dass seine Popularität einen Rückschlag erleiden würde.

Natürlich hatte Giovanni dann auch gesagt: „Du steckst

sowieso in Schwierigkeiten", und ihm geraten, Claire um die Verabredung zu bitten.

„Ich schaue nach vorne", antwortete Sergio. „Alle, die ein Interesse an dem Strada-Projekt haben, werden das auch tun. Gruppen, die nach Wegen gesucht haben, bestimmte Aspekte Ihres Plans abzuschmettern, könnten versucht sein, abzuwarten, wie sich die Sache entwickelt, anstatt sich mit uns an einen Tisch zu setzen. Sollte Ihre Popularität einbrechen, werden sie das ausnutzen, um weitere Zugeständnisse zu fordern."

Eduardo trommelte mit den Fingern auf dem Schreibtisch und sagte dann: „Ich verstehe. Lassen Sie uns abwarten, ob es dazu kommt, ja?"

„Dann ist da auch noch die Vereinbarung, die Sie mit der Botschafterin getroffen haben, Hoheit. Sie sagten, Sie würden dem Parlament ein Gesetz zur Unterstützung ihres Bildungsprogramms präsentieren, wenn sie bestimmte Abgeordnete für sich gewinnen kann."

Eduardo bedeutete Sergio mit einer Handbewegung, fortzufahren.

„Als Sie uns letzte Woche davon erzählten, glaubten meine Berater nicht, dass diese Abmachung relevant werden könnte. Sie bezweifelten, dass die Botschafterin die nötige Unterstützung finden würde. Aber das ändert sich gerade: Unseres Wissens spricht die Botschafterin heute mit Monica Barrata. Sie hat sich letzte Woche bereits mit Franco Galli getroffen, und es heißt, er sei geneigt, das Programm zu befürworten. Wenn er es unterstützt, wird Barrata wahrscheinlich dasselbe tun. Sie sind oft gleicher Meinung."

„Sie bräuchte immer noch Luciano Festa und Sonia Selvaggi. Die werden deutlich schwerer zu überzeugen sein."

„Das stimmt, mit den beiden wird es schwierig. Besonders mit Selvaggi. Aber ich wollte auf die Bedenken hinweisen. Es gibt eine Menge Stellschrauben bei diesem Projekt. Wir müssen kontrollieren, was wir können."

Es dauerte länger als sonst, bis Eduardo antwortete. Als er es tat, ließ seine Stimme keinen Zweifel aufkommen: „Ich werde das Strada-Projekt nicht gefährden."

Ein kollektives „Ja, Hoheit" ertönte.

Eduardo wandte sich an Zeno: „Sollte das Thema aufkommen, Claire Peyton ist die Botschafterin der Vereinigten Staaten in San Rimini. Als solche hat sie häufig Kontakt mit dem Palast, dem Parlament und mit einer Reihe von Unternehmen und Wohltätigkeitsorganisationen in San Rimini. In ihrer früheren Position als Botschafterin der Vereinigten Staaten in Uganda hat sie sich wegen ihrer Tüchtigkeit einen guten Ruf erworben. Wir schätzen uns glücklich, sie in San Rimini zu haben, und erwarten, dass die Medien viel von ihr sehen werden, sowohl in ihrer öffentlichen Rolle als auch im gesellschaftlichen Leben, genauso wie von Botschafter Cartwright."

Zeno machte sich eine Notiz. Eduardo bat Sergio, über die Sitzungen zum Strada-Projekt zu berichten. Wie erwartet, wollten die Organisatoren des Grand Prix ein festes Datum für die Fertigstellung, bevor sie ihre Unterstützung zusagten, sowie eine genaue Liste der vorgeschlagenen Änderungen, die sich auf die Strecke auswirken könnten. Die Casinobesitzer hatten sich erkundigt, ob staatliche Finanzmittel zur Verfügung stünden, da sie erhöhte Kosten haben würden, falls sie ihre Haupteingänge wegen der Bauarbeiten verlegen müssten. Der Verkehrsminister wollte wissen, wie die Busse während der Umsetzung des Projekts umgeleitet würden, und lobte, dass die vorgeschlagenen Änderungen es der Polizei, der Feuerwehr und den Rettungsdiensten erleichtern würden, auf Notfälle im gesamten Gebiet zu reagieren.

„Die Historische Gesellschaft für die Bewahrung des Stadtkerns hat eine umfangreiche Liste von Bedenken vorgelegt", sagte Sergio. „Wir arbeiten diese Punkt für Punkt ab. Von allen Beteiligten wird es bei ihnen am längsten dauern, Einigkeit zu erzielen. Ich habe in dieser Woche zwei Expertentreffen mit ihnen. Ich habe auch damit begonnen, Informationen im Parlament zu streuen, damit die Abgeordneten wissen, dass wir einen Plan vorlegen wollen, der von allen betroffenen Gruppen unterstützt wird und hinter dem ein beträchtliches Maß an Finanz- und Sicherheitsanalyse steht."

Zeno warf ein: „Wie auch immer sich das Projekt entwickeln wird, die Medien wissen jetzt jedenfalls Bescheid über den Vorschlag. Ein Reporter hat heute Morgen eine Nachricht hinterlassen und gefragt, warum sich Sergio mit den Casinobesitzern getroffen hat und ob es mit dem Straßenbau zu tun hat. Sergio und ich werden gemeinsam eine Erklärung erarbeiten, damit sie für meine Pressekonferenz fertig ist. Wir wollen, dass die Medien die Notwendigkeit der Verbesserungen vermitteln und dass es einen gut durchdachten Plan gibt, um die Geschäftsinteressen und die historische Bedeutung des Bereichs zu schützen."

„Gut. Sobald die Erklärung fertig ist, schicken Sie mir eine Kopie, damit ich ein paar Punkte habe, die ich ansprechen kann."

Zeno nickte und ging dann verschiedene andere Themen für die Pressekonferenzen in dieser Woche durch, darunter auch Fragen, die er zu Amandas Geburtstermin erwartete. Luisa kam herein, um den Wasserkrug aufzufüllen und mehr Kaffee anzubieten. Margaret Halaby berichtete von verschiedenen königlichen Wohltätigkeitsorganisationen und übermittelte die Bitte, ob König Eduardo die Schirmherrschaft über eine neue Organisation übernehmen könne, die gegründet worden war, um älteren und behinderten Bürgern zu helfen, die keine familiäre Unterstützung hatten. „Ich habe ein Dokument mit den wichtigsten Informationen für Sie zur Durchsicht erstellt", sagte sie. „Ich finde, dass die Organisation sowohl in finanzieller Hinsicht als auch in Bezug auf ihren Auftrag gut aufgestellt ist. Sollten Sie nicht die Schirmherrschaft übernehmen können, würde ich

Prinz Marco oder Prinzessin Isabella als Alternative vorschlagen."

Eduardo steckte die Informationen in eine Mappe, um sie in sein Arbeitszimmer mitzunehmen, während Margaret auf ihrem Smartphone die Endsumme der Spendenaktion der Königlichen Stiftung in der Oper vom Samstagabend überprüfte. Ihre Mitarbeiter hatten sie ihr kurz zuvor geschickt, sodass Zeno die Informationen in seiner morgendlichen Pressekonferenz verwenden konnte und der König die Zahlen hatte, falls jemand danach fragen sollte.

Sie waren fast fertig, als Luisa die Tür öffnete. „Hoheit, der Wagen von Teodora Rossi ist gerade durch das hintere Tor gefahren. Sie ist die neue Leiterin der Krebshilfe von San Rimini. Könnten Sie in fünf Minuten fertig sein?"

„Wir kommen gerade zum Ende."

„Dann führe ich sie in die Bibliothek. Wie ich höre, ist sie mit ihrem langjährigen Partner verlobt und wird nächsten Monat heiraten."

„Gut zu wissen. Ich komme gleich."

Luisa lieferte ihm oft Informationen, mit denen er seinen Gästen auf einer persönlichen Ebene begegnen konnte. Über die Jahre hatte sich das immer wieder als nützlich erwiesen. Er prägte sich diese Information ein und war schon auf halbem Weg zur Bibliothek, als das Handy in seiner Tasche vibrierte. Er warf einen Blick auf das Display und lächelte, als er die Nummer erkannte. Da er sich des Personals in den angrenzenden Räumen bewusst war, nahm er mit einem leisen „Hallo, Claire?" ab.

„Schlechter Zeitpunkt?"

„Ich bin auf dem Weg zu einem Meeting und habe genau drei Minuten Zeit."

„Bei mir ist es ähnlich, allerdings sitze ich im Auto." Er hörte die Anspannung in ihrer Stimme, obwohl sie versuchte, sie zu verbergen. „Ich nehme an, Sie haben schon von der Boulevardzeitung *Royals von heute* gehört?"

Sie erzählte ihm schnell von einem Artikel, den der Beauftragte für Öffentlichkeitsarbeit der Botschaft entdeckt hatte, und gab ihm einen Überblick über die morgendlichen Nachrichten, die die Anspielungen des Klatschblattes vermieden. „Er will die tägliche Pressekonferenz im Palast verfolgen, um zu sehen, was Ihr Pressereferent dazu anmerkt."

„Es wird die Wahrheit sein", erwiderte Eduardo und wiederholte dann genau das, was er Zeno gesagt hatte.

„Einen guten Ruf für meine Tüchtigkeit? Das weiß ich zu schätzen."

Eduardo verlangsamte seinen Schritt und senkte die Stimme, als er den Flur betrat, in dem sich die Bibliothek befand. „Ich bin den Umgang mit den Medien gewohnt, sogar mit *Royals von heute*, aber das hier ist Neuland für mich."

„Einen Moment", erwiderte sie. Er hörte, wie sie ihren Fahrer anwies, in die Via San Vito einzubiegen und in der Nähe der Wachstation anzuhalten.

„Fahren Sie zum Parlament?", fragte er, als sie wieder an den Apparat kam.

„Ich habe ein Treffen mit Monica Barrata, das von heute Nachmittag vorverlegt wurde. Was sagten Sie?"

„Neuland." Er hielt inne. Von mehreren Fenstern zu seiner Rechten aus konnte er die Palastgärten überblicken. Draußen schien alles ruhig. „Claire, ich möchte Sie weiterhin treffen."

„Ich frage mich langsam, ob das klug ist."

„Sie mögen mich."

Sie lachte über seine unverblümte Feststellung. „Das hat nichts mit Klugheit zu tun."

„Kommen Sie heute Abend in den Palast, dann können wir reden. Miroslav hat Dienst. Ich schicke ihn zu Ihrer Residenz, um Sie abzuholen. Er wird diskret sein."

Sie schwiegen einige Sekunden. Eduardos Kehle wurde eng, während er wartete.

„Claire? Sind Sie noch da?"

„Ja. Ist zehn zu spät? In meiner Straße ist es nach neun ruhig."

Erleichterung machte sich in ihm breit. „Abgemacht."

JOHNS WORTE SPUKTEN Claire den ganzen Tag im Kopf herum. Während ihres Lunch-Meetings hatten sie über mögliche Fragen der Medien zu ihrem Abend in der Oper nachgedacht und eine ganze Reihe von Antworten zurechtgelegt. Am Ende hatten sie alle verworfen und beschlossen, dass John den Fragen ausweichen sollte, wenn es irgendwie möglich war. Ansonsten würde er die Fragen mit ähnlichen Formulierungen beantworten, wie sie Zeno Amendola bei der morgendlichen Pressekonferenz im Palast verwendet hatte.

Als Claire Miroslav durch die Korridore des Palastes und die Treppe hinauf zu König Eduardos Wohnbereich folgte, vorbei an vergoldeten Spiegeln und Porträts früherer Herrscher, wusste sie, was sie tun musste.

Es zerriss ihr das Herz, aber John hatte recht gehabt, als er sie im Pausenraum ansprach. Bei einer Beziehung mit Eduardo ging es um alles oder nichts, und wie groß waren die Chancen, dass eine Beziehung mit Eduardo dauerhaft sein würde? Sie hatte in dieser Hinsicht keine gute Bilanz vorzuweisen. Ihr nackter Ringfinger war der Beweis dafür. Außerdem gab es große Hindernisse zu überwinden, bevor es überhaupt ernst zwischen ihnen werden konnte, geschweige denn eine feste Beziehung zustande kam.

Und das wäre auch nur möglich, wenn sie genug Zeit hätten, sich wie normale Menschen zu verabreden. Sie glaubte fest daran, dass sich gute Beziehungen im Laufe der Zeit entwickelten, in Momenten voller Lachen und nächtlichen Gesprächen. In entspannten Urlauben und bei gemeinsamen Aufgaben, in Tagen voller Trauer und Freude, Stress und Begeisterung.

Tief in ihrem Inneren wusste sie, dass sie und Eduardo das Potenzial hatten, eine solche Beziehung aufzubauen. Aber sie kannte auch den Preis, den sie beide für diese Chance zahlen könnten.

Miroslav klopfte an die Tür zum Wohnbereich des Königs und tippte einen Code in das Keypad, ohne auf eine Antwort zu warten. Über seine Schulter hinweg sagte er: „Seine Hoheit bat mich, Sie bei Ihrer Ankunft sofort hereinzulassen."

Sie dankte Miroslav und schritt an ihm vorbei in den Eingangsbereich. Der König durchquerte gerade den großen Wohnraum, als sie eintrat. Er trug eine Anzughose, ein weißes Hemd und polierte Schuhe, hatte aber keine Krawatte an und die Ärmel hochgekrempelt, sodass seine Unterarme sichtbar waren. Das einzige Licht kam von einer Lampe neben dem Sofa. Dort lag eine Lesebrille auf einer Mappe. Sie nahm an, dass diese seine täglichen Briefingdokumente enthielt.

Ein Blick auf ihn und sie wollte in seinen Armen liegen.

Bevor die Versuchung sie dazu verleitete, etwas Dummes zu tun, sagte sie: „Wir müssen das beenden. Ich wollte es allerdings nicht am Telefon machen."

Eduardos Augen weiteten sich und sein Blick glitt an ihr vorbei. „Danke, Miroslav, das ist alles für heute Abend."

„Ich stehe Ihnen zur Verfügung, sollten Sie mich brauchen."

Claires Gesicht erhitzte sich. Sie hatte gedacht, Miroslav wäre im Flur geblieben. Als sich die Tür schloss, sagte sie: „Es tut mir leid, Hoheit."

Es war ein Tag der Entschuldigungen. Zuerst bei John, nun bei Eduardo. Wahrscheinlich schuldete sie Karen auch noch eine Entschuldigung.

Eduardo kam langsam auf sie zu und blieb stehen, als er in Reichweite war. „Was tut Ihnen leid?"

„Ich hätte mich vergewissern sollen, dass wir allein sind.“

„Erstens bin ich nicht oft allein. Zweitens vertraue ich Miroslav.“

Sie setzte zum Sprechen an, aber er fuhr fort: „Drittens, nun da wir allein sind, nennen Sie mich bitte nicht Hoheit. Ich würde Eduardo vorziehen. Sonst wird das Gleichgewicht zwischen uns gestört, wenn wir uns weiterhin sehen wollen. Und viertens … Sie sagten noch etwas, als Sie hereinkamen. Ich glaube, ich weiß nicht mehr, was es war.“

Claire seufzte. Er würde charmant sein und ihr die Sache erschweren. Dass er so nahe bei ihr stand, war eine zusätzliche Schwierigkeit. „Sie wissen, was ich gesagt habe.“

Wertschätzung und Besorgnis zugleich standen in seinen strahlend blauen Augen. „Ich weiß, was Sie gesagt haben. Ich hatte gehofft, Sie hätten in den letzten dreißig Sekunden ihre Meinung geändert.“

„Sie machen es mir sehr schwer.“

„Gut. Es sollte nicht einfach sein. Ich möchte dies hier nicht beenden.“

„Das müssten wir aber.“

Er besaß die Unverfrorenheit, zu lächeln. „Haben Sie gehofft, es besser zu machen als ein König? Wenn ja, bin ich nicht sicher, ob Sie da viele Möglichkeiten haben, auch wenn Sie brillant, hinreißend und faszinierend sind.“

„Bitte, bleiben Sie ernsthaft. Wir stehen am Rand einer Katastrophe, Hoheit. Mit den Medien wird es nicht leichter werden. Das setzt die Pressestelle der Botschaft unter unnötigen Stress.“

„Das ist ihr Job. Sie haben keine Gelder veruntreut oder Steuern hinterzogen, Sie hatten eine Verabredung. Ich vermute, dass Ihr Team geschickt genug ist, um jede daraus resultierende Publicity zum Vorteil der Botschaft zu nutzen.“

Sie atmete schwer aus. „Ich möchte meine Angestellten nicht in diese Lage bringen. Und es ist ja auch nicht so, als wäre dies eine angenehme Situation für Sie. Wenn ich Sergio oder Zeno oder einer Ihrer anderen Berater wäre und wüsste, dass Ihr größtes Ziel in den nächsten Wochen darin besteht, eine wichtige Gesetzesvorlage auf den Weg zu bringen, die bei einer Reihe mächtiger Interessengruppen auf Widerstand stoßen wird, würde ich Ihnen raten, dass Sie auf keinen Fall Ihr öffentliches Ansehen aufs Spiel setzen sollten. Ich bringe Ihnen garantiert ein Imageproblem ein."

„Sie sind eine Botschafterin. Sie haben einen hervorragenden Ruf. Ich habe nicht gelogen, als ich das zu Zeno sagte, und er hat nicht gelogen, als er es heute Morgen in der Pressekonferenz wiederholte."

„Haben Sie ihm mitgeteilt, dass wir ein Date hatten?"

„Nicht wortwörtlich, aber er hat es verstanden. Allerdings ist das allein meine Angelegenheit."

„Die Bürger dieses Landes werden es zu seiner Angelegenheit machen. Die Öffentlichkeit ist der Meinung, dass ihre königlichen Familien ihnen Zugang zu ihrem Leben schulden. Wenn Journalisten, ganz zu schweigen von der Boulevardpresse, glauben, dass es eine Story gibt, vor allem eine, die sie aufbauschen können, werden sie alles Mögliche aufgreifen –"

Er nahm ihre Hand und hielt sie fest. „Claire."

„Was? Ich habe recht und das wissen Sie auch."

„Sie fühlen sich zu mir hingezogen."

Sie stöhnte genervt auf. „Das spielt doch keine Rolle!"

Er griff nach ihrer anderen Hand, dann hob er beide an seine Brust. „Es spielt eine große Rolle. Ich fühle mich zu Ihnen hingezogen. Sie fühlen sich zu mir hingezogen. Wir hatten beide seit geraumer Zeit keine Beziehung und dafür gibt es gute Gründe. Wenn man bedenkt, wie lange es gedauert hat, bis wir uns gefunden haben, meinen Sie nicht, dass wir es uns schuldig sind, es miteinander zu versuchen?"

„So einfach ist das nicht."

„Das dachte ich anfangs auch. Aber wenn ich kein König wäre und Sie keine Botschafterin, wenn wir einfach nur

Eduardo und Claire wären, könnten wir die Finger nicht mehr voneinander lassen."

Die Art, wie er es sagte, ließ ihr Gesicht heiß werden. „Aber ein Teil der Anziehung liegt darin, dass Sie ein König sind und ich eine Botschafterin bin. Unsere Jobs haben uns zu den Menschen gemacht, die wir sind. Sie haben uns Verantwortungsgefühl gegeben und die Gelegenheiten, das Beste und das Schlimmste in den Menschen zu sehen."

Ein selbstgefälliges Grinsen umspielte seine Lippen. „Sie geben es also zu: Sie fühlen sich *tatsächlich* zu mir hingezogen."

„Ich dachte, das hätte ich in der Oper deutlich gemacht."

„Ein Mann mag es, sich sicher zu sein."

„Sie machen sich keine Gedanken darüber, was Ihr Personal denken wird? Oder Ihre Familie? Sie haben vier Kinder!"

„Erwachsene Kinder, die alle selbst in gesunden Beziehungen leben. Ich denke, sie werden sich daran gewöhnen. Vor ein paar Monaten hat Isabella mich sogar gefragt, ob ich erwägen würde, wieder eine Beziehung einzugehen."

„Dass sie gefragt hat, heißt nicht, dass sie damit einverstanden sein wird."

„Wie ich Isabella kenne, wäre sie damit mehr als einverstanden. Sie würde mich darin bestärken."

Claire wollte ihn vor all den anderen Problemen warnen, die auf sie zukommen würden, aber er hielt ihre Hände fester und lenkte sie dadurch ab. Sanft fragte er: „Erinnern Sie sich an das erste Lied, das das Orchester bei Ihrer Beglaubigungszeremonie gespielt hat?"

„Ja." Emotionen wallten in ihr auf und schnürten ihr die Kehle zu. „*Let the Rest of the World Go By.*"

„*Lass den Rest der Welt vorüberziehen* – das ist ein guter Rat."

„Sie sollten sich den Film unbedingt ansehen."

„Wir haben uns versprochen, dass das unser nächstes Date sein wird. Tatsächlich waren Sie diejenige, die es zur Bedingung für die Verabredung in der Oper gemacht hat. Sie scheinen mir die Art von Frau zu sein, die ihre Versprechen hält."

Sie löste ihre Finger aus seinen, aber anstatt sich zu entfernen, umschloss sie sein Gesicht mit ihren Händen. Was sie in seinen Augen las, löste die Anspannung, die sie seit ihrem morgendlichen Meeting mit John Oglethorpe in sich spürte. Alles an dem Mann, der vor ihr stand, sprach zu einem Bedürfnis in den Tiefen ihrer Seele. Sein Sinn für Humor, seine unerschöpfliche Energie, sein Herz.

Es schadete auch nicht, dass er verdammt gut aussah.

Sie wollte ihn unbedingt festhalten und den Rest der Welt an sich vorüberziehen lassen.

„Das Versprechen war Blödsinn, Eduardo."

Seine Hände wanderten zu ihrer Taille und er küsste sie, lang und vorsichtig und sanft. Dann zog er sie in eine feste Umarmung und hob sie auf die Zehenspitzen, während er einen Kuss in der Nähe ihres Ohrs platzierte.

„Jetzt kommst du nicht mehr von mir los", sagte er in ihr Haar. „Niemand darf mich bei meinem Vornamen nennen, es sei denn, die Person ist mit mir zusammen."

„Du hast mich dazu aufgefordert."

„Ja, das habe ich."

Er beugte sich vor, um sie erneut zu küssen. An seinen Lippen murmelte sie: „Sorge dafür, dass ich das nicht bereue."

KAPITEL 15

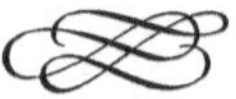

Eduardo konnte sein Glück kaum fassen.

Er drückte Claire enger an sich, als sie seinen Kuss erwiderte. Er war kurz davor gewesen, sie zu verlieren. Als sie zur Tür hereingekommen war, hatte er keinen Zweifel gehabt, dass sie lange und gründlich darüber nachgedacht hatte, welche Konsequenzen es haben würde, wenn sie ihre Beziehung fortsetzten. Als er gehört hatte, wie sie sagte: *„Wir müssen das beenden"*, war ihm ganz flau geworden.

Im selben Moment wusste er, dass es nichts gab, was er nicht für sie tun würde. Er kannte sie erst seit ein paar Wochen, aber er hatte gemeint, was er ihr auf dem Laufgang gestanden hatte: Er war alt genug, um zu wissen, was er fühlte und was er wollte. Das – mit ihr – war richtig.

Er würde Claire nicht gehen lassen, nicht, wenn sie nur halb so viel für ihn empfand wie er für sie. Nicht, wenn sie es aus Angst beenden wollte, vor allem, wenn diese Angst nichts mit dem zu tun hatte, was zwischen ihnen beiden war, sondern nur mit Leuten, deren Meinung nicht zählte.

Mit Argumenten würde er diese Frau nicht überzeugen.

Verhandeln gehörte zu ihrem Job. Also griff er zu seiner nächstbesten Waffe: einem umfassenden Charme-Angriff.

Grazie a Dio, es hatte funktioniert!

Claire stellte sich auf die Zehenspitzen, eine Hand presste sie an seinen Rücken, mit der anderen griff sie in sein Haar. Jeder Nerv in seinem Körper erwachte zum Leben. Es war schon viel zu lange her, dass er so etwas gefühlt hatte, aber er hatte dies mit niemand anderem erleben wollen.

Er wollte es mit ihr erleben.

Er wollte sie für den Rest der Nacht so küssen. Er wollte jeden Teil von ihr erforschen, mit seinen Händen und seinem Mund und seinen Augen. Und er wollte ihre Hände auf seinem Körper spüren, die seine Leidenschaft bis zum Äußersten trieben.

Ein Seufzer entkam ihren Lippen, als er eine Stelle an ihrem Hals erforschte. Ihre Finger strichen über seinen Kopf und er hörte, wie sie scharf einatmete, als sich ihr Busen an seinen Brustkorb schmiegte.

Bei diesem Druck durchlief ihn brennendes Verlangen.

„Du hast dein Haar schneiden lassen."

An ihrem Schlüsselbein sagte er: „Fällt das so sehr auf?"

„Ich habe es sofort bemerkt, als ich zur Tür hereinkam. Ich habe die schlechte Angewohnheit, alles an dir zu bemerken. Du bist weitaus attraktiver, als gut für dich ist."

Die Worte „*Was sagst du nun, Giovanni?*" schossen ihm durch den Kopf und verschwanden wieder, als Claires Mund seine Lippen erneut berührte. Er schob seine Hand unter ihre Bluse und spreizte seine Finger auf der warmen Haut ihres Rückens. Während sich ihre Küsse vertieften und ihre Hände einander weiter erkundeten, schob er Claire langsam auf sein Schlafzimmer zu. Ein paar Schritte vor der Tür hielt er inne und genoss die Gelegenheit, sie im Licht zu betrachten.

Sie sah auch anders aus. Dann erkannte er, woran es lag, und grinste. Auf ihrer Nase und ihren Wangenknochen befanden sich winzige Sommersprossen. „Du trägst kein Make-up. Ich habe dich bisher noch nie ohne gesehen."

„Ich habe Wimperntusche aufgetragen."

„Ah."

Sie sahen sich für einen langen Moment an, beide nahmen den Atem des anderen deutlich wahr, ihre aneinandergepressten Körper, die Wärme, die sie teilten.

Schließlich sagte sie: „Ich dachte, es wäre einfacher, dies zu beenden, wenn ich schlecht aussehe."

„Du siehst nicht schlecht aus. Du siehst wunderschön aus." Er meinte es ernst. Sie war absolut umwerfend.

„Das war dann also ein Misserfolg."

Er ließ seinen Blick auf ihr ruhen, dann öffnete er langsam den obersten Knopf ihrer Bluse. „Du solltest öfter Misserfolge haben. Das formt den Charakter."

Ihre Lippen öffneten sich, als er sich nach unten vorarbeitete und jeden einzelnen der perlweißen Knöpfe löste. Als die Bluse vollständig geöffnet war, schob er seine Hände hinein und drückte einen langen Kuss auf eine Brust.

„Du hast mich angelogen", flüsterte sie. „Du hast gesagt, ich würde mir nicht die Finger verbrennen, wenn ich dich berühre."

Er hob den Kopf, lockerte aber seinen Griff nicht. Sein Gehirn war durch die Intensität des Augenblicks vernebelt. Wie im Rausch stieß er das einzige Wort aus, das ihm einfiel: „Bleib."

Claire wünschte sich nichts sehnlicher, als mit Eduardo diTalora zu verschmelzen. Das leichte Kratzen seiner Bartstoppeln auf ihrer Haut, als er ihren Hals küsste, sein männlicher, würziger Duft, der feste Druck seiner Hände … all das weckte in ihr den Wunsch, für immer bei ihm zu bleiben, in seinen Armen zu liegen, sich so lange zu lieben, bis sie sich nicht mehr bewegen konnten, und dann alles noch einmal von vorn. Sie verlangte nach ihm, wie sie in ihrem ganzen Leben noch nie nach einem anderen Menschen verlangt hatte.

Was er mit seiner Hand tat, machte sie so schwindlig, dass sie kaum noch denken konnte.

Sie stieß den Atem aus. „Ich kann nicht bleiben." Als er sich versteifte, stellte sie klar: „Nicht über Nacht. Ich muss morgen früh zur Arbeit und du ebenfalls."

„Ich wollte nie die Möglichkeit haben, mich krank zu melden. Aber im Moment wünschte ich, ich könnte es." Er schob ihr die Bluse von den Schultern, dann wirkten seine Zunge und sein Mund Wunder an ihrem Schlüsselbein.

„Ein paar Stunden?", fragte sie.

Er antwortete mit einem tiefen, leidenschaftlichen Kuss voller Verheißung. Sie hatte ihm gesagt, er solle dafür sorgen, dass sie das nicht bereute. Und das tat er. Seine Hände wanderten zu ihrem Po und er hob sie hoch, damit sie ihre Beine um ihn schlang.

„Du bist einverstanden mit –"

„Ja." Um das zu unterstreichen, drückte er sie fester an sich, dann bewegte er sich rückwärts, bis sie zusammen auf sein Bett fielen. Irgendwo in ihrem Hinterkopf rührte sich ihr gesunder Menschenverstand, der ihr sagte, dass sie es langsamer angehen lassen sollte, aber das konnte sie nicht. Sie wollte ihren Mund auf seinem, seinen Körper an ihrem spüren. Sie zupfte an seinem Hemd und versuchte, es aus der Hose zu ziehen. Er schob ihre Hand beiseite und zerrte an dem Gewebe, dann öffnete er die Knöpfe und warf das Hemd von sich, ohne seinen Mund von ihrem zu lösen. Sie griffen beide gleichzeitig nach dem Saum seines Unterhemdes. Einen Moment später lag es bei dem Hemd auf dem Boden.

Er hatte viel mehr Muskeln, als sie vermutet hätte, auch wenn sie wusste, wie oft er joggte und trainierte. Sie ergötzte sich daran, alles zu erkunden. Seine Hände vergruben sich in ihrem Haar, während sie ihren Mund über seine Brust wandern ließ. Er streifte seine Schuhe ab und sie hörte schnell hintereinander zwei dumpfe Geräusche, als sie zu Boden fielen.

Sie breitete die Hände auf seinem flachen Bauch aus und bewunderte den Einsatz, der nötig war, um so fit zu bleiben.

Dann fanden ihre Lippen die Narbe. In der Dunkelheit seines Zimmers konnte Claire sie nicht sehen, aber sie bewegte ihre Finger dorthin, wo ihr Mund gewesen war, und zeichnete die erhabenen Ränder nach.

„Ich bin zu hundert Prozent in Ordnung", flüsterte er.

„Das war eine schwere Operation."

„*War*." Er legte seine Hand auf ihre. „Sie haben den Fehler behoben und mir geht es jetzt besser als vorher. Jeder Millimeter meines Herzens wurde erfasst und untersucht. Ich habe noch eine Menge Leben in mir. Und ich will es leben."

Sie drückte einen Kuss auf die Narbe und verweilte dort. Sie stellte sich vor, wie verletzlich sich Eduardo in den Tagen und Wochen vor der Operation gefühlt haben musste. Wenn man bedachte, wie viele Menschen ihn bewunderten und sich auf ihn verließen, war klar, dass er seine Besorgnis nicht hatte zeigen können, selbst als er das enorme Risiko einging, sein Leben in die Hände eines anderen zu legen.

Er ließ seine Finger zu ihren Hüften gleiten und zog sie an sich, sodass sie Brust an Brust und Stirn an Stirn lagen. Er gab ihr einen sanften, sinnlichen Kuss, dann strich er ihr das Haar aus dem Gesicht. „*Bella donna*, schlaf mit mir."

„Es ist schon eine Weile her, dass ich das gemacht habe."

„Gut."

„Gut? Das ist deine Reaktion?"

„Es bedeutet, dass ich eine Chance habe, dich zu täuschen, falls du aufgrund meines Titels bestimmte Erwartungen an meine Fähigkeiten haben solltest."

„Dasselbe könnte ich auch zu dir sagen. Du weißt schon ... Erwartungen daran, wie es ist, mit einer Botschafterin zu schlafen."

Seine Hände wanderten zu ihrem Gesäß. „Mit einer, die noch ihre Hose und Schuhe anhat."

„Dann tu etwas dagegen."

Kaum hatte sie die Worte ausgesprochen, drehte er sie auf den Rücken und tat genau das, was sie verlangt hatte. Er ließ sich mehr Zeit mit ihrem BH und ihrem Slip, seine Zunge und Finger erkundeten gemächlich jede Rundung, bis sie ihre Beine um seine Hüften geschlungen hatte. Endlich, nach einem quälend langsamen Atemzug, war er in ihr. Er hielt ihre Hände fest, ihre Finger waren miteinander verflochten, während ihre Körper sich gemeinsam bewegten. Zuerst gemächlich, um sich aneinander anzupassen und den Moment auszuloten. Als sich ihre Erregung steigerte und ihre Haut immer heißer wurde, fanden sie zu ihrem Rhythmus. Claires Atem ging nun stoßweise und ihre Augen schlossen sich, als sie Eduardos Namen flüsterte.

Wie hoch ihre Erwartungen auch gewesen sein mochten, dies übertraf sie in jeder Hinsicht. Es überstieg Claires Vorstellungskraft.

Er murmelte etwas Unverständliches auf Italienisch an ihrem Ohr, dann verschob er seinen Körper leicht und änderte das Tempo. Während sie nach mehr und mehr verlangte, nahm er ihr Ohrläppchen zwischen seine Zähne. Sie wölbte sich ihm entgegen, ein Rausch erfasste sie. Er bewegte sich schneller und schneller in ihr. Nur Augenblicke später schlossen sich seine Finger fest um ihre und er stöhnte an ihrer Schläfe.

Sie konnte nicht genug von ihm bekommen.

Nach einem langen, tiefen Kuss schob er sie ein wenig zur Seite, sodass er seinen Kopf neben ihren auf das Kissen legen konnte. Sie hielten einander lange, ihr Atem vermischte sich, ihre Haut kühlte sich langsam ab, während er ihre Hüfte träge streichelte.

Schließlich zog er die wärmende Decke über sie beide. Sie

drehte sich ein wenig, sodass sie nun auf ihm lag, die Wange an ihre auf seiner Brust gefalteten Hände geschmiegt.

„Ich glaube, das ist das bequemste Bett, auf dem ich je gelegen habe."

Sein tiefes Lachen dröhnte unter ihren Handflächen, während er ihren Rücken streichelte, erst sanft, dann mit mehr Druck.

Danach wanderten seine Hände tiefer und sie spürte, wie er langsam erneut zum Leben erwachte.

„Was hattest du noch über Erwartungen gesagt?", fragte sie.

„Ich habe keine Ahnung. Was auch immer sie gewesen sein mögen ... nun ja." Er atmete aus, dann zog er sie höher und küsste sie auf den Mund. „Ich denke, bei uns läuft es gut."

CLAIRE SCHLIEF BEINAHE ein und kämpfte dagegen an. Sie musste aufbrechen, wollte sich aber noch ein paar Minuten gönnen.

Sie hatten sich ein zweites Mal geliebt und danach hatte Eduardo ihren Kopf an seine Schulter gebettet und gesagt: „Können wir uns darauf einigen, dass wir uns nach dieser Nacht weitersehen? Wenn wir dieses grundlegende Einverständnis haben – dass wir beide die Beziehung wollen –, können wir darüber verhandeln, wie wir mit äußeren Variablen umgehen."

Sie lächelte an seiner Halsbeuge und fuhr dann mit den Fingerspitzen seinen Arm hinunter. „Dem kann ich zustimmen."

Diese Worte auszusprechen, schenkte ihr ein Gefühl der Ruhe, das sie schon lange nicht mehr verspürt hatte. Was auch immer die nächsten Tage bringen würden, sie und Eduardo würden es gemeinsam angehen.

Sie seufzte an seiner Brust und ließ ihre Finger seine Seite entlanggleiten. Sie liebte das Gefühl seiner Haut, die Vertiefungen und Wölbungen der Muskeln, die Art, wie er auf ihre Berührungen reagierte. Aber sie wusste, dass weitere Erkundungen warten mussten.

Ein Telefon klingelte nahe ihren Köpfen und erschreckte sie beide. Eduardo stieß einen Fluch aus, rollte sich herum und streckte den Arm in Richtung seines Nachttisches aus. „Nur die Telefonzentrale des Palastes ist mit dieser Leitung verbunden."

„Kein Problem."

Sie küsste ihn auf den Nacken, während er das Gerät nahm und an sein Ohr hielt. Sie schlüpfte aus dem Bett und tapste über den Boden, um in dem dunklen Zimmer nach ihrer Kleidung zu suchen. Eduardo sagte ein paar schnelle Worte auf Italienisch, hörte aber hauptsächlich zu. Sie war teilweise angezogen, als er auflegte.

„Du musst gehört haben, was am anderen Ende gesagt wurde."

Sie zog gerade den Reißverschluss ihrer Hose hoch und hielt inne. „Nein. Warum?"

In dem schwachen Licht, das von dem großen Raum herüberfiel, konnte sie ihn gerade noch ausmachen. Er wies auf sie. „Du ziehst dich an."

Sie setzte sich bei seinen Füßen aufs Bett, schüttelte ihre Bluse aus und versuchte festzustellen, welche die Außenseite war „Ich hatte gerade überlegt, wie lange ich bleiben kann, ohne einzuschlafen, als das Telefon klingelte. Meins liegt irgendwo im anderen Zimmer ... Was ist los? Gibt es irgendeine Krise?"

„Nein. Nicht diese Art von Krise."

Sie knöpfte ihre Bluse zu und er schob seine Füße über die Bettkante, sodass er neben ihr zu sitzen kam. Er strich ihr das Haar aus dem Gesicht. „Am Vorder- und Hintereingang haben sich einige Reporter postiert. Sergio und Zeno sind auf dem Weg. Offenbar hat jemand gesehen, wie du mit Miroslav das Gebäude betreten hast, und der Presse einen Tipp gegeben."

Claire spürte, wie sie blass wurde.

„Es ist kein Problem", versicherte er ihr. „Ich habe ihnen gesagt, sie sollen uns zehn Minuten geben. Ich ziehe mich an und dann bringen wir dich zurück zu deiner Residenz. Wir haben Korridore, die nur wenige Mitarbeiter kennen, auch wenn ich mir sicher bin, dass es nicht das Personal war, das die Information durchgestochen hat. Nick und Isabella haben vorhin einen Empfang im Garten gegeben. Alle Gäste, die die Wege entlanggingen, hätten dich mit Miroslav im Auto sehen können, als ihr durch das Tor auf der Rückseite gefahren seid."

„Das ist möglich", räumte sie ein. Ihr waren auch die in langer Reihe geparkten dunklen Wagen auf der Strada il Reggimento aufgefallen, die direkt am Palast vorbeiführte. Chauffeure standen zwischen den Limousinen, unterhielten sich und rauchten. Während sie darauf warteten, dass ihre Fahrgäste aus dem Palast kamen, könnte einer von ihnen sie erkannt haben. Auf jeden Fall war es dumm von ihr gewesen, sich in ihrem Sitz vorzubeugen, um einen Blick auf den Palast zu erhaschen, als sie und Miroslav sich dem Gebäude näherten.

„Miroslav oder ein anderer Mitarbeiter des Security-Teams wird dich wohlbehalten nach Hause bringen", versprach Eduardo. „Sergio und Zeno werden sich kümmern, falls es ein Problem gibt."

Eduardo zog sich an, während sie in ihre Schuhe schlüpfte. Sie saßen beide im großen Wohnzimmer auf einem der breiten Sofas, als es an der Tür klopfte und Miroslav mit Sergio, Zeno und Luisa im Schlepptau hereinkam.

Eduardo schaute seine Assistentin überrascht an. „Luisa, Sie hätten nicht herzukommen brauchen."

„Ich habe die Vans der Reporter an meiner Wohnung vorbeifahren sehen und das Sicherheitsbüro angerufen, um zu hören, was los ist. Ich dachte, Sie könnten meine Hilfe gebrauchen."

„Sie ist mit ihrem Renault hergekommen", erklärte Miroslav Eduardo. „Der wird weniger Aufsehen erregen als ein Wagen des Palastes. Die für das Bankett verantwortlichen Mitarbeiter werden gleich aufbrechen und gleichzeitig kann Luisa die Frau Botschafterin mitnehmen.“

„Danke, Luisa, das ist sehr großzügig“, sagte Claire.

„Das mache ich doch gerne.“

Claire schaute zu Miroslav. „Muss ich mich hinten wegducken?“

Eduardo legte eine Hand auf ihr Knie, sodass sie ihre Aufmerksamkeit auf ihn richtete. „Du musst dich nicht verstecken, wenn du das nicht möchtest. Es liegt ganz bei dir. Ob man dich nun heute Abend erspäht oder nicht, man wird dich in Zukunft mit mir zusammen sehen. Der Palast wird keinen Kommentar dazu abgeben außer: ‚Wir haben uns nie über das Privatleben des Königs geäußert.‘“

Zeno trat unbehaglich von einem Fuß auf den anderen. „Ich bezweifle, dass das funktioniert, Hoheit.“

„Dann sorgen Sie dafür, dass es funktioniert. Abgesehen von der Aussage, dass wir großen Respekt vor der Botschafterin haben, geben wir keine weitere Stellungnahme ab.“

Er wandte sich an Claire. „Ich muss am Mittwoch nach Dänemark. Am Donnerstag komme ich spät zurück. Hast du dann Zeit?“

Luisa räusperte sich. „Hoheit, Sie empfangen an diesem Abend Mitglieder des Internationalen Paralympischen Komitees und eine Gruppe von Teilnehmern aus San Rimini.“

„Und wie ist es am Freitag?“

„An diesem Tag haben Sie nach acht Uhr frei.“

Claire lächelte. „Ich werde es noch einmal überprüfen, aber ich glaube, ich kann am Freitagabend.“

„Filmabend bei mir zu Hause.“

„Hast du Popcorn?“

„Falls nicht, bin ich ziemlich sicher, dass ich über die Mittel verfüge, um welches zu besorgen.“

„Abgemacht.“

KAPITEL 16

IN DEN VIER WOCHEN, die auf Claires abendlichen Besuch im Palast und ihren mit Pauken und Trompeten gescheiterten Versuch folgten, ihre Beziehung zu beenden, hatten sie viermal vergeblich versucht, *Jenseits von Afrika* zu sehen.

Nach den Versuchen zwei, drei und vier sah sich Eduardo veranlasst, darauf hinzuweisen, dass der erste Fehlschlag Claires Schuld war.

Ihre ursprüngliche Verabredung am Freitagabend, nachdem sie zum ersten Mal miteinander geschlafen hatten, wurde verschoben, als ein bekannter amerikanischer Geschäftsmann verhaftet wurde und Claire deshalb länger im Büro bleiben musste. Die zweite und dritte Verabredung wurden abgesagt, weil Eduardos Dinnerveranstaltungen länger gedauert hatten als geplant. Allerdings hatten sie es geschafft, sich für kürzere Dates im Palast und in ihrer Residenz zu treffen. Sie hatten darauf geachtet, dass die Medien nichts davon mitbekamen, und diese Bemühungen sorgten dafür, dass Spekulationen über ihre Beziehung im Hintergrund blieben und nur am Ende von Artikeln erwähnt wurden. Es hatte geholfen, dass Alettas Schwester,

Helena Masciaretti, Hand in Hand mit einem bekannten schottischen Schauspieler fotografiert wurde, der zehn Jahre jünger war als sie, was sowohl die Aufmerksamkeit von Fans der königlichen Familie als auch der Klatschpresse erregte.

Ausnahmsweise war Eduardo ausgesprochen froh, dass Helena im Rampenlicht stand.

Der vierte geplante Filmabend platzte, weil Arturo und Paolo, Prinz Federicos Söhne, eine Halsentzündung bekamen. Bevor die Diagnose gestellt wurde, hatten sie den Nachmittag in Eduardos Wohnbereich auf dem Sofa verbracht und ferngesehen und er wollte einen Tag abwarten, um sicherzustellen, dass das Zimmer gereinigt wurde und niemand sonst aus der Familie erkrankt war.

Der fünfte Versuch wurde für einen Samstag im Palast angesetzt.

„Diesmal wird uns niemand davon abhalten", versprach Eduardo Claire beim Abendessen in der Trattoria Safina, einem unscheinbaren Restaurant in der Via Vespri, einen Straßenzug bergab von der Strada il Teatro. Sie waren am späten Freitagabend hergekommen, als die meisten Touristen das Gebiet verlassen hatten und wieder in ihren Hotels waren und nur noch wenige Einheimische zurückblieben. Zwei Paparazzi hatten Claire beim Betreten des Restaurants entdeckt und standen nun auf der anderen Straßenseite, aber die Markisen der Trattoria waren so angebracht, dass die Männer ihren Tischgenossen nicht erkennen konnten. Abgesehen davon hatten Claire und Eduardo ihre Ruhe. Basia, die junge Frau, die sich um den Eingangsbereich der Trattoria kümmerte, hatte ein wachsames Auge auf die Straße. Trotz ihrer kleinen Statur und ihrer bunt gefärbten Haare konnte sie mit einem Blick einen professionellen Bodybuilder abschrecken.

Über mit Pilzen gefüllten Ravioli und frischem Brot, das sie in mit Kräutern versetztes Olivenöl tunkten, sprachen sie erst über die Arbeit und dann über die Familie. Eduardos Enkel hatten sich von der Halsentzündung erholt und waren am Nachmittag durch den Garten des Palastes gerannt.

„Morgen Abend können wir in La Rocca früh zu Abend essen", sagte Eduardo. „Wenn es dir recht ist, könnten sich Amanda und Marco uns anschließen. Ich weiß, dass du ihnen bei der Beglaubigungszeremonie begegnet bist, aber ich möchte, dass sie dich richtig kennenlernen. Sie würden nicht lange bleiben, sodass wir uns danach den Film anschauen könnten."

Claire nahm einen langen Schluck ihres Weins und sah ihn dabei verführerisch über den Rand ihres Glases hinweg an. Als sie es endlich absetzte, sagte sie: „Ich würde mich freuen, Zeit mit Amanda und Marco zu verbringen, aber ich muss dich warnen: Nach dem Essen werde ich kein Popcorn mehr wollen. Aber ein Film ohne Popcorn – das geht gar nicht."

„Sagst du den Filmabend jetzt schon ab? Wegen Popcorn?" Er warf ihr einen vernichtenden Blick zu, doch sie lachte nur.

„Nein. Aber erwarte nicht, dass ich beim Dinner viel essen werde, selbst wenn Samuel kocht. Nicht alles von seinen Gerichten zu essen, wird eine enorme Willenskraft erfordern. Ich möchte, dass dieses Opfer anerkannt und belohnt wird."

„Zur Kenntnis genommen." Er zog eine Grimasse. „Aber das werde ich nicht vor Samuel tun."

„Du weißt nicht, wie gut du es mit ihm hast."

„Das weiß ich durchaus. Aber wenn ich das ihm gegenüber zugebe, wird er mir nur doppelt so viel Haferflocken vorsetzen. Ich bin nicht sicher, ob ich das überleben könnte."

Sie grinste und sagte ihm, er solle seine Ravioli genießen.

AM NÄCHSTEN ABEND setzte Fabiano Claire am Palast ab, als Marco und Amanda gerade den Hintereingang passierten. Obwohl sie Amanda an dem Abend begegnet war, als sie ihr

Beglaubigungsschreiben präsentiert hatte, und die Gelegenheit gehabt hatte, Prinz Marco kurz zu begrüßen, hatte sie das Paar seitdem nicht mehr gesehen. Claire war nicht sicher, was sie erwarten sollte, vor allem von Prinz Marco, aber beide begrüßten sie herzlich. Gemeinsam stiegen sie die Treppe zu König Eduardos Wohnbereich hinauf. Marco gab den Code auf dem Keypad ein. Als sie den Eingangsbereich betraten, hörten sie Stimmen aus dem Wohnzimmer.

Als sie hineingingen, sahen sie Samuel Barden neben dem König am Tisch stehen. Beide Männer hatten der Tür den Rücken zugewandt. Samuel hatte eine Hand in die Hüfte gestemmt, während er auf ein Blumenarrangement deutete und etwas über das Gesteck aus dem Esszimmer der Familie sagte, das man stattdessen verwenden könnte.

„Das ist nicht romantisch genug“, erwiderte Eduardo. „Nicht, wenn Sie das orange-gelbe Arrangement meinen, das heute Morgen beim Frühstück da war.“

Amanda, Marco und Claire wechselten Blicke.

„Haben Sie etwas in Rosa? Ich glaube, Claire mag Rosa.“

„Ich mag Rosa tatsächlich“, sagte sie und ging auf die beiden zu. Sowohl Eduardo als auch Samuel drehten sich überrascht zu ihr um. „Aber das Gesteck auf dem Tisch ist schön genug. Belassen wir es dabei.“ Zu Samuel gewandt setzte sie hinzu: „Danke. Es ist sehr hübsch, wie immer.“

Eduardo bedachte den Tisch mit einem langen Blick, seine Enttäuschung war offensichtlich.

„Das Abendessen wird in einer halben Stunde serviert, wenn es Ihnen recht ist“, sagte Samuel. „Wein und Mineralwasser stehen auf dem Barschrank.“

Als er gegangen war, holten Marco und Amanda Getränke und Claire gab Eduardo einen sanften Kuss auf die Wange. „Nicht romantisch genug?“, murmelte sie an seinem Ohr. „Wie goldig!“

„Diesen Filmabend planen wir schon seit Wochen. Ich wollte

alles richtig machen."

„Wir sind beide hier. Das ist alles, was wir brauchen."

In den nächsten zwei Stunden genossen sie ein köstliches Abendessen und unterhielten sich. Irgendwann durchquerte Eduardo den Raum, um eine Schale von der Bar zu holen. Als er sie vor Claire abstellte, lachte sie so sehr, dass sie kaum sprechen konnte.

„Banduzzi-Oliven", verkündete Eduardo.

„Und das ist lustig, weil …?", fragte Amanda.

„Bei unserem ersten Dinner hier im Palast – einem Arbeitsessen, muss ich hinzufügen – ließ ich Samuel einige auf die Bar stellen, damit Claire sie probieren konnte. Ich hatte ihr einen Banduzzi-Olivenbaum als Willkommensgeschenk mit der Einladung zum Abendessen in die Botschaft geschickt und versprochen, welche zu servieren."

Marco beäugte seinen Vater. „Was ist passiert?"

„Es verlangte mir alles ab, Claire nicht anzustarren, als sie hereinkam. Ich habe es geschafft, anständige Negronis zu mixen und mich mit ihr einigermaßen intelligent über politische Initiativen zu unterhalten, aber ich habe die Oliven völlig vergessen."

„Sie haben ihn aus dem Konzept gebracht", sagte Amanda. „Das passiert selten."

Als Claire sah, wie Marco seinen Vater anlächelte, fühlte sie sich erneut herzlich willkommen.

Sie waren gerade mit dem Dessert fertig, als Amanda Claire gegenüber erwähnte, dass ihr Vater, ein ehemaliger Botschafter in Italien, Claires Karriere verfolgt hatte. „Er unterrichtet jedes Frühjahr einen Kurs an der American University und hält sich daher über viele Initiativen von Botschaften in der ganzen Welt auf dem Laufenden. Er hat mir erzählt, dass er von einigen Programmen, an denen Sie während Ihrer Zeit in Uganda gearbeitet haben, sehr beeindruckt war."

Claire erwartete, dass Amanda das Bildungsprogramm erwähnen würde, aber stattdessen hatte ein Programm zur Gesundheitsversorgung von Müttern ihr Interesse geweckt: „Ich wusste, dass der Zugang zu medizinischer Versorgung für Mütter oft unzureichend ist, aber ich hatte keine Ahnung, dass Geburtsfisteln so häufig vorkommen. Es ist erschreckend, dass so viele Frauen – sogar Teenager – bei der Geburt solche verheerenden Verletzungen erleiden und dann sich selbst überlassen werden."

Claire nickte. „Erschreckend ist die passende Beschreibung dafür. Zum Glück gibt es in Uganda einige wunderbare Organisationen, die die Menschen über das Problem und die Notwendigkeit von Präventivmaßnahmen aufklären. Sie rekrutieren auch Ärzte, die günstige oder kostenlose Operationen durchführen, damit die betroffenen Frauen ein normaleres Leben führen können. Ihre Arbeit gibt mir Hoffnung."

An Eduardo gewandt erklärte sie: „Unsere Aufgabe in der Botschaft war es, die Anwerbung von Gesundheitspädagogen und Chirurgen aus den Vereinigten Staaten zu erleichtern."

Er hatte noch nie etwas von dem Problem gehört, Amanda dagegen sagte, sie hätte nach dem Gespräch mit ihrem Vater etwas weiter recherchiert: „Es gibt einige Gesundheitsfachkräfte aus San Rimini, die ihre Zeit und ihr Wissen ehrenamtlich zur Verfügung stellen. Ein paar in Uganda, andere in Burkina Faso und Kenia."

Eduardo lehnte sich auf seinem Stuhl zurück und betrachtete seine Schwiegertochter voll Bewunderung. Claire spürte, dass sie in den Jahren, seit Amanda Marco kennengelernt und geheiratet hatte, großen Respekt füreinander entwickelt hatten. „Wir sollten mehr tun, um sie zu unterstützen. Wenn das Strada-il-Teatro-Projekt abgeschlossen ist, erinnerst du mich dann bitte an dieses Gespräch?"

„Zu dem Zeitpunkt bin ich vermutlich ziemlich mit meinem eigenen Baby beschäftigt, aber ich werde versuchen, daran zu denken. Und falls ich dich nicht daran erinnere, könnte das vielleicht Claire übernehmen?"

Claire entging nicht, dass Amandas Vorschlag auf der Annahme beruhte, dass Claire auf längere Sicht mit Eduardo zusammen sein würde. Sie nickte und sagte: „Das kann ich machen. In meinem ersten Jahr in Uganda habe ich in einer Klinik mehrere Fistelpatientinnen getroffen. Das ist eine Erfahrung, die ich nie vergessen werde."

Wenig später zogen sie auf die Sofas um und Claire erwähnte, dass sie die Gelegenheit gehabt hatte, Giovanni Sozzani, den engen Freund des Königs, kennenzulernen, als er sie zwei Wochen zuvor zu einem Mittagessen eingeladen hatte.

„Hat er versucht, Sie zur dunklen Seite zu bekehren?", fragte Marco.

Als Claire die Stirn runzelte, erklärte Amanda: „So nennt der König das Radfahren. Er ist ein Läufer, Giovanni ein begeisterter Radfahrer. Sie diskutieren immer wieder über die Vorteile des einen gegenüber dem anderen."

„Wir haben tatsächlich über das Radfahren gesprochen", sagte Claire. „Die Stadt, in der ich aufgewachsen bin, zieht im Sommer viele Radfahrer an. Wir sprachen über New Mexico und Colorado und die dort stattfindenden Radsportveranstaltungen. Aber er hat nicht versucht, mich dafür zu gewinnen."

„Ich habe ihn gewarnt", warf Eduardo ein. „Sie weigert sich, mit mir laufen zu gehen. Das kann ich zwar nicht begreifen, aber ich kann damit leben. Würde Claire allerdings mit dem Radfahren beginnen, wüsste ich nicht, wie ich damit umgehen sollte."

„Ich habe ihm gesagt, dass ein Spinning-Kurs nicht als Radfahren zählt", ergänzte Claire. „Aber ich wandere sowieso lieber, wenn ich kann."

Amanda stimmte zu und sagte, sie und Marco hätten versucht, an ihren Wochenenden zusätzliche Wanderungen einzuplanen, damit sie während ihrer Schwangerschaft in

Bewegung bleiben konnte. „Diese Zeit an der frischen Luft ist das Einzige, was mich vor Erschöpfung bewahrt. Das füllt den Energiespeicher gut auf."

„Und das", sagte Marco, „ist unser Stichwort, zu gehen. Es ist schon spät und meine Frau und mein Baby müssen schlafen."

„Das Baby kann immer schlafen, ob ich schlafe oder nicht."

Marco zuckte mit den Schultern und stand auf, aber als er Amanda verstohlen zuzwinkerte, wurde deutlich, dass er mit seiner Frau allein sein wollte.

Als sie gegangen waren, fragte Eduardo Claire, ob sie noch wach genug für den Film wäre.

„Für diesen Film? Immer."

Eduardo ging zum Couchtisch und suchte nach der Fernbedienung. „Er mag dich, musst du wissen."

„Wer? Marco?"

„Ja." Eduardo fand die Fernbedienung und lächelte Claire an. „Er stand seiner Mutter sehr nahe und hat ihr Vermächtnis immer bewahrt. Aber er findet dich nicht nur nett, er mag es auch, dass ich mit dir zusammen bin. Diesen letzten Teil hat er mir heute Morgen gesagt, als wir die Uhrzeit für das Abendessen ausgemacht haben. Er sagte, ich wäre seit einiger Zeit in Bestform."

Claire spürte, wie ihr Tränen in die Augen stiegen. Sie erinnerte sich noch daran, wie sie die Beerdigung der verstorbenen Königin im Fernsehen gesehen hatte. Der Schmerz in den Gesichtern der Familie, vor allem in Marcos, hatte Bände gesprochen. Sie lächelte Eduardo trotz der Gefühle an, die sie plötzlich übermannten. „Danke, dass du mir das erzählt hast."

„Ich dachte mir, du solltest es wissen." Er schenkte ihr ein langes, herzliches Lächeln, wandte sich dann der gegenüberliegenden Wand zu und drückte einen Knopf auf der Fernbedienung, sodass ein hinter einem Gemälde verborgener Fernseher zum Vorschein kam. Als das Gemälde zur Seite glitt, sagte er: „Ich habe nicht oft Gelegenheit, fernzusehen. Arturo und Paolo haben mir versichert, dass ich den Film hier schauen kann, und mir gezeigt, wie ich ihn im Menü finde."

Claire trat hinter Eduardo und schlang ihre Arme um seine Mitte, als er den Einschaltknopf drückte. „Ich finde es wundervoll, dass deine Enkel dir Dinge über deinen eigenen Wohnbereich beibringen."

„Sie sind schlauer, als gut für sie ist. Federico hat seine Mühe, mit ihnen mitzuhalten."

Claire gab Eduardo einen Kuss auf den Nacken und bot ihm dann an, sein Wasserglas aufzufüllen. Als sie zur Bar ging, meinte sie: „Ich weiß, was ich zuvor über Popcorn gesagt habe, aber ich kann den Film auch ohne anschauen. Das Abendessen war viel zu köstlich, um Platz dafür zu lassen."

Eduardo brummte zustimmend. Als sie sich mit den Wassergläsern in der Hand von der Bar abwandte, waren seine Augen auf den Fernseher gerichtet. Er hob die Fernbedienung und drückte eine Taste, um den Kanal zu wechseln, aber nicht bevor Claire ihr eigenes Gesicht auf dem Bildschirm sah und hörte, wie die Sprecherin „ihre Vergangenheit" sagte.

„Schalt wieder zurück."

Er sah sie mit besorgtem Blick an und drückte dann eine Taste. Der Bildschirm zeigte ein altes, verschwommenes Foto von Claire mit ihrem Ex-Mann.

„Oh, Himmelherrgott", murmelte sie. „Das ist uralt. Ist er alles, was sie über mich ausgraben konnten? Als Nächstes werden sie noch mein Schulfoto aus der siebten Klasse hervorholen – da hatte ich einen grauenvoll ungleichmäßigen Haarschnitt."

„Du weißt ja, wie so etwas läuft", meinte Eduardo. „Sie haben nichts Nennenswertes zu berichten, also suchen sie nach alten Informationen, die sie neu und interessant klingen lassen können."

„Vermutlich."

Über einen Monat hatten sie und Eduardo sich den Medien

gegenüber bedeckt gehalten. Sie waren übereingekommen, vorerst über ihre Beziehung zu schweigen und ihr Leben wie gewohnt fortzusetzen, denn nur so konnten sie ihre gemeinsame Zeit genießen und sich wirklich kennenlernen.

Die neue, öffentlichkeitswirksame Beziehung von Helena Masciaretti hatte ihnen den nötigen Spielraum verschafft, um das umsetzen zu können. Es gab Fotos von Claire beim Betreten und Verlassen von La Rocca und sogar ein paar von ihnen beiden beim Spaziergang durch den Palastgarten, die jemand, der auf ein Bushäuschen an der Strada il Reggimento geklettert war, mit einem Teleobjektiv aufgenommen hatte. Zu jedem Bild hatten Zeno Amendola und John Ogletorp der Presse gesagt, dass sie sich nicht zum Privatleben ihrer Vorgesetzten äußern würden. Da den Medien wenig Material zur Verfügung stand, hatten sie ihren Fokus größtenteils auf andere Themen gerichtet.

Dieser Bericht wirkte jedoch anders, erst recht, als die Sprecherin sagte, dass Claire mit Anfang zwanzig zwei Jahre verheiratet gewesen war. Ihre Stimme versprach Skandalöses.

Dann lieferte sie: Ein aktuell aussehendes Foto des Gesichts von Claires Ex-Mann füllte den Bildschirm. Ein vorproduziertes Voiceover sagte: „Das ist David Arnold Smith heute." Die Kamera zoomte heraus und zeigte, dass er eine Tafel mit seinem Namen unter sein Gesicht hielt.

Claire fluchte innerlich, als die Sprecherin fortfuhr: „Letzte Nacht wurde Smith nach dem Verlassen eines Stripclubs wegen Trunkenheit in der Öffentlichkeit in das Santa Clara Bezirksgefängnis in San Jose, Kalifornien, gebracht. Ein Freund, der anonym bleiben möchte, hat mit einem unserer Reporter über den Vorfall gesprochen. Dieser Freund sagte uns, dass Smith kein Stammgast in dem Stripclub ist, sondern nur dort hinging, weil er und seine Freunde nicht ihre übliche Bar aufsuchen konnten."

Der Bildschirm zeigte den teilweise verschwommen dargestellten Hinterkopf eines Mannes, der auf einem Parkplatz mit einem Reporter sprach. Hinter dem Reporter war der untere Rand einer blinkenden Leuchtreklame zu sehen. „Ja, David ist ein guter Kerl. Ein guter Kerl. Aber er wird wegen seiner Ex-Frau gestalkt. Das ist einfach falsch, verstehen Sie? Er kann nicht einmal mit seinen Freunden was trinken gehen, ohne belästigt zu werden, und das alles wegen seiner Ex, die ihn betrogen hat. Er hat eine neue Ehefrau und ein neues Leben.“

Bei den letzten Worten sprach er lauter und lallte ein wenig.

Auf dem Bildschirm erschien wieder das Verhaftungsfoto und die ursprüngliche Sprecherin fuhr fort: „David Arnold Smith ist im Laufe der Jahre mehrfach mit dem Gesetz in Konflikt geraten, immer wegen Trunkenheit in der Öffentlichkeit. Seine letzte Verhaftung liegt allerdings schon fast fünf Jahre zurück. Es heißt, dass er Claire Peyton für diesen jüngsten Vorfall verantwortlich macht. Wir haben das Büro der Botschafterin um eine Stellungnahme gebeten, aber eine Antwort steht noch aus.“

„Ich vermute, dass mein Telefon jeden Moment klingeln wird.“ Claire fuhr sich mit einer Hand über die Stirn. „Das ist idiotisch. Ich habe ihn seit über zwanzig Jahren nicht mehr gesehen. Ich hatte keine Ahnung, dass er in Kalifornien ist. Und ich habe ihn ganz sicher *nicht* betrogen.“

Eduardo schaltete den Ton des Fernsehers aus, dann schlang er einen Arm um ihre Taille und zog sie neben sich. „Es tut mir leid, Claire.“

„Das war ein amerikanischer Sender, richtig? Das heißt, meine Eltern werden es auch sehen. Das ist das Letzte, was sie brauchen. Er war scheußlich zu ihnen.“

„Mit etwas Glück geben sie nichts darauf. Sie kennen die Wahrheit über dich.“

Sie warf ihm einen Seitenblick zu. „Du glaubst mir.“

„Zweifle nicht einen Moment daran.“

„Danke.“

Er legte die Fernbedienung auf den Couchtisch. „Würdest du mir eine Kurzfassung der Geschichte erzählen? Ich würde dir ja von meiner Ehe berichten, aber darüber wurden schon Bücher geschrieben. Selbst wenn du die Geschichte meiner Ehe noch nicht leid bist, hast du sie sicher so oft gehört, dass du ihrer eigentlich überdrüssig sein solltest."

Darüber lachte sie. Er hatte ein Talent dafür, sie zu beruhigen, selbst unter wenig günstigen Bedingungen. „Die Kurzfassung ist, dass es ein großer Fehler war, David zu heiraten. Wir haben uns an der Universität kennengelernt. Er flirtete mit mir, schickte mir Blumen, sagte all die richtigen Dinge. Er fand es toll, dass ich hart arbeitete und ehrgeizig war, das galt auch für ihn, zumindest anfangs. Aber wir kannten uns nicht gut genug, um zu heiraten. Ich wusste, dass er an den Wochenenden gern mit seinen Freunden in Kneipen ging, um sich Sportereignisse anzuschauen, aber ich hatte keine Ahnung, wie viel er trank und dass es nicht nur am Wochenende war. Erst als wir verheiratet waren und zusammenzogen, merkte ich es. Ich fand immer wieder leere Flaschen am Boden unseres Mülleimers und unter den Sitzen seines Autos. Ich machte viele Überstunden und er war beruflich erfolgreich, was es ihm vereinfachte, seine Sucht zu verbergen. Als ich ihn damit konfrontierte, log er mich an. Dann beharrte er darauf, dass es kein Problem wäre, und bezeichnete mich als Spaßbremse. Er sagte immer wieder, dass er eben einen Ausgleich zu seinem stressigen Job brauchte und noch Zeit benötigte, um sich an seinen Vollzeitjob und die Ehe zu gewöhnen."

Claire atmete tief durch. Es gefiel ihr nicht, ihre Vergangenheit auszubreiten, aber sie wollte nicht, dass diese ihre Zukunft beeinflusste. „Jedenfalls sagte ich ihm, dass es vorbei wäre, wenn er sich nicht helfen ließe, daher willigte er ein. Eines Tages fand ich in unserem Carport einen Tankbeleg, der aus seiner Tasche gefallen sein musste. Er stammte von einer Tankstelle am anderen Ende der Stadt und der Zeitstempel überschnitt sich mit einem Therapietermin, von dem er mir erzählt hatte. So fand ich heraus, dass er mit einer Ex-Freundin schlief. Ihre Wohnung lag gegenüber der Tankstelle. Er gestand es ein, als ich ihm den Beleg vorlegte, und sagte, es wäre nicht passiert, wenn ich nicht so eine Nervensäge wegen eines Alkoholproblems gewesen wäre, das er nicht hätte. Am nächsten Morgen zog ich aus und reichte die Scheidung ein, sobald ich einen Anwalt gefunden hatte. Rechtlich gesehen waren wir zwei Jahre lang verheiratet, hatten aber nur sechs Monate zusammengelebt."

Eduardo schüttelte den Kopf. Er brauchte nichts zu sagen. Claire sah an seinem Gesichtsausdruck, dass er verstand, wie anstrengend diese Phase ihres Lebens für sie gewesen war, und dass er sie nicht dafür verurteilte.

„Was hat er deinen Eltern angetan?"

„Ab dem Tag, an dem ich auszog, rief er sie ständig an. Er sagte ihnen, dass ich Geld von ihm genommen hätte und dass sie das Ehrenhafte tun und es ihm zurückzahlen sollten. Das hatte ich natürlich nicht getan und sie wussten das. Sie gingen irgendwann nicht mehr ans Telefon, also schickte er einen Freund zu ihrem Haus in New Mexico, der das Geld verlangte. Als sie sich weigerten, ging er wieder, aber dass jemand vor ihrer Haustür aufgetaucht war, machte ihnen Angst. Ich erwirkte ein Kontaktverbot gegen David und meine Eltern taten das Gleiche. Zum Glück gab er danach auf und wir haben nie wieder etwas von ihm gehört. Er ist nicht einmal zur Anhörung beim Scheidungstermin erschienen." Sie drehte sich so, dass sie Eduardo zugewandt war. „Ich hatte danach eine ganze Weile Schuldgefühle. Ich fand es schrecklich, dass meine Fehleinschätzung meinen Eltern Kummer bereitet hatte. Und tief in meinem Inneren hatte ich immer geglaubt, dass eine Ehe für die Ewigkeit wäre. Ich wusste, dass es die richtige Entscheidung war, zu gehen, aber es fühlte sich trotzdem an, als hätte ich versagt. Gleichzeitig machte mich diese Erfahrung sowohl vorsichtiger als auch aufmerksamer. Schließlich kam ich zu dem Schluss, dass ich doch relativ gut dran war, wenn mein schlimmster Fehler im Leben eine schlechte Ehe war, aus der ich relativ unbeschadet herausgekommen bin."

Er legte eine Hand auf ihr Knie. „Die Geschichte wird in Vergessenheit geraten. Hättest du ihn erst kürzlich geheiratet oder hätte er glaubwürdig gewirkt, sähe die Sache anders aus. Es ist offensichtlich, dass er törichte Entscheidungen getroffen hat und nun jemanden sucht, dem er die Schuld geben kann. Dass du im Rampenlicht der Öffentlichkeit stehst, macht dich zu einem leichten Ziel."

„Dich ebenfalls. Und das beunruhigt mich."

„Mir macht das nichts aus. Ich habe schon viel Schlimmeres überstanden." Er drückte ihr Knie sanft, schob dann seine Hand höher und beugte sich zu einem Kuss vor. „Da dein Handy nicht klingelt, gehe ich davon aus, dass deine Mitarbeiter ebenfalls nicht glauben, dass du in Schwierigkeiten bist. Lass uns den Film anschauen. Sollte sich aus dem Bericht mehr ergeben, stehen wir es gemeinsam durch."

Sie seufzte. „Du weißt, dass dies nicht das letzte Mal sein wird. Es wird weitere Berichte geben. Ein ehemaliger Botschaftsangestellter von einem meiner früheren Posten wird sagen, dass ich bei einem Dinner unhöflich zu ihm war. Eine Person, die Probleme hatte, ein Visum zu bekommen, wird einem Reporter erzählen, ich wäre inkompetent und sie hätte wegen mir Aufträge verloren. Einiges davon könnte sogar wahr sein."

„Du bist nicht inkompetent."

„Du weißt, was ich meine, Eduardo. Jede Kleinigkeit, selbst Ereignisse, an die ich mich nicht erinnere, können gegen mich verwendet werden."

„Ich könnte sagen, dann ist es gut, dass du einen Ritter in glänzender Rüstung hast, der dich verteidigt, aber du bist weit davon entfernt, eine Jungfer in Not zu sein. Stattdessen sage ich einfach, du kannst darauf vertrauen, dass ich dir zuhöre und hinter dir stehe, wenn du mich brauchst.“

„Du wärst ein guter Diplomat, weißt du das?“

„Das ist ein großes Kompliment, wenn es von dir kommt.“

Sie küsste ihn und sagte dann: „Lass uns den Film anschauen.“

KAPITEL 17

EDUARDO WAR NOCH DAMIT BESCHÄFTIGT, durch das Fernsehmenü zu scrollen, als Claires Handy klingelte. Sie hatten volle zehn Minuten lang versucht, *Jenseits von Afrika* zu finden, aber die Suchfunktion hatte sich immer wieder blockiert und er hatte von vorne anfangen müssen.

Sie warf einen Blick auf ihr Telefon. „Es ist die Botschaft."

„Du kannst mein privates Arbeitszimmer benutzen."

„Nein, das ist nicht nötig. Es wird John Oglethorpe sein. Ich mache es kurz." Sie wies auf den Bildschirm. „Du lebst in einem Palast mit Zugang zu einer Million Kanälen. Der Film muss doch irgendwo verfügbar sein. Er wurde unter anderem als Bester Film ausgezeichnet."

Er suchte weiter, während Claire das Gespräch annahm. Obwohl er eine Armlänge entfernt saß, konnte er hören, wie die Stimme am anderen Ende sagte: „Frau Botschafterin, ich habe den Präsidenten in der Leitung. Würden Sie bitte dranbleiben?"

Claire richtete sich auf. Eduardo zeigte auf sein Arbeitszimmer. Sie ging, schloss jedoch nicht die Tür. Er las weiter die endlose Liste der verfügbaren Filme, aber er konnte genug von dem Gespräch hören, um zu wissen, dass Claire in die Defensive ging. Ja, der Bericht war ihr bekannt. Sie hatte David Smith seit über zwanzig Jahren nicht mehr gesehen und diese Information war in ihrem SF-86 enthalten. Eduardo vermutete, dass es sich dabei um eine Art Sicherheits- oder Hintergrundsformular handelte. Dann war sie einen Augenblick still. Es folgten ein „Ja, Mister President" und ein paar Worte des Dankes. Einen Moment später sagte Claire: „Nein, das ist kein Grund zur Sorge. Wäre er ein Parlamentsabgeordneter, lägen die Dinge anders, aber unter diesen Umständen gibt es viel weniger Bereiche, in denen ein Konflikt entstehen könnte. In derart gelagerten Fällen bin ich mir der Problematik durchaus bewusst und er ist es ebenfalls." Eine weitere Pause, dann fügte sie in einem optimistischeren Ton hinzu: „Es gibt gute Fortschritte. Ich habe zwei Personen auf meine Seite gebracht und eine dritte am Haken. Jetzt muss ich sie nur noch an Land ziehen. Mit der vierten habe ich am Mittwoch ein Telefongespräch vereinbart. Bei ihr wird es am schwierigsten, aber ich habe gute Mitarbeiter und die haben überzeugende Argumente vorbereitet. Ich bin zuversichtlich, dass ich ein persönliches Treffen arrangieren kann." Wieder eine Pause. Dann erwiderte Claire: „Das weiß ich auch zu schätzen. Ich danke Ihnen, Mister President. Ich halte Sie auf dem Laufenden. Genießen Sie den Rest Ihres Wochenendes."

Claire trat zurück ins Wohnzimmer und ließ sich dann gegen die Wand neben der Tür zu seinem Arbeitszimmer sinken.

„Das klang, als wäre es ein angenehmes Gespräch gewesen." Eduardos Gesichtsausdruck verriet Sarkasmus.

Claire lachte. „Es hätte viel schlimmer kommen können."

„Ging es um David Smith?"

„Das war der Anlass. Aber es scheint, als hätte er mich schon länger auf dem Radar gehabt. David gab ihm einen Vorwand, sich bei mir zu melden."

„Wegen mir?"

Claire zuckte gleichmütig mit den Schultern. „Er ist noch nicht lange im Amt. Das Letzte, was er will, ist auch nur die Andeutung eines Skandals. Ich habe ihm versichert, dass wir sorgfältig darauf achten, alles zu vermeiden, was als Interessenkonflikt ausgelegt werden könnte. Ich denke, für den Moment konnte ich seine Bedenken zerstreuen. Es war hilfreich, dass wir beide gute Nachrichten über die Bildungsinitiative hatten.“

Das war der Teil des Anrufs, der Eduardos Neugierde geweckt hatte. „Erzähl.“

Sie löste sich von der Wand und nickte, als sie sich dem Sofa näherte. „Er hat gestern mit dem neuen Botschafter in Uganda gesprochen. Polen wird dem Programm finanzielle Hilfen gewähren und Lehrkräfte zur Verfügung stellen. Lettland scheint eine ähnliche Verpflichtung eingehen zu wollen. Ich habe ihm gesagt, dass ich eine gute Chance habe, San Rimini zu überzeugen. So konnte ich dem Telefonat am Ende eine positive Wendung geben.“

„Du glaubst wirklich, du bekommst die vier Abgeordneten dazu, das Projekt zu unterstützen?“

Sie streckte die Hand nach der Fernbedienung aus. „Gib mal her. Ich suche.“

Während sie den Kanal wechselte, sagte sie: „Barrata und Galli sind mir sicher. Luciano Festa zögert noch, aber Mark Rosenburg trifft sich diese Woche mit ihm. Mark ist gut in so was. Er wird Festa überzeugen.“

„Und Selvaggi?“

„Wir bearbeiten sie noch. Übrigens, kennst du Ana Maria Marotti?“

„Ich kenne den Namen, bin ihr aber noch nicht begegnet. Sie ist neu im Parlament.“

„Mark hat empfohlen, auch ihre Unterstützung zu gewinnen. Sie ist jung und hat einen Abschluss in Pädagogik. Marotti ist an Bord. Wenn du den Gesetzesvorschlag präsentierst, ist sie die ideale Person, um mit der Lehrergeneration zu sprechen, die wir am meisten einbeziehen wollen."

„Bist du so zuversichtlich, dass du Selvaggi überzeugen wirst?"

Sie grinste und schmiegte sich an ihn. „Sagen wir mal, ich bin optimistisch. Allerdings muss ich mich wirklich über deine Filmauswahl beschweren. Sieh dir das an."

Ein Filmplakat mit Meryl Streep und Robert Redford, die auf einem grasbewachsenen Hügel saßen, nahm die linke Seite des Bildschirms ein. Auf der rechten Seite stand, dass der Film zurzeit nicht verfügbar war.

„So viel dazu, dass du ein allmächtiger König bist", neckte sie ihn.

„Ich habe nie gesagt, ich wäre allmächtig. Du verwechselst mich mit dem *Zauberer von Oz*."

„Du hast verdammt viel mehr Sex-Appeal als der Zauberer."

„Das will ich hoffen." Er zog sie enger an sich und drückte ihr einen Kuss auf die Schläfe. *Zu Hause ist es am schönsten,* schoss ihm durch den Kopf. Wenn er mit Claire zusammen war, fühlte er sich zu Hause.

„Willst du das stattdessen sehen?" Sie hob die Fernbedienung hoch und scrollte, bis sie *Der Zauberer von Oz* gefunden hatte. „Den Film habe ich mir jahrelang nicht mehr angeschaut. Wir holen uns *Jenseits von Afrika* auf anderem Wege. Bald."

Er drückte sie fester an sich und sagte: „Folge der gelben Ziegelsteinstraße."

AM MONTAGMORGEN WARTETE Luisa wie immer am Fuß der Treppe. Und wie immer reichte sie Eduardo seinen Terminplan für die Woche, als sie vom Wohntrakt zu seinem offiziellen Arbeitszimmer gingen.

Bevor sie sich nach seinem morgendlichen Workout erkundigen konnte, sagte er: „Ich habe eine Frage an Sie, Luisa."

Sie zog eine Augenbraue hoch.

„Warum kann ich *Jenseits von Afrika* nicht auf dem Fernseher in meiner Wohnung empfangen? Gibt es jemanden, den Sie deswegen anrufen können?"

„Ich überprüfe das und melde mich bei Ihnen, Hoheit. Ich bin sicher, es gibt einen Weg. Ich glaube, er wurde auch als Bester Film ausgezeichnet."

„Das wurde er, und ich würde Ihren Einsatz zu schätzen wissen. Nun, um die Frage zu beantworten, von der ich weiß, dass Sie darauf brennen, sie zu stellen: Heute waren Sprints an der Reihe."

Luisas Miene verwandelte sich in einen Ausdruck des Erstaunens. „Sie hat Sie rennen lassen? Dann müssten Sie gut gestimmt sein."

„Ganz und gar nicht. Wissen Sie, mir geht es vor allem um Ausdauer. Die Langstrecke. Kurz und intensiv hat mir noch nie gelegen. Ich laufe lieber eine Stunde lang in einem gleichmäßigen Tempo, als eine zwanzigminütige Serie von strapaziösen Sprints zu absolvieren."

Sie kamen an einer Reihe von Fenstern vorbei, die auf den Garten hinausgingen. Prinzessin Isabella hatte sich im Gras auf einer großen Decke auf den Knien niedergelassen und las einer Gruppe von Kindern im Vorschulalter vor. Eine Schar von Vätern und Müttern stand im Halbkreis hinter den Kindern und machte mit ihren Handys Fotos. Eine Reporterin und ein Fotograf hielten sich etwas abseits und dokumentierten das Geschehen auf zurückhaltendere Weise als die aufgeregten Eltern.

Isabella spürte eine Bewegung hinter den Fenstern. Sie hielt im Lesen inne und zeigte den Kindern den König. Die Mobiltelefone der Eltern gingen wie an Marionettenfäden gezogen nach oben, während die Kinder winkten. Eduardo winkte zurück, dann lief er mit Luisa weiter. Die Handys der Erwachsenen schwenkten gleichzeitig in ihre vorherige Position zurück.

„Prinzessin Isabella gestaltet eine Märchenstunde für Kinder, die an einem Früherziehungsprogramm teilnehmen“, erklärte Luisa. „Heute Nachmittag hat sie noch eine Veranstaltung und morgen sind zwei weitere mit Gruppen aus anderen Schulen geplant.“

„Nick arbeitet an einem Forschungsprojekt über die mittelalterlichen Ursprünge von Märchen. Er plant, im nächsten Semester einen Kurs zu diesem Thema anzubieten.“

„Er wird doch weiterhin seine Vorlesung über mittelalterliche Kunst halten, oder? Meine Nichte studiert an der Universität von San Rimini und hofft, sie belegen zu können.“

„Ich glaube schon. Allerdings ist der Kurs voll. Wenn Sie also möchten, dass ich ein gutes Wort für sie einlege ...“

„Oh, nein.“ Luisa winkte ab. „Sie sagte mir, dass es Professor Black immer wieder gelingt, Studenten auf der Warteliste einen Platz in seinen Lehrveranstaltungen zu verschaffen, sofern sie in der ersten Woche oder in den ersten zwei Wochen des Semesters teilnehmen. Also, was Greta und die Sprints angeht –“

„Sie sollten dieses Thema eigentlich vergessen.“

„Wann vergesse ich jemals etwas? Was Greta und die Sprints angeht, so vermute ich, dass sie Ihre aerobe Kapazität im Vergleich mit Ihrer anaeroben Kapazität testet. Es ist gut, da ein Gleichgewicht zu haben. Sprints erfordern mehr Muskeln.“

Eduardo warf seiner Assistentin einen misstrauischen Blick zu. „Sie hat Ihnen aufgetragen, mir das zu sagen.“

„Nicht genau in diesen Worten.“

„Ich habe das Gefühl, dass man sich gegen mich verschworen hat. Monarchen entwickeln einen sechsten Sinn für so etwas. Sie sollten Vorsicht walten lassen.“

Luisa zuckte nur mit den Schultern. „Betrachten Sie es als

eine Metapher für Ihre Pflichten. Ihre Position als König erfordert vor allem Ausdauer. Sie sind auf lange Sicht im Amt, aber die Fähigkeit, hin und wieder zu sprinten, leistet Ihnen gute Dienste."

„Hat Greta Ihnen das auch gesagt in der Hoffnung, dass ich mich dann auf Sprints einlassen würde?"

„Oh, nein. Das waren nur meine eigenen Gedanken."

„Wenn ich das nächste Mal gezwungen bin, mich durch ein Sprinttraining zu quälen, werde ich daran denken." Als sie sich dem Arbeitszimmer näherten, setzte er hinzu: „Ich werde heute Morgen wahrscheinlich eine ganze Kanne Kaffee benötigen."

„Dann werde ich Ihre Tasse immer schnell wieder auffüllen."

Sobald Luisa mit dem Kaffee zurückkam, eröffnete er die Sitzung. Sergio begann mit einem Bericht über eine neue parlamentarische Initiative zur Aufstockung des San-Rimini-Notfall-Fonds, der für Hilfe bei Naturkatastrophen gebildet worden war. Die Maßnahme war überfällig und Eduardo war froh zu hören, dass sie vorankam. Sergio versprach, die Einzelheiten der Briefingmappe des Königs hinzuzufügen, damit er sie im Anschluss an die Besprechung studieren konnte.

Danach blätterte Sergio zu einer neuen Seite mit Notizen. „Und nun die weniger guten Nachrichten: Die Mitarbeiterteams, die an dem Strada-il-Teatro-Projekt arbeiten, stoßen auf zunehmenden Widerstand vonseiten der Casinobesitzer und der Grand-Prix-Veranstalter. Beide Gruppen wissen, dass wir unter Zeitdruck stehen, und versuchen, dies zu ihrem Vorteil zu nutzen. Das größere Problem ist jedoch der Rückgang Ihrer Sympathiewerte. Wir haben alle anderen Gruppen hinter uns, sogar die Historische Gesellschaft für die Bewahrung des Stadtkerns. Sollten Ihre Werte jedoch weiter sinken, werden alle denken, dass sie Spielraum für Nachverhandlungen haben."

„Wie lauten die letzten Umfragewerte?"

„Sie sind von einem Höchststand von siebenundsiebzig Prozent auf etwa einundsechzig abgefallen. Das ist immer noch ein sehr guter Wert, Hoheit, aber der Trend ist besorgniserregend.“

Eduardo spürte, wie sich die Atmosphäre im Raum veränderte, auch wenn seine leitenden Mitarbeiter sich bemühten, dies nicht offen zu zeigen.

„Was noch? Sagen Sie es mir ohne Umschweife.“

„*San Rimini heute* brachte Anfang letzter Woche einen Artikel über Claire Peyton. Die üblichen biografischen Informationen, ein wenig über ihre Zeit in Uganda und eine Beschreibung ihrer Arbeit seit ihrer Ankunft in San Rimini. Der Bericht war größtenteils positiv und enthielt eine Randnotiz über einen Austausch im Bereich der medizinischen Forschung, der kürzlich zwischen San Rimini und den Vereinigten Staaten stattgefunden hat. Als jedoch ein Fernsehsender die Bürger auf der Straße befragte, was sie von dem Artikel hielten, stellte sich heraus, dass die meisten ihn nicht gelesen hatten. Stattdessen waren sie schnell dabei, ihre Meinung darüber zu äußern, ob Sie mit ihr ausgehen sollten oder nicht. Einige fragten sich, ob es einen Interessenkonflikt geben könnte, aber die meisten sagten, sie könnten sich nicht vorstellen, dass jemand Alettas Platz einnimmt. Diese Interviews wurden am Mittwoch wiederholt gezeigt. Das veranlasste eine Talkshow eines anderen Senders am Donnerstagmorgen zu einer stundenlangen Diskussion über die Frage, ob Claire Königin werden sollte, wenn Sie sie heiraten würden.“

Während er sprach, rieb sich Sergio ein Auge, als wolle er ein anstrengendes Wochenende wegwischen. „Unsere letzte Umfrage wurde an demselben Mittwoch durchgeführt, an dem die Straßeninterviews ausgestrahlt wurden, und die Zahlen spiegeln nicht wider, wer von den Befragten den Bericht gesehen hatte, weil die Meinungsforscher nicht wussten, dass sie das in Erfahrung bringen sollten. Die Talkshow war jedoch noch nicht ausgestrahlt worden, ebenso wenig wie der Beitrag vom Wochenende über den Ex-Ehemann der Botschafterin. Ich nehme an, Sie haben die Sendung gesehen?"

„Ja."

„Das könnte die Werte ebenfalls verändern."

Eduardo war dankbar, dass Sergio nicht erwähnte, seine Popularität könnte dadurch einen weiteren Rückschlag erleiden, obwohl jeder es wusste.

„Ich kann das alles heute bei der Pressekonferenz erledigen", sagte Zeno. „Die Geschichte über Claires Ex-Mann dürfte kaum Auswirkungen haben. Er ist nicht glaubwürdig, das ist selbst für häufige Leser von Boulevardzeitungen offensichtlich. Den Rest werde ich genauso abtun wie andere Spekulationen über Ihr Privatleben."

Sergio nickte, während Zeno sprach, und sagte dann: „Das Gute daran ist, dass weniger als ein Monat bleibt, bis wir dem Parlament den Plan vorlegen. In dieser Zeit kann nicht so viel geschehen, dass sich die Popularitätswerte ändern."

„Sie meinen also, es ist ein Wettlauf mit der Zeit."

Sergio legte den Kopf schief. „Das Ziel ist, die Zahlen auf diesem Niveau zu halten. Wenn wir das schaffen, haben wir kein Problem. Das Parlament wird mit Freude einen Plan aufgreifen, der einheitlich unterstützt wird und hinter dem ein Monarch mit einundsechzig Prozent Zustimmung steht. Auch sie wollen, dass er umgesetzt wird, können aber kein persönliches Risiko eingehen, wenn sie vor Wahlen stehen. Wir machen es ihnen so leicht wie möglich, mit minimalen politischen Auswirkungen."

Nach einem tiefen Atemzug fügte er hinzu: „Zum Glück müssen wir uns keine Sorgen über die Vereinbarung machen, die Sie mit der Botschafterin getroffen haben. Ich habe gehört, dass Barrata und Galli an Bord sind, aber Festa wird noch von ihr bearbeitet. Unseres Wissens hat sie sich mit Selvaggi noch nicht einmal getroffen. Wenn sie Selvaggi nicht auf ihrer Seite hat, sind Sie nicht verpflichtet, ihren Bildungsplan vorzustellen.

Wenn wir uns weiterhin auf die Strada konzentrieren, ist das ein starkes Signal an alle Beteiligten, welche Prioritäten Sie setzen."

Eduardo schwieg dazu. Er würde Sergio nicht von Festa berichten oder erwähnen, dass Claire ein Telefonat mit Selvaggi geplant hatte. Diese Informationen hatte er unter vier Augen erhalten. Außerdem hatte Sergio recht. Solange Claire Selvaggi nicht an Bord hatte, bevor der Strada-Vorschlag ins Parlament kam, würden sie sich nicht damit befassen müssen.

Luisa trat ein, um allen Kaffee nachzuschenken, während Sergio zum Ende kam, und dann stellte Zeno Fragen zu einigen nicht zusammenhängenden Themen für die morgendliche Pressekonferenz. Margaret hatte Berichte über die Arbeit, die Prinz Antony und seine Frau für den Stipendienfonds von San Rimini abgeschlossen hatten, und über Eduardos Rede bei *Ein Platz für uns* einige Wochen zuvor. Danach reichte sie ihm Material, das sie für eine bevorstehende Veranstaltung zur Unterstützung von Forschungsprojekten am Royal Memorial Hospital vorbereitet hatte.

Er dankte ihr und schob die Unterlagen in seine Mappe. Wie aufs Stichwort saugte Sergio an seiner Unterlippe und Zeno blickte zu Boden.

„Ich frage nur ungern, wenn ich Ihrer aller Gesichtsausdruck sehe, aber gibt es noch etwas, bevor wir zum Schluss kommen?"

Margaret verzog das Gesicht zu einem Grinsen, doch Zeno räusperte sich. „Ja, Hoheit. Ich fürchte, wir haben einen Code Orange."

Sergio wandte sich ab und versuchte, sein Lachen zu unterdrücken. Code Orange war ihr interner Ausdruck für Situationen, in denen sie sich mit menschlicher Unvollkommenheit und dem daraus resultierenden Medienecho auseinandersetzen mussten. Das denkwürdigste Ereignis hatte sich während Marcos und Amandas Hochzeit abgespielt: Federicos Söhne wurden bei einer Live-Übertragung im Fernsehen dabei erwischt, wie sie in den Kirchenbänken Kaugummi kauten, obwohl Kaugummi in dem jahrhundertealten Duomo ausdrücklich verboten war. Als die Jungen grinsend die Kaugummis in ihre Handflächen spuckten, tauschten und dann wieder in den Mund steckten, war beinahe hörbar, wie die ganze Nation vor amüsiertem Entsetzen aufkeuchte.

Für Comedians auf der ganzen Welt war das in ihren Late-Night-Shows ein gefundenes Fressen. Sogar seriöse Nachrichtensendungen strahlten die Szene in den letzten Sendeminuten aus und behaupteten, es sei „ein Moment, um Ihren Tag aufzuheitern".

Code-Orange-Situationen waren oft einfach nur lächerlich, mussten aber angesprochen werden, damit die Berichterstattung darüber nicht von den Staatsgeschäften ablenkte. Im Fall der Jungen erklärte Zeno dem erheiterten Pressekorps des Palastes, dass alle Eltern solche Unannehmlichkeiten mit ihren Kindern erlebten und dass sich die beiden nun der Bedeutung des Schutzes historischer Stätten durchaus bewusst seien.

„Was ist mit, äh, hygienischen Gewohnheiten?", hatte ein kühner Reporter gefragt.

Zeno hatte glaubhaft den Anschein von Unbeschwertheit erweckt, obwohl er sich alles andere als so fühlte. „Ich nehme an, dass man ihnen diese Aufnahmen für den Rest ihres Lebens in regelmäßigen Abständen zeigen wird, und das wird genauso hochnotpeinlich sein, wie es für uns wäre, wenn wir uns in diesem Alter sehen müssten. Es gibt Momente, die man nicht noch einmal erleben möchte, schon gar nicht auf Film gebannt."

Niemand benutzte den Ausdruck „Code Orange" außerhalb von Eduardos Büro, damit keiner nach der Bedeutung fragte. Wenn bekannt würde, dass der Monarch ein Codewort für das allzu Menschliche in seiner Familie hatte, würde dies – ironischerweise – zu einem weiteren Code Orange führen.

„Ich vermute, das war mal wieder fällig. Aber Margaret lächelt noch, also kann es nicht so schlimm sein."

Zeno öffnete den Mund, um zu sprechen, hielt inne und begann erneut: „Bevor Amanda Prinz Marco heiratete, kaufte sie regelmäßig bei einem großen Online-Händler ein, der Übernachtlieferungen in ihr Studentenwohnheim und ihre Wohnung in Washington, D.C., anbot."

„Ich kann mir denken, um welchen es sich handelt. Ich kann mir auch denken, was passiert ist. Ihre Kaufhistorie ist durchgesickert und ein oder mehrere Artikel erregen Aufsehen?"

Margaret schaute Zeno an und Sergio schaute Margaret an. Dann blickten alle drei zum König hin.

„Nicht ganz, Hoheit", antwortete Zeno. „Die Gegenstände waren harmlos. Sportschuhe, Glühbirnen, eine Kaffeemaschine. Und eine Menge Bücher. Für viele ihrer Einkäufe hinterließ sie Bewertungen. Diese wurden unter einem Benutzernamen gepostet, aber der wurde eindeutig mit Ihrer Schwiegertochter verknüpft und die Bewertungen wurden auf mehreren Plattformen geteilt."

Eduardo war nicht sicher, ob er entsetzt sein oder lachen sollte. Amanda war besonnen. Bevor sie Marco heiratete, hatte sie Kindern von Diplomaten und von anderen hochrangigen Persönlichkeiten Umgangsformen beigebracht. Was könnte sie schon geschrieben haben, was den Grad eines Code Orange erreichte?

„Es gibt Regeln für Bewertungen auf diesen Seiten, also gehe ich davon aus, dass ihre Rezensionen keine obszönen Ausdrücke enthalten."

„Nein, aber sie waren nicht das, was ein Mitglied der königlichen Familie posten sollte." Zeno entfaltete einen Ausdruck, offenbar ein Screenshot einer Rezension. „Das hier ist für einen Tischbackofen."

Als Zeno das Blatt hob und sich zum Lesen bereit machte, wandte sich Sergio ab und hustete. Margaret begann zu lachen und murmelte: „Verzeihung, Hoheit."

Zeno drehte sich auf seinem Sitz so, dass er weder Margaret

noch Sergio ansehen konnte, während er laut vorlas: „Dieser Tischbackofen backt in der Tat eine Vielzahl von Dingen. Leider kann man nach seiner Benutzung nichts mehr essen – auch keine anderen Speisen –, denn der Gestank, der entsteht, wenn man den Apparat einschaltet, erschlägt einen geradezu. Ich weiß nicht, ob es an einer fehlerhaften Verkabelung oder an fehlerhaften Bestandteilen liegt, aber wenn Sie Wert auf Ihre Mahlzeiten legen, kaufen Sie dieses Produkt nicht. Sie könnten Ihr Essen genauso gut mitten auf einer stinkenden Müllhalde zu sich nehmen, denn der Geruch dieses Ofens wird Ihre Geschmacksknospen beeinträchtigen, wenn nicht sogar Ihre ganze Küche erfüllen. Sie werden das Gefühl haben, von verfaulendem Fisch und anderen Abfällen umgeben zu sein, während Sie essen. PS: Positiv anzumerken ist, dass Sie, wenn Sie diesen Tischbackofen als Einweihungsgeschenk erhalten, schnell Ihre neuen Nachbarn und vielleicht auch die örtliche Feuerwehr kennenlernen werden, wenn diese herbeieilen, um die Ursache der üblen Ausdünstungen zu erkunden."

Sergios Gesicht lief rot an, während er darum kämpfte, sein Lachen zu unterdrücken.

Zeno ließ das Blatt sinken. „Der Hersteller des Tischbackofens wurde, nun ja, zur Zielscheibe von … nennen wir es mal … Spott im Internet, Hoheit. Es gab noch andere ähnlich geartete Rezensionen. Eine kürzere war für eine Zehnjahresbatterie. Sie merkte an, dass die Batterie in ihrem Rauchmelder nur drei Wochen hielt, aber einen schönen Zehn-Jahres-Schmuck für ihren Weihnachtsbaum abgab, nachdem sie sie aus dem Melder entfernt, sie getestet und festgestellt hatte, dass sie in der Tat leer war, und dann eine Schleife um das obere Ende gebunden hatte."

Eduardo verkniff sich ein Grinsen und klopfte mit den Fingern auf die Tischplatte. „Also humorvoll, aber nichts Anzügliches. Und keine falschen Behauptungen über einen der Artikel."

„Korrekt, Hoheit. Ein echter Code Orange. Hätten die Rezensionen keinen Humor enthalten, wären sie wohl kaum jemandem aufgefallen. Aber jetzt, wo sie Aufmerksamkeit erregt haben, werden sie ständig geteilt. Ich werde bestimmt heute bei der Pressekonferenz danach gefragt werden."

Eduardo lehnte sich auf seinem Stuhl zurück. „Damit ist eines der großen Rätsel des Universums gelöst: Wir wissen jetzt, wie Amanda und Marco eine gemeinsame Basis für ihre Ehe gefunden haben."

„Bitte gestatten Sie mir, dies zu verwenden", bat Zeno. „Ich zitiere Sie natürlich nicht, Hoheit. Ich würde es lieber ohne Quellenangabe übernehmen."

„Wenn Sie glauben, dass es hilft, die Situation zu entschärfen, bitte sehr. Sind wir jetzt fertig?"

Als alle das bestätigt hatten, stand Eduardo auf. Er konnte an ihrer Mimik ablesen, dass die Code-Orange-Angelegenheit zwar die Anspannung im Raum zum Teil gelöst hatte, seine leitenden Mitarbeiter jedoch weiterhin wegen seiner Beziehung zu Claire und den möglichen Auswirkungen auf das Strada-il-Teatro-Projekt besorgt waren.

„Okay. Priorität Nummer eins ist diese Woche die Strada. Zeno, bitte machen Sie das den Medien unmissverständlich klar. Margaret, wenn Sie sich mit irgendwelchen Gruppen treffen, die ein Interesse am Erscheinungsbild der Strada haben – zum Beispiel mit einer der Museumsstiftungen oder Theater-Wohltätigkeitsorganisationen –, lassen Sie sie wissen, wie begeistert wir von dem bestehenden Plan sind, und erinnern Sie sie daran, dass wir alle an einem Strang ziehen. Wir möchten, dass sie uns nicht als Gegner sehen, sondern als Partner bei der Wahrung ihrer künftigen Interessen. Wir wollen, dass sie uns weiterhin unterstützen, damit unsere Position stark bleibt."

„Das mache ich, Hoheit."

„Und Sergio, Sie wissen, was zu tun ist: Zurren Sie alle Teile des Plans fest, die möglich sind, damit wir den Parlamentariern, die ihn unterstützen, eine frühe Vorschau geben können. Wenn der offizielle Entwurf vorgestellt wird und es Zeit für uns ist, einen Schritt zurückzutreten, möchte ich, dass sie die nötigen Informationen haben, um ihn zu befürworten."

Als Sergio nickte, stützte Eduardo seine Hände auf den Schreibtisch. „Das ist wichtig. Sie alle wissen, warum. Es ist auch für mich persönlich wichtig."

Er schaute sie alle nacheinander an, um seiner Aussage Nachdruck zu verleihen. „Ich habe mit Königin Aletta eine wunderbare Frau geheiratet. Jeder von Ihnen weiß, was sie mir und was sie für dieses Land bedeutet hat. Es ist richtig, dass die Menschen ihr Vermächtnis ehren wollen. Dennoch möchte ich nicht, dass mein einziges Vermächtnis darin besteht, dass ich eine beliebte Ehefrau hatte. Künftige Generationen sollen wissen, dass ich die wertvolle Zeit, die mir in diesem Amt geschenkt wurde, dazu genutzt habe, San Rimini zu verbessern. Ich möchte sie dazu inspirieren, das Gleiche zu tun. Und nun lassen Sie uns dafür sorgen, dass die Arbeit getan wird."

KAPITEL 18

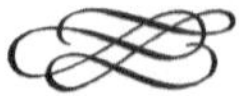

„ICH KANN NICHT GLAUBEN, dass es so lange gedauert hat", sagte Claire, als sie Eduardo den Schrank mit ihren Gläsern zeigte. Sie salzte das Popcorn und schwenkte die große Schüssel leicht, damit sich der Inhalt gut vermischte. Sie hatte darauf bestanden, dass alles wie im Kino sein sollte. Sie hatte es sogar geschafft, auf dem Heimweg von der Arbeit zwei Schachteln Raisinets in einem Fachgeschäft zu bekommen.

Eduardo hatte geringschätzig den Mund verzogen, als sie ihm bei seiner Ankunft die Süßigkeit präsentiert hatte. Er hatte angemerkt, dass jede beliebige Confiserie der Stadt ihnen auf Bestellung Rosinen mit Schokoladenüberzug gemacht hätte, sodass sie nicht die abgepackte Variante hätte kaufen müssen.

„Du hast noch nie Raisinets gegessen, oder?", hatte sie gefragt.

„Nein."

„Dann wird es höchste Zeit."

„Du klingst wie Samuel Barden, der versucht, mich von einem neuen Süßkartoffelrezept zu überzeugen."

„Wir haben so lange darauf gewartet, den Film zu sehen.

Meinst du, ich würde ihn mit Süßigkeiten ruinieren, von denen ich weiß, dass du sie nicht mögen wirst?"

„Hm. Das wird ein Test, ob mein Vertrauen in dich gerechtfertigt ist."

Sie hatte ihm einen Kuss gegeben und ihn in die Küche geschoben.

Bei einem späten Abendessen in einem griechischen Restaurant in der Woche zuvor hatte sie ihn damit aufgezogen, dass es ihm nicht möglich war, *Jenseits von Afrika* im Palast zu empfangen. Letztendlich hatte Luisa herausgefunden, dass die Lizenz für den Film in San Rimini abgelaufen war. Der Sender hatte ihn abgesetzt, aber ein anderer Anbieter hatte die Lizenz übernommen und würde den Film in zwei Monaten verfügbar machen.

Claire hatte im Internet recherchiert, bis sie eine Möglichkeit gefunden hatte, den Film einmalig auszuleihen. Sie hatten sich den Abend in ihren Kalendern freigehalten und vereinbart, den Film bei ihr zu schauen. Jetzt war er bereit, gestartet zu werden, und das Menü flimmerte auf der Mattscheibe, während sie ihre Snacks zusammenstellten.

Sie wollten, dass alles perfekt war.

Eduardo verschloss die Limonadenflasche und stellte sie zurück in den Kühlschrank. Während Claire die Servietten holte, sagte sie: „Ich habe vorhin den Verkehrsminister in den Nachrichten gesehen. Er hat über deinen Plan für die Strada il Teatro gesprochen."

„Sergio sagte mir, er wäre begeistert. Ich hoffe, das war offensichtlich."

„Er erzählte dem Reporter, dass er sich kürzlich mit Vertretern des Händlerausschusses der Innenstadt getroffen hat, um über die aktuelle Fassung zu sprechen, und dass alle Beteiligten fänden, es sei ein sorgfältig durchdachter Plan – so weit seine Worte. Sollte das Parlament das Vorhaben verabschieden, könne sich das Land auf ein verbessertes Stadtzentrum freuen, ohne die Aspekte aufzugeben, die es zu einem nationalen Denkmal machen."

„Das ist Musik in meinen Ohren." Er nahm einige Servietten von Claire entgegen und ging damit und mit der Limonade in Richtung Wohnzimmer. Sie folgte ihm mit dem Popcorn. Die Raisinets lagen bereits auf dem Couchtisch. Während er die Getränke auf Untersetzer stellte, sagte er: „Das Vorhaben geht nächste Woche ins Parlament. Offiziell, meine ich. Die Hauptakteure haben den letzten Entwurf gesehen und sind bereit, sich zu seinen Bestandteilen zu äußern, sobald die Haushaltsdebatte beginnt. Dann haben wir es nicht mehr in der Hand."

Sie betätigte den Schalter einer großen Lampe, die neben dem Sofa stand, um das Licht zu löschen, bevor sie nach der Fernbedienung griff. „Glaubst du, das Projekt wird so, wie es ist, durchgewunken?"

„Meine Angestellten haben die Knochenarbeit geleistet, alle Beteiligten auf eine Linie zu bringen. Das Parlament weiß, dass das Vorhaben nötig ist und dass es nie wieder eine Gelegenheit mit weniger politischem Risiko geben wird. Aber sie müssen es verabschieden, bevor jemand beschließt, sich umzuentscheiden. Wenn das passiert, wird es ein hartes Stück Arbeit. Das will niemand."

Eduardo ließ sich auf den Polstern nieder, dann legte er einen Arm auf die Rückenlehne des Sofas und bedeutete Claire, sich an ihn zu schmiegen. Sie nahm Platz und wollte gerade den Film starten, als Eduardo eine Kiste in der Ecke bemerkte. „Du hast da eine ganze Kiste Champagner. Ist die für mich?"

„Nicht so, wie du denkst." Sie hatte vorgehabt, es ihm im Laufe der Woche zu sagen, aber wahrscheinlich spielte es keine Rolle. „Mark Rosenburg hat am Montag ein weiteres Treffen mit Sonia Selvaggi. Sie hat noch ein paar Fragen zur Sicherheit der Lehrkräfte. Mark wird mit ihr die Protokolle durchgehen, die bereits in Kraft sind, sowie einige, die hinzugefügt werden, wenn das Programm in Bereiche expandiert, in denen es andere Sicherheitsbedenken gibt."

Er lehnte sich zurück, um ihr ins Gesicht sehen zu können. „Du wirst ihre Zustimmung bekommen?"

„Ja. Ich habe zweimal mit ihr gesprochen, einmal am Telefon und einmal bei einer persönlichen Begegnung. Mark hat die schwerste Arbeit geleistet. Sie hat ihm schon durch die Blume zu verstehen gegeben, dass sie mit Ja stimmen wird, wenn du das Vorhaben dem Parlament unterbreitest. Sobald Mark ihre offizielle Zustimmung hat, bringe ich die Kiste mit Champagner in sein Büro, damit er sie mit seinem Team teilen kann – abgesehen von der letzten Flasche, die wir dir schicken werden."

„Du hast einen gemeinen Zug, weißt du das?"

Sie zwinkerte ihm zu und nahm die Fernbedienung in die Hand. Als der Vorspann begann, kuschelte sie sich an ihn. „Apropos gemein, wie ist dein Cribbage-Spiel mit Giovanni letztes Wochenende gelaufen?"

„Dein gemeiner Zug wird immer ausgeprägter."

„Ich habe eben manchmal unanständige Gedanken."

„Das wiederum klingt eher nach Vergnügen."

Sie drückte eine Taste auf der Fernbedienung und auf dem Bildschirm erschien eine Totale eines diesigen orangefarbenen Sonnenuntergangs und eines einzelnen Baumes. Langsam kam die Silhouette eines Jägers vor der tiefstehenden, trostlosen Sonne in den Blick. Claire kannte die ersten Zeilen auswendig: Karen Blixens Erinnerung an einen Mann, der sein Grammofon mit auf Safari nahm.

Drei Gewehre, Vorräte für einen Monat und Mozart.

Claire schlang ihre Arme um Eduardos Mitte und ließ sich von der Musik, der Geschichte und Eduardos starken Armen gefangen nehmen.

SPÄTER, lange nachdem sie Popcorn und Raisinets gegen ein warmes Bett getauscht hatten, lag Claire mit geschlossenen Augen auf dem Rücken, Eduardos Wange an ihrer Brust. Ihre Oberkörper hoben und senkten sich gleichzeitig und seine Bartstoppeln kratzten leicht auf ihrer Haut. Sein Herz schlug in einem beruhigenden Rhythmus an ihrem und der leichte Schweißfilm, der seinen Rücken überzog, verdunstete in der kühlen Luft. Sie fuhr mit den Fingern durch sein Haar und erfreute sich an allem, was sie wahrnahm.

So erschöpft sie auch waren, sie wusste, dass er nicht schlief und es ebenfalls genoss.

Als sie die Bewegung ihrer Finger verlangsamte, drehte er den Kopf und drückte ihr einen zarten Kuss auf den Halsansatz.

„Musst du nach Hause?", flüsterte sie.

„Nein. Wirfst du mich raus?"

Sie strich mit den Fingerspitzen über seinen Nacken und über die Kuhle zwischen seinen Schulterblättern, was ihm ein zufriedenes Murmeln entlockte. „Niemals", erwiderte sie. „Es fühlt sich zu gut an, um dich fortzulassen."

Er knabberte sanft an ihrem Hals, bevor er sich leicht aufrichtete und sich mit den Ellbogen seitlich von ihr abstützte. „Nicht, dass ich nicht alles zu schätzen wüsste, was vorher war, aber dieser Moment ist etwas Besonderes. Mit dir. Ich danke dir."

Sie lächelte und streichelte weiter seinen Rücken. „Wenn ich in den nächsten Tagen im Büro sitze und eine lange Liste von Telefonaten zu führen habe und Menschen und Projekte meine Aufmerksamkeit fordern, werde ich in Gedanken zu diesem Augenblick zurückkehren, um Ruhe zu finden."

Er schloss die Augen und atmete langsam ein, als wollte er Kraft für seine eigene Woche schöpfen, dann senkte er den Kopf, bis seine Stirn die ihre berührte. Der Moment erschien ungeheuer bedeutsam: Sie lagen einige Sekunden einfach so da, dann berührten seine Lippen ihren Mund und der Kuss fühlte sich an, als enthielte er jahrelang unterdrückte Gefühle.

Danach rührte er sich nicht. Als sie ihre Augen öffnete, erwiderte er ihren Blick, als hätte er darauf gewartet, dass sie ihn anschaute. „Mit Sex hatte ich noch nie ein Problem, zumindest nicht in der Theorie. Intimität ist jedoch etwas anderes. Sie kommt selten vor. Das gilt noch mehr für Menschen, die Jobs haben wie wir. Die Risiken sind zu groß."

Er verlagerte leicht sein Gewicht, sah sie aber weiterhin an. „Ich habe mich in dich verliebt, Claire Peyton. Es erfüllt mich mit freudiger Erregung, an dich zu denken, aber es schenkt mir auch Ruhe. Ich habe so fest geglaubt, dass ich dieses Gefühl nach Alettas Tod nie wieder haben würde, dass ich mir nicht die Mühe gemacht habe, danach zu suchen. Aber als wir uns begegneten, wurde mir bewusst, dass ich es mit dir erleben könnte. Vielleicht habe ich es schon an dem Abend gemerkt, als wir nach der Beglaubigungszeremonie miteinander tanzten. Du hast mich verzaubert."

„Was? Als du dachtest, ich würde einen Fauxpas begehen und dich zum Tanzen auffordern?"

Er strich ihr eine Haarsträhne aus der Stirn und lächelte. „Ich hätte es umgehen können. Habe ich aber nicht. Ich wollte mit dir tanzen. Ich wollte es sogar sehr."

Claire spürte, wie ihr Tränen in die Augen stiegen. Sie versuchte, nicht zu blinzeln, weil sie wusste, dass die Tränen sonst laufen würden, aber Eduardo bemerkte sie und wischte sie mit seinen Daumen weg.

„Ich liebe dich, Eduardo. Ich vertraue dir. Und ich bin froh, dass ich die Gelegenheit hatte, mit dir zu tanzen."

Er küsste sie erneut. „Auf dich zu warten, hat sich gelohnt."

Es machte sie unendlich glücklich, das zu hören, gleichzeitig brach es ihr das Herz, wenn sie daran dachte, wie viel er durchgemacht hatte. „Du hast erwähnt, dass du seit Alettas Tod keine

Beziehung mehr hattest. Aber in dieser Zeit ... hast du da nicht ...?"

Alle diplomatischen Fähigkeiten der Welt halfen ihr nicht, die Frage zu formulieren, die sie stellen wollte, aber Eduardo verstand sie trotzdem. „Das ist auch schon neun Jahre her. Nun ja, über neun Jahre." Er legte sich auf die Seite und zog sie mit sich, sodass sie einander im Dunkeln zugewandt waren.

Nach einem tiefen Atemzug sagte er: „Über mehrere Monate hinweg erwähnte Aletta immer wieder, dass sie Darmprobleme hatte und sich aufgebläht fühlte. Je nachdem, wie ihr Tag verlief, führte sie das auf einen vollen Terminkalender zurück, auf eine Mahlzeit, die ihr nicht bekommen war, oder auf den Stress bei den Vorbereitungen für Federicos Hochzeit. Es war nichts, was ihr tägliches Leben grundlegend beeinträchtigte, lediglich ein kleines Ärgernis. Eine Routineuntersuchung erbrachte besorgniserregende Ergebnisse. Darauf folgten weitere Untersuchungen, die schließlich ergaben, dass sie Eierstockkrebs in einem fortgeschrittenen Stadium hatte. Federicos Hochzeit fand mitten zwischen den Folgeuntersuchungen statt. Während das ganze Land mit Fotos des Hochzeitskleides beschäftigt war und mit der Frage, wen Federico als seinen Trauzeugen wählen würde, begaben Aletta und ich uns in den Krisenmodus."

Er strich mit dem Finger über Claires Seite, bis er eine Stelle an ihrer Hüfte fand, wo er seine Hand bequem hinlegen konnte. „Unser Leben wurde zu einer Kaskade von Entscheidungen. Wie und wann wir es den Kindern sagen sollten. Wie wir es ihrer Schwester Helena mitteilen, die außerdem ihre persönliche Assistentin war. Wir mussten uns um Arztbesuche, Operationen und Chemotherapie kümmern und uns entschließen, was das Personal und die Öffentlichkeit wann erfahren sollten, während wir gleichzeitig versuchten, Alettas seelische und körperliche Gesundheit an die erste Stelle zu setzen. Es war anstrengend und qualvoll und ich habe in der Zeit sicherlich nicht an … nun, an irgendetwas anderes gedacht. Und ich hatte Angst um sie."

Während Claire Eduardo zuhörte, wuchsen ihr Respekt für ihn und ihre Liebe zu ihm. Alettas Behandlung war die fortschrittlichste gewesen, die es zu jener Zeit gab. Sie hatten versucht, optimistisch zu bleiben, und sich eingeredet, dass es wieder bessere Tage geben würde. Als sie erfuhren, dass Aletta nicht geheilt werden konnte, war Sex das Letzte, woran sie dachten. Dazu war sie körperlich nicht in der Lage und sie waren beide nicht in der Stimmung. Seit dem Tag von Alettas Diagnose bis zu dem Tag, an dem Claire in Eduardos Wohnbereich im Palast gekommen war, um ihm mitzuteilen, dass sie ihre Beziehung beenden wollte – und sie stattdessen im Bett gelandet waren –, hatte er enthaltsam gelebt.

Und, davon war Claire überzeugt, er hatte auch seinen Schmerz für sich behalten. Er konnte nicht verbergen, dass er trauerte. Aber nach dem anfänglichen Schock über den Tod seiner Frau, in den vielen Jahren, die er allein verbracht und sich seiner Arbeit gewidmet hatte, hatte er mit niemandem darüber gesprochen. Nicht mit seinen Kindern. Nicht mit seinen Geschwistern. Nicht einmal mit Giovanni.

Claire legte eine Hand auf seine Brust. Ihre Finger strichen über den Rand seiner Narbe. „Das ist eine lange Zeit."

Er lächelte zustimmend. „Ich war mit der wunderbarsten Frau verheiratet, der ich je begegnet bin. Die ganze Welt wusste es. Das konnte niemand zurückbringen. Gleichzeitig führte mir diese Erfahrung vor Augen, wie zerbrechlich das Leben ist. Mein Vater starb an einem angeborenen Defekt und ich war Jahre zuvor getestet worden, sodass ich wusste, dass ich den gleichen Defekt hatte und wahrscheinlich irgendwann operiert werden musste. Einige Jahre nach Alettas Tod nahm meine kardiovaskuläre Leistungsfähigkeit plötzlich rapide ab. Ich hatte ständig das Gefühl, ich müsste sterben, obwohl ich auf den Scans sehen konnte, dass dem nicht so war. Mein Herz- und

Gefäß-Chirurg versicherte mir, dass ich trotz der Risiken der Operation ein idealer Kandidat wäre. Ich hielt mich fit, hatte nie geraucht und ernährte mich recht gesund." Er verdrehte die Augen und fügte dann hinzu: „Nicht so gesund wie das, worauf Samuel jetzt besteht, aber insgesamt war ich in guter Form. Jedenfalls hatten meine Ärzte mich darauf hingewiesen, dass eine verminderte kardiovaskuläre Leistungsfähigkeit eine Art Todesangst auslösen kann, und dieses Gefühl war geradezu lähmend. Als ich nach der Operation aufwachte und die Wirkung der Medikamente nachließ, hatte ich die schlimmsten Schmerzen meines Lebens, aber diese Angst war fort. Ich machte die Genesung zu meiner Mission. Ich wollte weiterleben. Ich wollte noch etwas erreichen. Ich wollte mich an meinen Kindern und Enkelkindern erfreuen und das Leben in seiner Fülle auskosten, solange ich konnte."

„Aber du bist keine Beziehung eingegangen."

Seine Finger bewegten sich an ihrer Hüfte. „Ich dachte, dass ich die Intimität, die ich mit Aletta hatte, nicht erneut finden könnte. Und selbst wenn, wusste ich, dass es nicht leicht sein würde, eine Frau zu finden, die gern mit mir ausgehen und mit allem, was dazu gehört, fertigwerden würde. Es gibt keine Möglichkeit, der Pracht und Tradition des Palastes zu entgehen. Manche Menschen sehnen sich nach dieser Art von Umgebung, anderen ist sie unangenehm. Es herrscht auch ein Mangel an Privatsphäre. Du weißt, wie das ist. Wenn jemand den Palast betritt oder verlässt, bekommen das Dutzende von Leuten mit. Und zwar nicht nur das Sicherheitspersonal und die anderen Angestellten, auch meine Kinder leben unter diesem Dach. Wenn ich Gäste habe, merken sie es. Und dann sind da noch die Medien."

Sie quittierte dies mit einem Neigen des Kopfes. „Dadurch entsteht nicht nur ein Mangel an Privatsphäre. Die Medien haben dir einen gewissen Ruf verschafft. Das muss auch mit hineingespielt haben."

„Oh ja, der Mann, der als romantische Ikone bekannt ist? Der ehrenhafte Witwer?"

„So würde ich es nie formulieren."

„Der Rest der Welt schon. Trotzdem sollte mein Ruf keine Rolle bei meinen Entscheidungen spielen."

„Und doch tut er das." Er wusste genauso gut wie sie, dass in der Politik das eigene Ansehen sich darauf auswirkte, ob man seine Ziele erreichte. Es ließ sich nie vollends ignorieren, auch nicht im Privatleben.

„Ja", räumte er ein. „Hätte ich mich zwanglos verabreden wollen, hätte ich vermutlich einen Weg gefunden, das mit minimalem Risiko zu tun. Miroslav oder Chiara hätten das zuwege gebracht. Aber so bin ich einfach nicht. Und als ich die richtige Frau traf, wollte ich mehr als eine zwanglose Verabredung."

„Warst du einsam?"

Er schwieg mehrere Sekunden. „Ich habe viel zu tun und ich tue es gern. Mein Leben hat einen Sinn. Ich habe Freunde. Aber: Ja, ich war einsam. Ich habe es geschafft, lange Zeit nicht darüber nachzudenken. Allerdings habe ich dich nicht in die Oper eingeladen, weil ich einsam war."

Er bedeckte ihre Hand, die sie auf ihre Brust gelegt hatte, mit seiner eigenen. „Ich war gerade dabei, die Risiken abzuwägen, dich um ein Date zu bitten, als ich erfuhr, dass Amanda und Marco ein Kind erwarten. Es ist nicht öffentlich bekannt, aber Amanda trägt mehrere mutierte Gene in sich, die sie anfällig für Brust- und Eierstockkrebs machen. Sie und Marco haben lange mit Ärzten über Präventivmaßnahmen und über das Für und Wider von Kindern diskutiert. Sie beschlossen, sechs bis neun Monate zu versuchen, ob sie schwanger würde, und dann aufzuhören. Nach sieben Monaten wurde sie schwanger. Ich kannte die Einzelheiten ihrer Krankengeschichte nicht, bis sie mir von der Schwangerschaft erzählten. Sie wollten, dass ich verstehe, warum sie bis zum letztmöglichen Moment gewartet haben, um es öffentlich bekannt zu geben."

Er lächelte und küsste Claires Fingerspitzen. „Marco sagte, dass man nur einmal lebt und dass er und Amanda hofften, ihr Leben mit einem Kind zu teilen. Sie waren bereit, ein kalkuliertes Risiko einzugehen. Da wurde mir auf einmal klar, dass ich genauso in Bezug auf dich empfand. An diesem Abend erzählte ich Giovanni, dass ich dich um ein Date bitten wollte. Ich wusste schon vor dem Gespräch mit ihm, dass ich es tun würde, aber es fühlte sich trotzdem besser an, von ihm dazu ermutigt zu werden."

„Ich mochte ihn schon immer." Sie rückte näher an ihn heran und fügte hinzu: „Aber dich mag ich noch mehr. Bleibst du für Pancakes?"

Er warf einen Blick auf die Uhr auf ihrem Nachttisch und grinste. „Pancakes? Um Mitternacht?"

„Ich dachte eher an sieben oder acht Uhr. Neun, wenn du ausschlafen willst."

Seine Hand wanderte von ihrer Hüfte zu ihrem Po und er zog sie enger an seinen Körper heran. „Ich sage nur kurz meinem Sicherheitsteam Bescheid. Danach gehöre ich ganz dir."

KAPITEL 19

EINE HALBE STUNDE nachdem Eduardo mit seinem Sicherheitsteam gesprochen hatte, klingelte sein Mobiltelefon.

Claire hörte es zuerst und streckte sich, um das Handy vom Nachttisch zu nehmen.

„Sie hatten doch gesagt, eine Abholung um zehn Uhr morgens wäre kein Problem", nuschelte er. Sein Gehirn war benebelt von den ersten Minuten des Schlafs.

„Hast du vielleicht etwas in deinem Terminkalender übersehen?"

„Nein", murmelte er. Abgesehen von einem abendlichen Telefongespräch, bei dem er den Mitgliedern des Robotik-Teams der Universität von San Rimini gratulieren wollte, die bei einem weltweiten Wettbewerb den dritten Platz belegt hatten, waren für diesen Tag keine Termine geplant. Er hatte ihn damit verbringen wollen, seine Briefingmappe zu lesen und seine Korrespondenz aufzuarbeiten.

Er nahm das Telefon von Claire entgegen und hielt es an sein Ohr. „*Si, pronto?*"

„Hoheit, ich weiß, dass es nach Mitternacht ist, aber Ihre

Sicherheitschefin sagte mir, dass Sie vermutlich noch wach sind."

Eduardo erkannte die Stimme seines Verbindungsmannes im Verteidigungsministerium. Er setzte sich auf und war plötzlich hellwach. „Was ist passiert?"

„Erinnern Sie sich an den Unfall, der sich vor etwa drei Monaten auf der Strada il Teatro ereignet hat? Einen Block weiter westlich gab es wieder einen. Eine fünfköpfige Familie ging von ihrem Hotel zum Park in der Nähe der Treppe, die die Strada mit der Via Vespri verbindet. Die Leute wollten sich ein Feuerwerk ansehen, das anlässlich einer Hochzeit in der Nähe des Yachthafens veranstaltet wurde. Auf dem Rückweg wurden sie beim Überqueren des Zebrastreifens am oberen Ende der Treppe angefahren. Der Autofahrer hatte auf die gegenüberliegende Straßenseite geschaut und sie übersehen. Er hielt an und leistete Erste Hilfe, doch ihre Verletzungen sind schwer. Einige Männer, die aus einem Casino kamen, schrien den Fahrer an und zerrten ihn auf den Gehweg. Er hatte bereits einen Notruf abgesetzt und die Polizei traf ein, bevor die Auseinandersetzung zu weit ging. Der Fahrer ist mit dem Kopf auf dem Bordstein aufgeschlagen und hat sich möglicherweise Rippen gebrochen, aber ersten Berichten zufolge hat er keine bleibenden Schäden erlitten. Die Angreifer wurden festgenommen. Zwei Krankenwagen sind vor Ort, um der Familie Hilfe zu leisten. Die Medien sind unterwegs und werden ein paar Straßenzüge vom Unfallort entfernt durch Absperrungen ferngehalten. Da die Strada aufgrund des Unfalls jedoch für mindestens eine Stunde gesperrt sein wird, bis die Lage geklärt ist, mussten Sie informiert werden."

„Wissen Sie, wie es um die Familie steht?"

„Noch nicht, Hoheit. Bis jetzt gibt es keine Berichte über Todesopfer, aber die Situation ist unklar."

„Halten Sie mich auf dem Laufenden."

Eduardo legte das Telefon hin und fuhr sich mit der Hand übers Gesicht. Das war sein Albtraum.

„Ich habe alles gehört", sagte Claire. „Willst du zurück in den Palast, um auf Updates zu warten?"

„Ich habe gerade meinen Fahrer nach Hause geschickt."

„Meiner wohnt ein paar Straßen weiter. Er hat mir erzählt, dass er selten vor zwei oder drei Uhr ins Bett geht. Ich lasse ihm schnell eine Nachricht zukommen. Er arbeitet seit Jahren für die Botschaft und kennt die Sicherheitsprotokolle."

Eduardo zögerte, aber nur eine Sekunde. „Wenn er verfügbar ist, gerne. Ansonsten rufe ich meinen zurück."

Er suchte seine Kleidung zusammen und ging ins Bad. Als er wieder auftauchte, brannte das Licht und Claire saß vollständig angezogen auf der Bettkante. „Fabiano ist auf dem Weg."

Eduardo fasste nach ihrer Hand. „Eine fünfköpfige Familie bedeutet, Kinder sind beteiligt."

Sie küsste seine Fingerknöchel. „Ich komme mit."

Er nickte, dann gingen sie zur Vordertür, um dort zu warten.

Fabiano brachte sie über Seitenstraßen nach La Rocca, aber hin und wieder blitzte das Blaulicht in der Strada il Teatro zu Eduardo durch.

Claire folgte seinem Blick und drückte beruhigend sein Knie, bevor sie seine Hand nahm.

Als der Sicherheitsdienst den Wagen durch den Hintereingang winkte, sagte er: „Ich muss in mein Büro. Es könnte eine Weile dauern."

„Ich schicke Fabiano nach Hause und suche mir einen Platz zum Warten." Sie hob ihr Smartphone hoch. „Ich habe ein paar Dokumente dabei, die ich lesen kann."

Sergio und Zeno unterhielten sich vor seinem Büro, als er eintraf. Er hätte überrascht sein müssen, sie zu sehen, aber irgendwie war er das nicht. „Sie haben es gehört?"

Sergio nickte. „Meine Frau und ich haben in der Nähe des

Yachthafens zu Abend gegessen und sind dann geblieben, um uns das Feuerwerk von einer Hochzeit anzusehen. Wir hörten die Martinshörner und ich rief an, um zu erfahren, was los war. Zeno erhielt eine Pressebenachrichtigung und beschloss, herzukommen."

Sergio bot an, Kaffee zu machen, und die Männer ließen sich um den Couchtisch in Eduardos Büro nieder, um auf weitere Informationen zu warten.

Sie saßen einige Minuten schweigend da, dann sagte Sergio: „Sie waren bei Claire Peyton, Hoheit?"

Zenos Kopf fuhr hoch, als könnte er nicht glauben, dass Sergio diese Frage gestellt hatte, obwohl sie beide die Antwort kannten.

„Ja."

Sergio fuhr mit dem Zeigefinger über den Rand seiner Kaffeetasse. „Sie hat Selvaggi überzeugt, stimmt's? Ich habe so ein Gerücht gehört."

„Das hat sie. Noch nicht offiziell, aber es wird so kommen."

Diesmal lastete das Schweigen wie ein Gewicht auf ihnen.

„Egal, was wir heute Nacht aus dem Krankenhaus hören, dies ist eine Tragödie." Sergio wählte seine nächsten Worte mit Bedacht: „Dieser Vorfall wird eine ganze Familie tief treffen, selbst wenn sie alle überleben. Der Fahrer wird nie mehr derselbe sein. Touristen werden um ihre Sicherheit fürchten."

„Wir können den heutigen Abend nicht ungeschehen machen, sosehr wir uns das auch wünschen mögen. Wir können uns nur auf die Zukunft ausrichten."

„Ja, Hoheit." Sergio schluckte, dann sagte er: „Die Tragödie von heute Abend zeigt, warum die Veränderungen notwendig sind. Aber wenn Botschafterin Peyton die Unterstützung von Sonia Selvaggi erhält und Sie das Gesetz zur Finanzierung des Bildungsprogramms präsentieren, wird das nicht gut ankommen, besonders zu einem Zeitpunkt, an dem die Öffentlichkeit an Sie und Ihre Vision von der Strada-il-Teatro glauben muss."

Eduardo schüttelte den Kopf. „Wir werden ihre Gespräche mit Selvaggi nicht sabotieren, falls Sie das vorschlagen möchten. Der Zeitpunkt ist nicht ideal, das gebe ich zu, aber wofür sie sich einsetzt, ist Gesetzgebung, die ich unterstütze. Sie unterstützen sie auch, Sergio. Es ist die *traditionelle* Rolle des Monarchen, diese Art von Programmen zu fördern.“

„Ja, Hoheit. Aber in Anbetracht der Umstände ist es notwendig, dass Sie die Sache verschieben. Wir mussten so viel Zeit und Mühe in das Strada-Projekt investieren, gerade weil es *nicht* die Art von Gesetzgebung ist, an der sich die Monarchen von San Rimini gewöhnlich beteiligen. Die Zusagen, die wir haben, sind nicht gesichert. Wenn das Vorhaben verabschiedet werden soll, brauchen Sie die Unterstützung der Öffentlichkeit. Wenn die Bürger von San Rimini glauben, dass Sie eine Entscheidung zugunsten Ihrer Freundin treffen, egal wie sinnvoll diese Entscheidung auch sein mag, wird Ihre Popularität noch mehr einbrechen und Sie werden sich in einer Zwickmühle befinden. Sie werden nicht in der Lage sein, genau das Problem zu beheben, das behoben werden muss.“

„Sergio, ich habe mein Wort gegeben.“

Sergio erwiderte nichts, aber seine Kieferpartie verriet seine Anspannung.

Zeno sagte: „Sie haben Ihr Wort gegeben, Hoheit. Aber nicht nur Botschafterin Peyton.“

Eduardo schloss die Augen. Er hatte versprochen, dass er sich für Claires Sache einsetzen würde. Er hatte es an dem Abend getan, als sie einen Anruf vom Präsidenten erhalten hatte, der sich vergewissern wollte, dass sie sich bewusst war, wo ihre Prioritäten lagen.

Das Handy vibrierte in seiner Tasche. Fast zeitgleich erhielt Zeno eine Benachrichtigung und sagte, er müsse einen Anruf tätigen. Als Eduardo das Gespräch annahm, klingelte Sergios Telefon. Sie gingen jeweils in einen anderen Teil des Raumes, damit sie besser verstehen konnten.

Die Neuigkeiten waren düster: Der Fahrer hatte eine Gehirnerschütterung, eine gebrochene Rippe und möglicherweise eine Augenverletzung und würde zur Beobachtung im Krankenhaus bleiben. Bei der Familie handelte es sich um eine Mutter, einen Vater, zwei Kinder und die Schwester der Mutter. Die Mutter und ihre Schwester hatten leichte Verletzungen. Sie wurden behandelt und danach wieder entlassen. Bei einem der Kinder, einem Mädchen, wurden Schnittwunden auf dem Rücken und an einem Bein genäht. Sie würde wahrscheinlich am Morgen entlassen werden. Der Vater hatte das zweite Kind, ebenfalls ein Mädchen, auf dem Arm getragen. Sie hatten die schwerwiegendsten Verletzungen erlitten. Beide waren mit dem Kopf auf dem Asphalt aufgeschlagen. Die Kopfverletzung des Mädchens schien nicht schwer zu sein, aber sie hatte sich einen Arm und das Schlüsselbein gebrochen und der Arm musste operiert werden. Der Vater hatte eine Beckenfraktur und mehrere gebrochene Rippen. Er wurde noch untersucht, um das Ausmaß seiner Kopfverletzung festzustellen.

Die Polizei blieb zur Untersuchung des Unfalls auf der Strada il Teatro, würde aber bei Sonnenaufgang den Unglücksort räumen und die Straße wieder freigeben.

Eduardo beendete sein Gespräch kurz nach Sergio und Zeno. Sie verglichen ihre Notizen; alle hatten dieselben Informationen erhalten, wenn auch aus unterschiedlichen Quellen.

Zeno fragte Eduardo, ob er wegen des hohen Stellenwerts der Strada il Teatro am Morgen eine Erklärung abgeben wolle. Der König nickte. „Ich bezweifle, dass wir in den nächsten ein bis zwei Stunden etwas Neues hören werden", sagte er. „Sie sollten schlafen, solange Sie das können. Ich werde einen Spaziergang durch den Garten machen, um meinen Kopf freizubekommen, und dann setze ich eine Erklärung auf, die ich Ihnen vorlegen werde."

Damit drehte er sich um und ging nach draußen.

Die Luft war kühl, sodass er seine Ärmel bis zu den Handgelenken hinunterzog, bevor er die Hände in die Vordertaschen steckte. Sein rechter Daumen berührte etwas Samtenes und plötzlich brannten Tränen in seinen Augen. Er schüttelte das Gefühl ab und schritt den Kiesweg entlang in Richtung des Brunnens. Er war nicht überrascht, Claire auf einer Bank gegenüber dem Becken sitzen zu sehen.

Sie ließ ihr Smartphone sinken, als er sich näherte. Als er sich neben sie setzte, sagte sie nichts. Eduardo starrte einige Sekunden lang auf das Wasser. Er sehnte sich danach, Claire zu berühren, konnte sich jedoch nicht dazu durchringen. Wie aufs Stichwort drehte sie sich zur Seite. Sie schwang ihre Beine über seinen Schoß, schlang ihre Arme um seine Schultern und küsste seine Schläfe.

„Drei Erwachsene, zwei Kinder", sagte er. „Der Vater hat noch unbekannte Kopfverletzungen, eine Beckenfraktur und gebrochene Rippen. Ein kleines Mädchen wird gerade wegen eines Armbruchs operiert. Die anderen sind verletzt, werden aber genesen. Auch der Fahrer wird wohl wieder gesund; er hat eine Gehirnerschütterung und möglicherweise eine Augenverletzung."

Sie legte ihre Hand an seine Wange und drückte ihm einen weiteren Kuss auf die Schläfe. „Du bist ein guter Mensch, Eduardo diTalora."

„So fühlt es sich aber nicht an."

„Du kümmerst dich. Du tust alles, was du kannst, um zu verhindern, dass sich solch ein Unfall wiederholt. Das ist mehr, als die meisten Leute von sich behaupten können."

„Tue ich wirklich alles, was ich kann? Ich weiß es nicht. Und ich weiß auch nicht, ob ich die Kraft dazu habe."

Er hatte Claire ein Versprechen gegeben, aber zuerst musste er an sein Land denken. Das war es, was Sergio und Zeno ihm sagen wollten, aber nicht ausgesprochen hatten.

Die Bürger von San Rimini verließen sich darauf, dass er weise Entscheidungen fällte. Wenn es um die Sicherheit auf der

Strada il Teatro ging, betraf das Hunderttausende von Menschen, vielleicht sogar Millionen, denn die Änderungen würden auf Jahrzehnte hinaus Auswirkungen auf dieses Stadtgebiet haben. Was für eine Bedeutung hatte das, wenn man es gegen die bildungspolitischen Gesetzesentwürfe abwägte, die er auf einen späteren Zeitpunkt verschieben konnte, sobald die Änderungen an der Strada il Teatro vom Parlament genehmigt wurden?

Aber wenn er die mit Claire getroffene Vereinbarung nicht einhielt, könnte er sie sehr leicht verlieren. Nicht nur, dass sie wütend auf ihn wäre oder sich belogen fühlen würde. Seine Entscheidung könnte sie auch beruflich ruinieren. Der Präsident hatte sie wegen ihrer Arbeit im Bildungsbereich in Uganda auf diesen begehrten Posten berufen, und zwar in der Annahme, dass sie diese Arbeit fortsetzen würde. Bildung war während seiner Kandidatur der Eckpfeiler seiner Kampagne gewesen.

Mehr noch, das Thema berührte Claire persönlich. Ihre Mutter und zwei Onkel hatten sich aus der Armut herausgearbeitet, weil sie durch ähnliche Programme Bildungschancen und Stipendien erhalten hatten. Claire hatte mehr als einmal erwähnt, dass sie ihre Karriere ihren strebsamen Eltern und deren Vorbild zu verdanken hatte. Diese Beharrlichkeit zeichnete sie aus. Es war eine der vielen Eigenschaften, für die er sie liebte.

Er schloss sie in seine Arme.

Zweimal in seinem Leben hatte ihn die Liebe wie ein Blitz getroffen. Zuerst bei Aletta und jetzt bei Claire. Beim ersten Mal hatte er sein Glück nicht festhalten können. Wenn er das nun wieder nicht schaffte, würde er nie mehr derselbe sein.

Er schloss die Augen und atmete lange und tief ein. Er musste sich einprägen, wie sie sich anfühlte.

Dann ließ er sie los.

Seine Kehle schnürte sich zu, als würde ihn das Gewicht der Welt erdrücken. „Claire, ich –"

„Du weißt, was du zu tun hast, Eduardo."

Sie suchte seinen Blick, dann wiederholte sie, was sie gesagt hatte.

Er konnte nicht glauben, was er da hörte. „Claire, ich habe dir ein Versprechen gegeben. Genau wie du dem Präsidenten der Vereinigten Staaten."

„Ja, das habe ich. Ich habe zugesagt, mich während meiner Amtszeit mit einer Reihe von Themen zu befassen, die von der Verteidigung bis hin zur Wirtschaft, Umwelt und Bildung reichen. Ich habe ihm auch versprochen, dass ich einen Interessenkonflikt vermeiden werde, und ich habe nicht die Absicht, mein Wort zu brechen."

„Ich muss unseren Deal verschieben, Claire. Wenn du dem zustimmst, sehe ich nicht, wie das einen Interessenkonflikt vermeiden könnte."

Das Zittern ihrer Unterlippe entging ihm nicht, aber als sie sprach, tat sie es mit der gleichen Klarheit, die ihr den Respekt sowohl ihrer Mitarbeiter als auch seiner Familie eingebracht hatte. „Du hast mir einen Olivenbaum geschenkt. Er ist ein Symbol des Friedens. Aber wir wissen beide, dass Frieden nicht einfach zu erreichen ist. Frieden zu wahren, bedeutet, dass man zuweilen ein guter Partner sein muss. In diesem Fall müssen die Vereinigten Staaten ein guter Partner für San Rimini sein. Das heißt, wir müssen dem König gestatten, einer anderen Angelegenheit Vorrang einzuräumen, damit wir mit seiner uneingeschränkten Unterstützung für das Bildungsprogramm rechnen können, wenn er es dem Parlament zu einem späteren Zeitpunkt präsentiert. Dann, wenn seine Popularität hoch ist, weil er ein Projekt auf den Weg gebracht hat, das sein Land seit Langem braucht. Ich bin zuversichtlich, indem wir dem König diesen Spielraum geben, werden wir auch bei künftigen Projekten auf seine Unterstützung zählen können."

„Du hörst dich an wie eine recht versierte Diplomatin. Ich

könnte einiges von dir lernen." Obwohl er sich um Selbstkontrolle bemühte, schwangen Emotionen in seiner Stimme mit.

In ihren Augen schimmerten Tränen, als sie erwiderte: „Ich tue mein Bestes."

„Vielleicht genügt das nicht. Du könntest immer noch deinen Job verlieren. Dein Job ist deine Bestimmung, Claire."

„Darüber habe ich in letzter Zeit viel nachgedacht. Ich bin zu dem Schluss gekommen, dass ich, ob mit oder ohne Job, ein Ziel habe. Ich verfüge vielleicht nicht über die gleiche Plattform, aber ich habe den Wunsch und den Willen. Ich brauche keine Botschafterin zu sein, um anderen zu helfen. Dies ist nicht anders als das, was deine Familie tagtäglich tut. Oder einer der Tausenden von Menschen, die sich für Dinge einsetzen, die ihnen wichtig sind." Ihr Mund verzog sich zu einem Lächeln. „Erinnerst du dich, als du mir in der Oper sagtest, du seist alt genug, um zu wissen, was du fühltest und was du wolltest? Das gilt für mich genauso. Wir tun das Richtige."

„Claire, ich weiß nicht, was ich sagen soll."

„Sag, dass du mich liebst."

Er vergrub seine Hände in ihrem Haar und küsste sie. Es war ein leidenschaftlicher Kuss, jedoch einer, der aus Vertrauen und Liebe erwachsen war. Einer Liebe, die mit jedem Tag tiefer wurde. Zwischen den Küssen wiederholte er die Worte immer und immer wieder.

Als er schließlich lange genug innehielt, um seine Stirn an ihre zu legen, sagte sie: „Du solltest wieder hineingehen. Wenn es weitere Neuigkeiten gibt, werden deine Mitarbeiter dich suchen."

„Gleich", sagte er und küsste sie erneut. „Ich möchte erst noch etwas anderes tun."

„Du kannst mich später küssen. Wenn du deine Karten richtig ausspielst, kannst du sogar noch viel mehr tun."

„Nein. Nicht das. Ich möchte, dass du mich heiratest."

Sie blinzelte und löste sich von ihm. „Was?"

Er hatte sich selbst mit diesen Worten überrascht, aber er meinte jedes einzelne davon. Er konnte nicht anders, als über ihr erstauntes Gesicht zu lächeln.

„Ich möchte, dass du mich heiratest, Claire, wann immer du denkst, dass der richtige Zeitpunkt gekommen ist. Du kannst nicht mit mir verheiratet sein und deinen Job behalten. Also mach die Arbeit, die du liebst, so lange, wie du möchtest, oder bis du es nicht mehr kannst. Wenn du für eine Veränderung bereit bist, werde ich da sein. Als Mitglied meiner Familie kannst du jedes philanthropische Interesse verfolgen, das dir wichtig ist." Er holte tief Luft und fügte hinzu: „Allerdings ist es nicht einfach, Mitglied einer königlichen Familie zu sein. Es bringt die Erwartungen eines ganzen Landes mit sich. Wenn du diese Last nicht auf dich nehmen willst, verstehe ich das. Aber ich hoffe, du bleibst in San Rimini, und ich hoffe, du bleibst an meiner Seite. Ich möchte keinen weiteren Tag ohne dich leben."

„Oh, Eduardo, ich will auch nicht ohne dich leben. Es würde mir das Herz brechen."

Erstaunt sah sie zu, wie er von der Bank herunterglitt, vor ihr niederkniete und ihre Hände ergriff. „Claire Peyton, würdest du mir die große Ehre erweisen, meine Frau zu werden?"

Gleichzeitig hörten sie das Knirschen von Kies. Sie blickten in Richtung des Palastes, dann schauten sie einander wieder an. Als sich ihre Blicke trafen, unterdrückten sie ihr Lachen. „Das darf nicht wahr sein!", flüsterte Claire. „Schnell, steh auf, bevor sie dich sehen."

Er legte den Kopf schief und wartete.

„Ja! Die Antwort ist Ja! Und jetzt steh auf, sonst wird es innerhalb einer Stunde zum Palastklatsch. Das muss eine Zeit lang unter uns bleiben."

Als Sergio in Sicht kam, hatte Eduardo seinen Platz neben Claire wieder eingenommen. In Anbetracht der Leichtigkeit, die er innerlich empfand, war er stolz darauf, wie gesetzt er nach außen hin wirkte.

„Haben Sie Neuigkeiten?"

„Die Kopfverletzung des Vaters ist nicht so schlimm, wie ursprünglich befürchtet. Er wird gerade operiert, um das Becken zu richten, und die Ärzte sind optimistisch. Offenbar ist das der günstigste Bruch, den man in dieser Situation haben kann. Die Tochter ist aus dem OP heraus. Bis jetzt gibt es keine Komplikationen. Beide werden Zeit brauchen, um zu genesen, aber sie sind nicht in kritischer Verfassung."

„Das sind gute Nachrichten. Sobald sie Besuch empfangen können, werde ich Luisa bitten, das zu organisieren. Allerdings mit aller Diskretion. Da das Strada-Projekt äußerst heikel ist, möchte ich nicht, dass es wie ein PR-Aktion rüberkommt."

„Ich denke, das wäre sehr willkommen, Hoheit." Sergio lächelte Claire an. „Schön, Sie zu sehen, Frau Botschafterin."

„Sie auch, Sergio, wenngleich die Umstände erfreulicher sein könnten. Falls ich es noch nicht gesagt habe: Ich danke Ihnen für alles, was Sie für König Eduardo tun. Es ist beruhigend, zu wissen, dass Sie auf ihn achtgeben."

Sergio blinzelte, dann neigte er den Kopf, als wollte er erwidern: *Das Gleiche könnte ich von Ihnen sagen.*

Er stand einen Moment lang still und wandte sich dann an Eduardo: „Ich melde mich morgen, wenn es Neuigkeiten gibt. Ansonsten – vorausgesetzt, Sie überleben Greta – sehen wir uns bei unserem montäglichen Morgenmeeting."

„Ich werde mein Bestes tun", versprach Eduardo.

Als Sergio außer Sichtweite war, wandte er sich an Claire: „Ich glaube, du hast gerade einen weiteren Olivenbaum gepflanzt. Also, wo waren wir?"

Sie fuhr erst mit dem Zeigefinger, dann mit dem Daumen seinen Wangenknochen entlang, bevor sie ihre Hand an sein Gesicht legte. „Ich glaube, du wolltest mich gerade zum Tanz auffordern."

„Ohne Musik?"

„Die können wir uns vorstellen."

„Dann nimm dies, während du sie dir vorstellst." Er griff in seine Tasche und holte das kleine Samtsäckchen heraus, das er an diesem Abend und an mehreren anderen Abenden in den letzten zwei Wochen eingesteckt hatte. Er hatte gewusst, dass er es Claire überreichen würde, aber er war nicht sicher gewesen, wann. Er nahm ihre Hand, öffnete das Säckchen und drehte es um, sodass der Ring in ihre offene Handfläche fiel.

„Er gehörte meiner Urgroßmutter", erklärte er. „Ich hoffe, wenn du bereit bist, unsere Beziehung öffentlich zu machen, wirst du ihn tragen."

Claire sah ihn mit Tränen in den Augen an, dann den Ring. Sie strich mit einem Finger über den Smaragd und die kleinen Diamanten, die ihn umgaben. „Eduardo, er ist wunderschön." Sie steckte ihn sich an den Ringfinger und sie waren beide überrascht, dass er passte.

„Macht es dir etwas aus, wenn ich ihn schon heute Abend trage?"

„Das würde mich sehr freuen."

Er stand auf, streckte eine Hand aus und zog sie schwungvoll in seine Arme. Ihre Füße bewegten sich gemeinsam im Takt und als ihre Fingerspitzen seinen Nacken streiften, wusste er, dass sie im Geiste denselben Song hörten.

Das war alles, was er sich nur wünschen konnte. Die Sterne, die über ihren Köpfen funkelten. Die Frau, die er liebte, in seinen Armen. Seine Kinder und Enkelkinder, die in dem von Gärten umgebenen Palast schliefen.

Er hielt Claire fester und drückte ihr einen Kuss auf die Schläfe.

Ein Gefühl tiefen Friedens erfüllte ihn.

EPILOG

EDUARDO LEHNTE sich vor und winkte, als sie in der offenen Kutsche die Strada il Teatro entlangfuhren. Claire saß neben ihm auf dem roten Samtsitz, ihre Augen leuchteten vor Begeisterung. Ihre eine Hand ruhte oben auf der Einfassung der polierten schwarzen Tür, mit der anderen hielt sie seine. Sie trug ein elfenbeinfarbenes Seidenkleid, ein Diadem, das seiner Mutter gehört hatte, und ein Paar Ohrringe aus Türkisen und Silber, die von einer Jugendfreundin ihrer Mutter angefertigt worden waren. Ein passendes Armband, ebenfalls aus Türkisen und Silber, zierte ihr Handgelenk.

An ihrer linken Hand funkelte ihr Verlobungsring mit dem von Diamanten eingefassten Smaragd.

Um sie herum pfiff und jubelte die Menge unter dem strahlenden, sonnigen Himmel.

Ab und zu legte Claire eine Hand auf ihr Herz und winkte dann. Das Glück, das sie ausstrahlte, war geradezu spürbar.

Ein Jahrzehnt zuvor hatte er dieselbe Strecke hinter der Staatskutsche aus dem Jahr 1750 zurückgelegt, einem goldverzierten Gefährt, das so gewaltig war, dass man ein Gespann von sechs Pferden brauchte, um damit durch die kopfsteingepflasterten Straßen von San Rimini zu fahren.

Die Kutsche war leer gewesen, als sie an jenem Tag zum Duomo rollte, ein traditioneller letzter Abschied von einem Mitglied der königlichen Familie. Die drei darauffolgenden Stunden, in denen er die Trauerfeier im Duomo und den anschließenden Empfang im Palast ertragen musste, waren die längsten seines Lebens gewesen. Er hatte sich gefühlt, als wäre ihm die Seele aus dem Leib gerissen worden und eine Leere zurückgeblieben, die nie gefüllt werden konnte.

Er würde immer um Aletta trauern. Aber wie die Strada il Teatro, die bald in Teilen zerstört und wiederaufgebaut werden würde, so war auch seine Seele genesen.

Das hatte er der Frau an seiner Seite zu verdanken. Sie hatte ihn gelehrt, in der Gegenwart zu leben, jeder Moment der letzten zwei Monate hatte ihm das vor Augen geführt. Nächsten Monat wollte er ihr danken, indem er einen Gesetzesentwurf im Parlament vorlegte, der Mittel und Lehrkräfte für das Bildungsprogramm in Uganda, für das sie sich engagiert hatte, vorsah.

Vor zwei Monaten war Claire von ihrem Amt zurückgetreten. Obwohl sie sicher gewesen war, dass der Präsident einen politischen Verbündeten für diesen Posten haben wollte, folgte er ihrer Empfehlung und beförderte Mark Rosenburg innerhalb der Botschaft. Claire hätte darüber nicht erfreuter sein können. Karen Hutchinson hatte angeboten, während der Übergangszeit mit Marks Assistentin zusammenzuarbeiten, wollte aber danach gehen.

Wenngleich Karen auf der Arbeit damit hinter dem Busch hielt, hatte Claire Eduardo anvertraut, dass Karen mit seinem Verbindungsmann im Verteidigungsministerium liiert war, den sie Claire bereits bei der Beglaubigungszeremonie als *gut aussehend* beschrieben hatte. Die beiden hatten sich über ihre Arbeit für die Regierung, ihre Reiselust und ihre Liebe zum Backen gefunden. Sie wünschten sich beide Kinder und Claire vermutete, dass bald eine Hochzeit anstand.

Zwei Wochen nach Claires Ausscheiden aus der Botschaft hatte Zeno Amendola zu Beginn der üblichen Pressekonferenz am Montagmorgen den Anwesenden Updates zum Strada-il-Teatro-Projekt gegeben und dann Prinz Antonys geplante Reise nach Belgien zum bevorstehenden Klimagipfel angekündigt, an dem er als Teil der Delegation von San Rimini teilnehmen würde. Als Zeno sich im Anschluss den anwesenden Journalisten stellte, rechnete er fest damit, dass sich die Flut von Fragen auf alles, nur nicht auf diese Punkte beziehen würde.

Claire war am Vortag in einer amerikanischen Politiksendung gewesen, um über die weltweite Flüchtlingskrise zu sprechen. Der Moderator war jedoch schnell zu persönlichen Fragen übergegangen.

„Sie sind vor Kurzem von Ihrer Position als Botschafterin der Vereinigten Staaten in San Rimini zurückgetreten. Es gibt jetzt Gerüchte, dass Sie und König Eduardo heiraten könnten. Die Menschen von San Rimini haben dazu starke Meinungen.“

„Haben sie?“ Claires Lachen war echt, ihre Augen funkelten, als sie sich dem Moderator zuwandte.

„Vor allem in Bezug auf einen Titel.“

„Nun, ich habe einen guten Teil meines Lebens mit einem Titel gelebt. Es war mir eine Ehre, Frau Botschafterin genannt zu werden. Ich brauche keinen anderen und habe auch nicht den Wunsch danach.“

„Wollen Sie damit sagen, dass Sie das mit dem König besprochen haben? Haben Sie Heiratspläne?“

„Ich will damit genau das sagen, was ich gerade geäußert habe: Es war mir eine Ehre, als amerikanische Botschafterin in San Rimini tätig zu sein. Ich konnte Partnerschaften aufbauen, von denen unsere beiden Länder profitieren. Ich hatte die Gelegenheit, einige großartige Menschen kennenzulernen und mit ihnen zu arbeiten, von denen viele zu guten Freunden geworden sind. Und auch wenn ich meine Position als Botschafterin aufgegeben habe, beabsichtige ich nicht, mit meiner Arbeit aufzuhören. Ich plane, eine Reihe von Wohltätigkeitsprojekten zu unterstützen, die mir sehr am Herzen liegen. Ich habe noch keine Studie zu diesem Thema gesehen, aber ich vermute, dass viele Diplomaten es genauso handhaben. Der Wunsch, etwas zu bewirken, hat viele von uns überhaupt erst ins Auswärtige Amt gebracht." Sie wandte sich an einen anderen Diskussionsteilnehmer und fragte: „Würden Sie dem nicht zustimmen, Ronald? Was hat Sie zu Ihrer Karriere und insbesondere zu Ihrem Fokus auf Flüchtlingsthemen bewogen?"

Dieser Ausschnitt des Programms wurde von fast allen europäischen Sendern ausgestrahlt. Über Nacht änderte sich, wie Claire in der Öffentlichkeit wahrgenommen wurde. Selbst die bissigsten Reporter der Klatschpresse kommentierten ihren politischen Scharfsinn und ihr Engagement für Bedürftige, anstatt sie als Mitgiftjägerin abzustempeln, die es nur auf den Titel der verstorbenen Königin abgesehen hätte.

Als die Fragen der Anwesenden auf ihn einprasselten, hob Zeno die Hände und bat um Ruhe im Besprechungsraum. Als es still wurde, lächelte er breit. „Ich habe Neuigkeiten zu verkünden, die Ihre Fragen sicher beantworten werden. Es ist mir eine Freude, Ihnen mitzuteilen, dass König Eduardo und die ehrenwerte Claire Peyton verlobt sind. Sie planen, in einer privaten Zeremonie hier im Palast in etwa sechs Wochen zu heiraten. Weitere Einzelheiten werden in Kürze bekannt gegeben, aber nun sollten wir diese Sitzung erst einmal damit abschließen, dass wir den beiden ein langes und glückliches gemeinsames Leben wünschen."

Die Menschen im Saal waren in Jubel ausgebrochen.

Wie Zeno angekündigt hatte, fand die Hochzeit in der Palastkapelle statt. Karen Hutchinson war ihre Trauzeugin und Giovanni Sozzani sein Trauzeuge. Zu den Gästen gehörten Claires Familie, die aus New Mexico eingeflogen war, Mitarbeiter aus dem Palast und der Botschaft sowie eine Reihe von Freunden. Die gesamte diTalora-Familie war anwesend, allerdings hatte Eduardo so viele Leute Arturo und Paolo nach Kaugummi fragen hören, dass er befürchtete, sie könnten einen Fluchtversuch unternehmen. König Carlo und Königin Fabrizia waren aus Sarcaccia hergekommen, ebenso wie Königin Fabrizias persönliche Assistentin Daniela und ihr Ehemann Royce, die beide vor einigen Jahren für Eduardo gearbeitet hatten. Nachdem er Daniela und Royce Claire vorgestellt hatte, hatte sich Eduardo zu ihr herübergelehnt und geflüstert: „Ich muss dir später ihre Geschichte erzählen. Erinnere mich daran."

Es war eine intime, schöne Zeremonie und als er und Claire aus der Kapelle traten und zu der Kutsche gingen, in der sie zur Feier des Tages durch die Straßen von San Rimini fahren würden, hatte er sich gefühlt, als würde er schweben.

Ja, dachte Eduardo, die Entscheidungen, die sie im Vorfeld der Zeremonie getroffen hatten, waren für sie beide perfekt gewesen.

Am Morgen zuvor hatte Miroslav sie heimlich aus dem Palast geschleust, damit sie gemeinsam den Duomo besuchen konnten, bevor er bei Sonnenaufgang geöffnet wurde. Sie hatten Blumen für Aletta mitgenommen – einen fröhlichen, bunten Strauß anstelle der üblichen weißen Rosen – und waren nicht überrascht, dass ihr in den letzten Tagen auch einige andere Blumen gebracht hatten. Als Eduardo sich zum Gehen wandte, hatte Claire darum gebeten, einen Moment allein zurückzubleiben. Er hatte von einer nahen Kirchenbank aus zugesehen, wie sie mit gefalteten Händen vor der Krypta stand und leise Worte sprach. Dann hatte er seinen Blick zu den Buntglasfenstern schweifen lassen. Sie waren in der Morgendämmerung noch dunkel, aber er kannte die Geschichten, die sie erzählten. Sie handelten von Hoffnung, Familie und Güte. Von Liebe.

Es war so, wie er es Aletta versprochen hatte, als er am

vorigen Jahrestag ihres Todes hier gewesen war. Dieser Besuch war bedeutungsvoller und es gab keine Kameras. Es war so, wie es sein sollte.

Claire hatte sich ihm lautlos genähert und ihm eine Hand auf die Schulter gelegt. „Gehen wir?"

„Gehen wir."

Am Abend zuvor hatten sie im Palast mit Claires Eltern, seinen vier Kindern und deren Ehepartnern sowie mit König Carlo und Königin Fabrizia zu Abend gegessen. Obwohl Eduardo nicht den Segen von Königin Fabrizia brauchte, um Claire zu heiraten, hatte es ihm unendlich viel bedeutet, als die beste Freundin seiner verstorbenen Frau am Ende des Abends sagte: „Aletta hätte sie gemocht. Ich sehe auch, dass deine Kinder sie mögen. Ich freue mich so für dich, Eduardo. Das tun wir beide, Carlo und ich. Sie ist wunderbar."

Als sie danach allein waren, hielt er Claire lange im Arm. Sie waren beide zu aufgedreht, um zu schlafen, also suchten sie sich eine Comedy-Sendung im Fernsehen und kuschelten sich aufs Sofa. Sie hatten über die Hochzeit gesprochen, über die Gäste und über Claires neue Rolle. Sie hatte eine neue Aufgabe, aber eine, die nicht von einem Präsidenten oder dem Auswärtigen Amt kontrolliert werden würde. Sie hatte Margaret Halaby kennengelernt und gemeinsam hatten sie über Wohltätigkeitsprojekte gesprochen, die Claire zusagten. Ihr erstes Projekt war die Förderung einer Klinik in Äthiopien, in der Frauen behandelt wurden, die an Geburtsfisteln litten. Sowohl Amanda als auch Jennifer, Prinz Antonys Frau, hofften, sich in das Projekt einbringen zu können, was Claire sehr gefiel. In den kommenden Monaten wollte Claire die Klinik persönlich besuchen und im Anschluss nach Uganda zu einer der Schulen weiterreisen, die sie zu Beginn ihrer Zeit als Botschafterin in diesem Land besichtigt hatte.

Die Kutsche bog in eine andere Straße ein und fuhr im großen Bogen um den Block, in dem sich die amerikanische

Botschaft befand. Als das Gebäude in Sicht kam, drückte Claire seine Hand.

Es war ein Zeichen dafür, dass ihr Vertrauen zueinander und ihre Liebe sie weiterbringen würden, obwohl sie beide Herausforderungen und großen Kummer erlebt hatten, um an diesen Punkt zu gelangen.

Als die Kutsche wieder in die Strada il Teatro einbog, wo sich eine Menschenmenge versammelt hatte, um dann nach La Rocca zurückzukehren, beugte sich Eduardo hinüber und küsste seine Braut. Sie lächelte und erwiderte seinen Kuss.

Der Kreis hatte sich für ihn geschlossen.

Alles in allem war es ein schönes Leben.

Vielen Dank, dass Sie *Küsse für König Eduardo* gelesen haben. Wenn Ihnen das Buch gefallen hat, würde ich mich freuen, wenn Sie eine Rezension auf der Website Ihres bevorzugten Onlineshops oder einer Rezensionsplattform Ihrer Wahl hinterlassen. Das ist sowohl für mich als Autorin als auch für andere Leserinnen und Leser sehr hilfreich.

Besuchen Sie meine Website unter nicoleburnham.com und erfahren Sie mehr über meine nächsten Veröffentlichungen.

DIE ROYALS VON SAN RIMINI

Im Dienst der Königin

Ein Braut für Prinz Antony

Eine Beraterin für Prinz Marco

Ein Ritter für Prinzessin Isabella

Eine neue Liebe für Prinz Federico

Küsse für König Eduardo

ÜBER DEN AUTOR

Nicole Burnham ist die preisgekrönte Autorin von über zwanzig Romanen.

Wenn Sie mehr über ihre Bücher erfahren oder ihren deutschsprachigen Newsletter mit Bonusmaterial und Informationen zu kommenden Veröffentlichungen erhalten möchten, besuchen Sie bitte nicoleburnham.com.

www.ingramcontent.com/pod-product-compliance
Lightning Source LLC
Chambersburg PA
CBHW061543210726
48287CB00006B/2057